[美] 罗伯特·克拉斯 著
Robert Crais
刘冉 译

犬的证词

陕西师范大学出版总社

图书代号：SK14N1477

SUSPECT by ROBERT CRAIS
Copyright:©2013 BY ROBERT CRAIS
This edition arranged with Aaron Priest Literary Agency
through Amer-Asia Books Inc..
Simplified Chinese edition copyright:
2013 Shanghai Elegant People Books Co.Ltd.
All rights reserved.
版权登记号：25—2014—191

图书在版编目（CIP）数据

犬的证词 /（美）克拉斯著；刘冉译. —西安：
陕西师范大学出版总社有限公司，2015.1
ISBN 978—7—5613—7932—5

Ⅰ. ①犬… Ⅱ. ①克… ②刘… Ⅲ. ①长篇小说—美国—现代 Ⅳ. ① I712.45

中国版本图书馆 CIP 数据核字（2014）第 242320 号

犬的证词

[美] 罗伯特·克拉斯著　刘冉译

责任编辑	焦　凌
责任校对	彭　燕
特约编辑	陈　彻
装帧设计	hanyindesign
出版发行	陕西师范大学出版总社
	（西安市长安南路 199 号　邮编 710062）
网　　址	http://www.snupg.com
印　　刷	山东临沂新华印刷物流集团有限责任公司
开　　本	910mm×1230mm　1/32
印　　张	9
插　　页	1
字　　数	210 千
版　　次	2015 年 1 月第 1 版
印　　次	2015 年 1 月第 1 次印刷
书　　号	ISBN 978—7—5613—7932—5
定　　价	29.80 元

读者购书、书店添货或发现印装有问题，请与营销部联系、调换。
电　话：(029) 85307864　85365329　　传　真：(029) 85303879

目 录

序　幕｜绿球　　　　　　　　1
第一章｜斯科特与史蒂芬妮　　15
第二章｜麦吉和斯科特　　　　75
第三章｜保护与服务　　　　　123
第四章｜搭档　　　　　　　　205
终　章｜十六周后　　　　　　279

序幕 绿球

麦吉全神贯注地盯着皮特。他黝黑的脸上露出笑意,一只手藏在厚实的美国海军陆战队绿色防弹衣下面,用她最喜欢的温柔语调轻声细语地说着话。

"麦吉,乖丫头。我知道你是最乖的了,对不对,小丫头?"

麦吉是一条棕黑色的德国牧羊犬,体重85磅。她今年3岁,全名是军犬麦吉T415,代号"T415"就文在她的左耳内侧。皮特·吉布斯下士是她的训练员。一年半之前,他们在彭德尔顿军营初次相遇,从那天起,他们便彻底地属于彼此了。如今,他们身处阿富汗伊斯兰共和国,正作为一支爆炸物检测小队的成员执行第二次任务。

皮特温柔地说:"准备好开始工作了吗,小丫头,我们要出发了。你会帮爸爸找到坏东西的,对不对?"

麦吉的尾巴在沙尘中用力摇摆。他们常常玩这个游戏,因此她知道接下来会发生什么,这是她毕生最期待的时刻。

早晨8:40,阿贾巴省,阿富汗共和国。气温42.7度,很快就将突破43度了。

沙漠中的炎炎烈日暴晒着麦吉厚实的皮毛。12名海军陆战队队员从3辆军用运输车上跳下来,在她身后20米处松散地站成一列。麦吉认识其他士兵,但他们对她来说并无意义。皮特在他们身旁很放松,因此麦吉容忍了他们的存在,但只有皮特在场时才行。他们是熟人,但不是搭档。只有皮特才是搭档,只有皮特才是属于她的。她和皮特同吃同睡,终日形影不离。她热爱他、崇拜他、保护他、守卫他,没有他便心神不宁。如果其他士兵靠得太近,麦吉会发出低沉的咆哮作为警告。她要被训练去守卫和保护属于她的东西,而皮特就是她必须保护的——因为他们是搭档。

此时此刻,麦吉全神贯注地望着皮特。世上其他东西都不重要,甚至都不存在了,只剩下皮特,只剩下麦吉满心愉悦地期待着他们即将开始的游戏。这时,一个声音从她身后传来。

"哟,皮特。我们准备好啦,开始吧,哥们儿。"一个士兵冲皮特说道。

皮特环视了一下其他人,然后回头对麦吉露出灿烂的笑容。

"想看看吗,丫头?想看看我手里有什么吗?"

皮特从防弹衣下面掏出一个绿色的荧光球。

麦吉目不转睛地盯着绿球,猛地站直了身子,四肢绷紧,喉咙发出低吼,等待着皮特把球扔出去的那一刻。麦吉毕生都在追逐这个绿球,这是他们最钟爱的玩具,这游戏也是她最喜欢的游戏。皮特会用力将球扔得很远,麦吉则奋力追赶,目标坚定,满心欢愉。麦吉追上了它,用爪子紧紧钳住,并骄傲地将它带回来,皮特总会满怀关爱与赞许地等待着她。追逐绿球毫无疑问是她最钟爱的游戏,但此时此刻,皮特给她看这个绿球,只是承诺这份幸福最终会来到的。麦吉很清楚这番程序,也完全能接受。如果她能够找到皮特要求她寻找的气味,她就会获得绿球作为奖励。这是他们的游戏,她必须找到正确的气味。

皮特将球藏回防弹衣里,温柔的声音变得坚定而冷静。他是主人,此刻,他就在用主人的口吻下达命令:"让我看看你能找到什么,士兵麦吉,把坏东西都找出来。找!找!找!"

找!找!找!麦吉知道,游戏开始了。

她接受过巡逻犬和爆炸物探测犬的训练,这让她能够完成双重任务。她会根据命令攻击、追逐并抓捕逃脱者,也善于控制人群;但她最重要的工作是嗅出隐藏的弹药、军械和路旁的炸弹——简易爆炸装置IED,阿富汗叛军选择的武器。

麦吉并不知道IED到底是什么东西,她也不需要知道。她学会了分辨叛军的炸弹中最常用的11种爆炸物成分,包括硝酸铵、雷管绳、氯酸钾、硝化纤维、C-4炸药和黑索金①在内。她不知道这些东西能杀死她,但这无关紧要。她为皮特寻找它们,因为取悦皮特意味着一切,只要皮特开心,麦吉就开心。他们俩是一个行动小组,皮特既是她的战友也是她的主人。

在皮特的命令下,麦吉向前一路小跑,绷紧了身上的牵引绳,牵引绳的另一端拴在皮特背带的D型金属扣上。她很清楚皮特在期待什么,因为皮特曾训练过她,而他们也已经数百次地重复这一任务了。他们的工作是走在陆战队士兵前方20米,沿路寻找IED。他们走在最前面,而他们和身后所有士兵的命全寄托在麦吉的鼻子上。

麦吉摆动头部,先是检测浓烈的气味,然后低头细嗅靠近地面的味道。她身后的人类在全神贯注时或许能分辨出五六种截然不同的气味,但麦吉那长长的牧羊犬鼻子能对全世界的味道做出人

---

① 即RDX,俗称黑索金,也就是环三次甲基三硝基胺,一种军用高能炸药。

类无法企及的判断。她嗅着脚下的泥土,闻到了数小时前沿路走过的山羊群,还有两个年轻的男性牧羊人带领着它们。她嗅出其中一只山羊得了病,也知道有两只母羊在发情。她嗅得到皮特身上浸湿衣服的汗水,嗅得到他的呼吸、他裤子口袋里那封喷了香水的信,还有防弹衣下藏着的绿球。她嗅得到他用来擦枪的机油,还有武器中剩余的火药,仿佛死亡的尘埃。她嗅得到前方不远处的一丛棕榈树,以及夜间曾在树下睡觉、临走前还在那里排泄的野狗。麦吉痛恨野狗,她花了些时间确定它们是否还在这片区域,最后确信它们已经离开,于是忽略了那些气味,继续集中精力搜寻皮特希望她找到的味道。

气味充盈着她的鼻子,如同光线充盈她的双眼,仿佛图书馆书架上数百种融为一体的颜色。但正如人类能够聚焦在每一本书上看清它的颜色,麦吉也能够忽略她不感兴趣的气味,心无旁骛地寻找能够带来那颗绿球的味道。

他们当天的任务是扫清一条5英里长的遍布尘土的道路,它通往一个小村庄,据情报,叛军在那里藏了武器。这群海军陆战队士兵会搜查村庄以保证安全,在麦吉和皮特执行搜寻任务时保护他们,并缴获所有发现的武器和爆炸物。

道路一点一点地延伸,他们离村庄愈来愈近,而麦吉并未发现她要追寻的味道。暑气愈发逼人,麦吉的皮毛变得滚烫,她吐出了舌头,然后立刻感到牵引绳被温柔地拽了一下。皮特靠近过来。

"你热了吗,宝贝?来吧——"

麦吉坐下来,焦渴地从皮特递过来的塑料瓶里喝着水。士兵们停了下来,其中一个喊着:

"她没事吧?"

"没事,喝点水就好。等我们到了村子,我想让她在阴凉处待一会儿。"皮特摸着麦吉的头说。

"收到,还有1.5英里。"

"快了。"皮特望着远方回答道。

又走了1英里,他们路过另一丛棕榈树,树丛背后露出三栋石头屋子。还是刚才那个士兵喊道:

"抬头看!村子就在前面。要是有军火,应该就在那儿!"

他们走到村子前的最后一个拐弯时,麦吉听到了铃铛声和咩咩的羊叫声。她停下脚步,支起耳朵,皮特也在她身后站住了。士兵们立刻保持距离停了下来。

"怎么了?"

"她听到了什么。"

"她发现IED了?"士兵们立刻戒备起来。

"不知道,她大概听到了什么声音。"

麦吉快速而急切地嗅了几下,闻到了他们的味道,与此同时,第一只山羊的身影出现在微微沸腾的暑气中。两个少年走在前面,左手边是一小群羊,羊群左边是个稍微高些、年纪也稍长的男人。他举手表示问候。

麦吉身后的士兵喊了一声,这3个人都停下了脚步。羊群继续走了几步,意识到人类停了下来,于是便懒洋洋地聚成一群。他们大约在40码开外,在纹丝不动的空气中,他们的气味过了几秒钟才飘过来。

麦吉不喜欢陌生人,她警惕地望着他们,再次分辨空气——嗅、嗅、嗅——让空气充满鼻腔。

高个子男人再次举起一只手,携带他们气味的分子终于抵达了麦吉的鼻子。她注意到他们的体味与众不同且十分复杂,呼吸中带着芫荽、石榴和洋葱的味道,她第一次嗅到了皮特让她寻找的微弱气息。

麦吉低声嘶吼,扯着牵引绳斜睨着皮特,然后紧盯前面的人。皮特知道她找到了什么。

"军士,我们发现了某种东西!"皮特大喊道。

"在路上?"小队的行动负责人眯缝起了眼睛问道。

"不,是那些她盯着的人。"

"可能她想吃羊了。"一个士兵大笑道。

"是人,她对羊没兴趣。"皮特反驳。

"他们带着什么?"

"我们离得太远了。虽然她闻到了什么,但距离太远了。他们衣服里或许藏了火药,也可能藏着枪,我不知道。"

"我觉得不是什么大问题。我们站在这儿,而那些房子就在那边。如果有人想袭击我们,肯定会从那个村子里过来。"原先大笑的士兵说。

"让他们走过来,你们保持警戒,我们可以好好闻一下他们。"皮特说。

"收到!我们会保护你们的。"队长挥手道。

士兵们分散至道路两旁,皮特招手让牧羊人走过来。

麦吉摆了摆头,寻找最强烈的气味,满怀期待地跃跃欲试。随着他们的走近,气味愈发地强烈,她知道皮特一定会很高兴,因为她找到了那种气味,而他会用绿球来奖励她。皮特高兴,麦吉就高兴,这对搭档就都高兴了。

随着那 3 个人的走近,气味也愈发迫近,麦吉急切地低吼起来。年长些的男孩穿着松垮的白色衬衣,年幼的则穿着褪色的蓝色 T 恤,两人都穿着肥大的白色裤子和拖鞋。高个子男人留着胡子,穿着宽大的深色 T 恤和褪色的裤子,袖子又宽又长地叠在胳膊上,随着他举手而垂了下来。他周身覆盖着积郁多日的酸臭汗味,但目标气味此刻已经十分强烈。它来自那个高个子男人,麦吉对此十分确定,而皮特立刻通过牵引绳的颤动知道了这一点,仿佛他们已融为一体,不再是一人一狗,而是更好的关系——就像伴侣。

皮特举起步枪,大声呵斥那个男人。

男人停下来,微笑着举起双手,山羊聚集在男孩们身旁。

男人对停下脚步的男孩们说了几句话,麦吉嗅出了他们的恐惧。

皮特说道:"丫头!别动。"

皮特走到她前面,靠近那个高个男人。麦吉不喜欢皮特离开她,但他是主人,因此她必须服从命令,不过她能听到他心脏急速跳动的声响,也能嗅到他皮肤上渗出的汗水。她知道皮特在恐惧,他的焦虑通过牵引绳传递给麦吉,让她也随之焦虑起来。

麦吉离开原地,追随皮特,向前碰了碰他的腿。

"不!麦吉。别动!"皮特立刻制止。

她听从命令停下脚步,发出了低沉的咆哮。她的工作是保护和守卫他。她身为德国牧羊犬的每一个基因都强烈地要让她挡在皮特和那些人中间,警告他们,或袭击他们。然而取悦皮特也同样存在于她的基因中,主人开心,她才会开心。

麦吉再次离开原地,挡在皮特和陌生人中间。现在,那气味是如此浓烈,麦吉照着皮特教他的做了,她坐了下来。

皮特用膝盖将她推到一旁,举起枪,冲其他士兵大吼着发出警告:"他身上有炸弹!"

轰!

刹那间,高个男人爆炸了!巨大的冲击力将麦吉狠狠地向后甩去,她头朝下摔在地上,瞬间失去了知觉。过了会儿,她侧身醒了过来,晕头转向,被皮毛上落满的灰尘和碎屑搞得不知所措。除了尖利的呼哨,她什么也听不到,她的鼻子因非自然的火苗发出的酸楚气味而灼烧。她的视线一片模糊,但她仍挣扎着站起身来,眼前的景象也渐渐清晰。左前腿支撑不住身体的重量,她伏在地上,但立刻再次起身,歪歪斜斜地用三条腿支持着身子,而腿部的疼痛仿佛有蚂蚁在啃咬。

留胡子的男人已经变成了一堆冒烟的衣服和横飞的血肉,山羊趴在地上咩咩直叫。年幼的男孩坐在地上哭着,年长的男孩则跌跌撞撞地摸索着,身上和脸上满是血痕。

皮特侧躺在一旁挣扎呻吟着。他们依然靠牵引绳连在一起,而他的痛苦和恐惧传导到她身上。

他是她的搭档,她的一切。

麦吉一瘸一拐地走向他,拼命地舔着他的脸。她尝到了他的鼻子、耳朵和脖子上的鲜血,她渴望安慰他、治愈他。

皮特翻了个身,痛苦地冲她眨眨眼睛,"你受伤了吗,丫头?"

皮特的脑袋附近突然升腾起一片尘土,空气中传来响亮的爆破声。

她身后的士兵们喊得更响了。

"狙击手!村子里有狙击手!"

"皮特倒下了!"

"我们被袭击了——"

自动武器发出的疯狂枪声让麦吉畏缩了一下,但她开始更卖力地舔着皮特的脸。她想让他站起来,她想让他开心。

突然,雷鸣般的爆炸声传来,她身后的地面开始震动,更多尘土和滚烫的碎片落到她身上。她又哆嗦了一下,想转身跑开,却继续舔着皮特。

治愈他。

安慰他。

照顾他。

"迫击炮!"

"我们被迫击炮袭击了!"

身旁的路面再次升腾起一片尘土,皮特缓缓地松开了麦吉的牵引绳。

"走吧,丫头。他们瞄准的是我们,走吧。"

皮特声音微弱,却是主人的语气。这种虚弱吓坏了她。主人是强壮的,主人是她的搭档。搭档意味着一切。

雷鸣般的声响此起彼伏地撼动着大地,越来越多,越来越响。突然之间,可怕的东西击中了她的屁股,她被冲击力抛向了空中。麦吉尖叫着跌倒在地上,痛苦地怒吼着。

"狙击手击中了那只狗!"

"干掉那混账家伙,该死的!"

"鲁伊兹、约翰逊,跟我来!"

麦吉完全没有注意到士兵们在向建筑物跑去,她因臀部的剧痛而挣扎着,然后拼命想回到搭档身旁。

皮特试图推开她,但他太虚弱了。

"走吧,宝贝。我起不来了,快走——"

皮特把手伸到防弹衣下面,掏出了那个绿色的球。

"去追它,宝贝丫头。快去——"

皮特试图把球扔出去,但它只滚了几英尺远就停下了。皮特吐出一口鲜血,接着开始发抖。一瞬间,他整个人都变了。他的气息,他的味道。她听得到,他的心跳渐渐停止,血液减缓流动。她能感觉到他的灵魂正在离开躯壳,她感到前所未有的悲伤,仿佛失去了什么。

"皮特！皮特！我们来了,兄弟！"

"空中支援马上就到了,坚持住！"

麦吉舔舐着他,想让皮特笑出来。每次她舔他的脸,他都会笑。

又是一声尖锐的呼啸,又一片尘土在空中弥漫。接着,某种沉重的东西砸在皮特的防弹衣上,麦吉感到胸口被狠狠戳了一下,然后闻到了子弹特有的辛辣烟尘和滚烫金属的气味。她冲皮特防弹衣上的洞咆哮着。

"该死的！他们在瞄准那条狗！"一个士兵大喊。

迫击炮弹的声响此起彼伏,激起一阵阵烟尘,滚烫的金属碎片如同雨点般倾泻而下。

麦吉呜咽着、号叫着,试图用身体盖住她的主人。

她冲炮弹的碎片狂吼,冲远方建筑物上空如黄蜂般盘旋的铁鸟怒号,然后,突如其来的寂静笼罩了整片沙漠,士兵奔跑的声音愈来愈近。

"皮特！"

"我们来了,兄弟——"

麦吉露出尖牙,低声吼叫。

她背上的毛发因愤怒而直立,耳朵向前弯曲,捕捉着所有声响。她的牙齿尖利而骇人,冲身旁靠近的绿色身影闪闪发光。

保护他,保护主人,保护她的皮特。

"上帝啊,麦吉！是我们！麦吉！"

"他死了吗？"

"他糟透了,兄弟——"

"她也糟透了——"

麦吉狂吠着露出尖牙,那些身影向后跳开。

"她疯了——"

"别伤害她,该死的,她在流血——"

保护,守卫……必须保护她的皮特。

麦吉再次狂吠,随即发出低沉的咆哮,转着圈子面对他们。

"医生!医生!天啊,皮特倒下了——"

"黑鹰直升机过来了!"

"他的狗不让我们——"

"用你们的枪!别伤害她,把她推开——"

"她中枪了,哥们儿!"

有东西靠近了她,她狠狠地咬了下去,死不松口,将自己85磅的体重完全压在上面,好让牙齿更深入。她紧紧咬着,喉咙里呜呜地嚎叫。但很快,另一根长长的东西伸了过来,然后又是一根。

麦吉松开口,冲最近的人亮出牙齿咬下去,然后奔回皮特身旁。

"她以为我们会伤害他——"

"推开她!快点——"

"别伤害她,该死的!"

他们再次推开她,有人往她头上丢了一件外套。她试图挣脱,但这次轮到他们用身体压住她了。

保护皮特,皮特是搭档。她的生命也是这搭档关系的一部分。

"哥们儿,她受伤了。小心点——"

"我抓到她了——"

"那些人渣打中了她——"

麦吉极力挣扎。她怒火中烧,却也满心恐惧,她试图透过那件外套去咬人,却感到自己被举了起来。她感觉不到疼痛,也不知道自己正在流血。她只知道自己必须与皮特待在一起,她必须保护他。没有了他,她不知所措。她生存的意义就是保护他。

"把她放到黑鹰上。"队长指挥道。

"我抓到她了——"前来支援的黑鹰直升机上的士兵喊道。

"把她放上去,跟皮特在一起!"队长不停地挥着手大叫,他必须大声说话,否则声音就会被直升机的声音盖过。

"这狗怎么了?"

"这是她的训练员,你必须把她带到医院去——"

"可他死了——"

"她是在尝试保护他——"

"别说了,快起飞,见鬼!给她弄个医生。这只狗是个战士!"最后一个爬上直升机的士兵痛苦地大吼大叫。

麦吉感到一股震颤穿过身体,航空汽油的尾气透过盖在她头上的外套渗了进来。她吓坏了,但皮特的气味很近。她知道他就在几英尺开外,但她也知道,他已遥不可及。

她试图爬到他身旁,腿却不听使唤。人们按住了她,过了一会儿,她愤怒的号叫变成了呜咽。

皮特是她的。

他们是搭档。

他们是二人组。但现在,皮特走了,麦吉就一无所有了。

第一章 斯科特与史蒂芬妮

1

凌晨 2:47,洛杉矶市区

在那个叫人抓狂的时间,他们之所以恰好在那条街上,恰好在那个丁字路口,只因为斯科特·詹姆斯饿了。史蒂芬妮停下巡逻警车,想找吃的哄他开心。他们可以去任何地方,但他把她带到了这里,恰恰在这个夜晚,恰恰在这个安静的路口。那天晚上静得不可思议,他们之前还说到了这一点。

安静得异常。

他们停在距离海港高速公路 3 个路口的地方,就在一排歪歪斜斜的 4 层建筑旁。所有人都说,如果道奇队离开切瓦士山谷①,这里就会被拆除,用来盖一个新的体育馆。这片区域的建筑与街道一片荒凉,没有流浪汉,没有车辆也没有人会在晚上来这里,就连洛杉矶警察局的警车也不例外。

史蒂芬妮皱了皱眉头。

"你确定你知道该往哪儿走吗?"

---

① 道奇队是美国职业棒球大联盟的一支著名球队,始建于纽约,后迁至洛杉矶。切瓦士山谷是其在洛杉矶的主球场所在地。

"我知道,等一会儿。"

斯科特想找的是一家通宵营业的面馆,兰帕特①劫案科的一名警探把它吹得天花乱坠。许多店都会这样,突然占据了一家原本空空荡荡的门面,在网上大张旗鼓地宣传一番,又在几个月后消失得一干二净。那个劫案科的家伙宣称这家店有洛杉矶最好吃的拉面,独一无二地混合了拉丁和日本风味,香菜加牛肚,鲍鱼加红辣椒,墨西哥辣椒加鸭肉——死也值了!

斯科特正想搞明白到底是哪个方向,这时,他突然听到了什么。

"听。"

"什么?"

"嘘,听。熄火。"斯科特侧着耳朵小声地说。

"你根本不知道这是哪里,对不对?"史蒂芬妮觉得他是在找借口。

"你得注意听,安静。"斯科特做了个嘘声的动作。

身穿制服的洛杉矶警局三级警员史蒂芬妮·安德斯已经在这个岗位上工作了11年。她停下警车,关闭引擎,盯着斯科特。史蒂芬妮面容姣好,皮肤黝黑,眼角微有细纹,留着浅茶色的短发。

斯科特·詹姆斯今年32岁,二级警员,服役7年。他指指自己的耳朵,咧嘴微笑,让她注意听。史蒂芬妮一时间茫然无措,然后恍然大悟,露出了灿烂的笑容。

"很静。"

"疯了,是不是? 没有无线电,没有人聊天,我连高速公路的声音都听不到。"

---

① 洛杉矶警察局的一个分区,大约在洛杉矶市的西部和西北部。

这是个美丽的春日夜晚：气温大约十七八度，夜空一片晴朗。这正是斯科特最喜欢的天气，可以打开窗户，穿短袖。呼叫日志显示，这天晚上他们接到的报警电话还不到以往的三分之一，这让这次值班显得十分轻松，却令斯科特感到无聊。于是他们开始寻找那家杳无踪迹的面馆，现在斯科特开始觉得它根本不存在了。

史蒂芬妮准备发动引擎，但斯科特阻止了她。

"我们坐一会儿吧，你能有几次听到这样的安静？"

"从没有过。这挺酷的，我都快吓坏了。"

"别担心，我会保护你的。"

史蒂芬妮大笑起来，斯科特很喜欢看着她的双眼反射出街灯的点点光芒。他想触碰她的手，却没有这么做。他们已经做了10个月的搭档，但现在斯科特要离开了，他有些话要讲。

"你是个好搭档。"

"你想对我说肉麻的话吗？"

"是的，可以这么说吧。"

"好吧。嗯，我会想你的。"

"我会更想你的。"

这是他们之间的玩笑话。所有事情都是一场竞争，就连思念也不例外。他又一次想要触碰她的手，但她却抢先握住了他的手，微微捏了一下。

"不，你不会的。你会做些了不起的事，会声名远扬，也会玩得开心。这是你想要的，老兄。我真是太为你高兴了。"

斯科特大笑起来。他曾在雷德兰兹大学打了两年橄榄球，结果撞坏了膝盖，几年后加入了洛杉矶警察局。之后，他为了拿到学位上了四年夜校。斯科特有自己的目标，他很年轻，意志坚定，极具竞争力，不惧怕面对恶人。他被调入了洛杉矶警局的都会司，负责支援全市范围的各区警员。都会司是一支训练有素的后备力量,常被派出去阻击犯罪分子、参与攻坚战、执行困难的安保任务。他们是最优秀的警员,而若要加入洛杉矶警局最精英的部门——特种武器与战术部队,或者说"特警队",这是第一步。特警队是精英中的精英。这周末,斯科特就要转去都会司了。

史蒂芬妮依然握着他的手,斯科特不禁猜测着其中的含义。就在这时,一辆巨型的宾利轿车出现在街尾,仿佛一张会飞的魔毯般与整个街区格格不入。那辆宾利的车窗关得严丝合缝,亮闪闪的车身一尘不染。

史蒂芬妮撇嘴说:"瞧瞧那辆蝙蝠战车①。"

宾利与他们擦身而过,车速不超过20英里。

玻璃暗沉,连司机都看不到。

"想照亮它看一眼吗?"斯科特笑道。

"为什么?因为他有钱?他可能跟我们一样迷路了。"

"我们不可能迷路,我们是警察。"斯科特装作一脸严肃地说。

"说不定他也在找那家该死的拉面馆呢。"史蒂芬妮哈哈笑着说。

"你赢了。别管拉面了,咱们弄点鸡蛋吃吧。"

史蒂芬妮伸手准备启动车子,这时,那辆宾利缓缓地接近了前方30码处的又一个丁字路口。就在它抵达交叉路口的一瞬间,一声低沉的轰鸣打破了完美的寂静。只见一辆黑色的肯沃斯卡车从街对面冲了过来,从侧面狠狠地撞上了宾利。足有6000磅重的宾利被撞翻了,右侧着地停在了街对面。肯沃斯迅速打横,堵在了路中央。

---

① 指美国漫画人物蝙蝠侠的座驾,此处是讽刺这辆车太夸张。

"我的天啊!"史蒂芬妮大喊。

斯科特把警灯拍到车顶,然后下了车。闪烁的蓝色警灯照亮了街道和四周的建筑。

史蒂芬妮钻出车子,打开肩上的通话器,寻找着街标。

"我们在哪儿?这是哪条街?"

斯科特看到了路牌,"和谐路,距离海港高速公路3个街区。"

"编号2A24,和谐路发生了伤人事故,距离海港高速公路3个街区,威尔夏往北4个街区。请求医护人员和消防队员支援。"

斯科特在她前面三步远,他先靠近了宾利。

"我来查看蝙蝠战车,你去瞧瞧那辆卡车。"

史蒂芬妮一路小跑着过去,两人分头行动。街上没有其他人或东西在移动,只剩宾利车盖下嘶嘶冒出的蒸汽。

他们还没走到事故现场,卡车内部突然爆发出明亮的黄色光芒,建筑之间回响着沉重的爆裂声。斯科特一开始以为卡车中有什么东西爆炸了,紧接着,子弹如暴雨般击中了他们的警车和宾利。斯科特本能地跳到一旁,史蒂芬妮倒了下去。她尖叫了一声,然后用双臂捂住了胸口。

"我中弹了!噢,该死的——"

斯科特卧倒在地,保护头部。子弹在他身旁的车身上擦出火花,路面被击出了坑洞。

行动起来!做点什么!

斯科特滚到一旁,拔出手枪,用最快的速度向闪光的位置射击。他站起身来躲着子弹向搭档跑去,这时,一辆深灰色福特老爷车沿街开来。它停在宾利旁边,发出了尖锐的刹车声,但斯科特几乎没看到它。他边跑边盲目地向卡车开着枪,极力试图接近自己的搭档。

史蒂芬妮蜷缩着身子，仿佛在做仰卧起坐。斯科特抓住她的胳膊，他意识到卡车中的人停止了射击。尽管史蒂芬妮放声尖叫，他依然以为他们能成功逃掉。

只见两个头戴黑色面罩、身穿笨重外套的男人从老爷车里钻出来，他们用手枪对宾利开火，击碎了玻璃，车身满是弹孔。司机仍坐在方向盘后面。他们开火之时，又有两个人端着AK－47步枪从卡车中钻了出来。

斯科特拖着史蒂芬妮挪向他们黑白相间的警车，差点儿在她的血泊中滑倒。然后，他开始后退。

最先从卡车中出来的人又高又瘦，他立刻开始对宾利的挡风玻璃开火。第二个人身材肥硕，啤酒肚从皮带上方鼓了出来。他用步枪瞄准了斯科特，AK－47爆出花朵一般的明黄色火苗。

有什么东西狠狠地击中了斯科特的大腿。他松开了史蒂芬妮，也松开了自己的手枪。他重重地跌坐在地上，看到鲜血从自己腿上喷涌而出。斯科特捡起手枪，又开了两枪，子弹便用尽了。他跪坐起来，再次抓住史蒂芬妮的胳膊。

"我要死了。"史蒂芬妮绝望地说。

"不，你不会死的。我对天发誓，你不会的。"斯科特安慰道。

第二发子弹射中了他的肩膀，冲击力将他掀翻在地。他再次松开了史蒂芬妮和手枪，左臂失去了知觉。

大块头一定以为斯科特死了。他转向了同伙，就在这一刻，斯科特拖着受伤的腿奋力向巡逻警车爬过去。警车是他们唯一的掩护，如果他能爬到车子里，就可以利用它作为武器或盾牌去接史蒂芬妮。

斯科特一边匍匐后退，一边按下肩上的通话器，尽可能在不让对方发觉的情况下低声而清晰地说道："有警员受伤！有人开枪，有人开枪！编号2A24,我们快死了！"

老爷车上下来的人扯开宾利的车门,冲里面疯狂扫射了一通。斯科特瞄了一眼里面的乘客,却只能看到模糊的影子。随后,射击停止了。史蒂芬妮在他身后呼喊,她的声音掺杂着血泡咕噜的声响,如同利刃戳在他心里。

"别离开我！斯科蒂①,别离开我！"

斯科特更努力地爬着,近乎绝望地试图接近警车。车里有枪,钥匙就插在引擎上。

"别离开我！"

"我不会的,宝贝。我不会的。"斯科特一边爬一边说着。

"回来！"史蒂芬妮绝望地叫道。

斯科特距离警车只有5码了,可就在这时,大块头听到了史蒂芬妮的声音。

他转身看到了斯科特,然后端起步枪,开了火。

斯科特第三次感到被子弹击中。这次,子弹穿过他的背心击中了胸口右下侧。一阵剧痛,随后腹腔充满了鲜血,这令他痛苦到了极点。

斯科特停了下来。他想爬得更远,却失去了力气。他用胳膊肘撑着身子,等待大块头再一次开火,可对方却转向了宾利。

远方传来了警笛声。

宾利中有黑色的人影,但斯科特看不到他们在做什么。老爷车的司机转身望着枪手,同时掀起了面罩。斯科特看到他的脸颊上闪过一抹白色,然后,宾利旁边的人冲进了老爷车。

大块头是最后一个。他在老爷车敞开的车门前犹豫了片刻,

---

① 斯科特的昵称。

23

多看了斯科特一眼,然后举起了步枪。

斯科特尖叫起来。

"不——"

他想跳起来逃离这一切。

警笛声渐渐远去,变成了抚慰的声音。

"醒醒,斯科特。"

"不!"

"3、2、1——"

在他中枪的那个夜晚之后的第9个月零16天,也就是在他目睹了自己的搭档被杀害之后的第9个月零16天,斯科特·詹姆斯尖叫着醒来了。

2

在醒来的一瞬间,斯科特狠狠地将自己拽离了交火现场。他很惊讶自己居然没从心理医生的沙发上跳起来。根据过去的经验,他知道自己只是轻微地打了个寒战。每一次他都会以同样的方式从强化的记忆中醒来,每一次都在大块头举起AK-47的瞬间脱离梦境。斯科特小心地做了个深呼吸,试图平复自己雷鸣般的心跳。

古德曼的声音从幽暗的房间另一侧传来。查理斯·古德曼是个心理医师,他与洛杉矶警察局签有长期合同,但并不是警局的雇员。

"深呼吸。斯科特,你还好吗?"

"还好。"

他心跳如擂鼓一般,双手颤抖,胸口满是冷汗。然而,既然那突如其来的苏醒在古德曼眼中不过是微小的震颤,斯科特也很善于压抑自己的感受。

古德曼40多岁,身材发福,留着一小撮尖胡须,扎着马尾辫,穿着凉鞋,似乎还有脚气。他小小的诊所位于洛杉矶河不远处,在影城中的一栋两层小楼的第二层。斯科特的第一个心理医生在唐人街的洛杉矶警局行为科学服务司有一间更漂亮的办公室,但斯科特不喜欢她。她让他想起史蒂芬妮。

"你想喝点水吗?"古德曼问。

"不,不,我没事。"

斯科特把脚从沙发上放下来,发觉肩膀和身体一侧有些僵硬,不禁龇牙咧嘴。他坐得太久身体便会发麻,站立和移动能缓解痛楚。他也需要一些时间来适应催眠结束之后的状态,这就像从阳光普照的街道一步迈进了阴暗的酒吧。这已经是他第五次对那晚的事情进行强化回忆了,但这段回忆中有些东西令他困惑不解。随后,他想起来了,于是转头望着心理医生。

"鬓角。"他说道。

"鬓角?"医生奇怪地反问。

"驾车逃逸的人,他有白色的鬓角,浓密的白色鬓角。"

古德曼在本子上迅速做着笔记,然后往回翻看了几页。

"你之前从未形容过他的鬓角?"

斯科特试图回忆。他形容过吗?他是否早就回想起了鬓角这回事,只是没提过?他扪心自问,但早已知晓答案。

"我之前没有回忆起来,直到现在,我才想起来的。"

古德曼飞速记录着,但他潦草的笔迹令斯科特愈发产生了疑虑。

"你觉得我是真的看到了,还是想象出来的而已?"

古德曼举起一只手,直到记录完毕才开口讲话。

"我们先不谈论这个。我想让你告诉我你记得的事,不要质疑自己,只是告诉我你想起来了什么。"

记忆中的场景历历在目。

"当我听到警笛声的时候,他向枪手转过身去,在转身的同时掀开了面罩。"

"他戴着同样的面罩?"

斯科特总是以同样的方式形容那5个枪手。

"没错,黑色的针织滑雪面罩。他掀起了一部分,我看到了鬓角。很长的鬓角,在耳垂下面。也可能是灰色的,像银灰色那种。"

斯科特碰了碰自己的耳垂,试图更清晰地重现那场景——昏暗灯光下遥远的面孔,但那一抹白色的鬓角却十分清晰。

"形容一下你看到的东西。"古德曼一边说一边做着记录。

"我只能看到他的一部分下巴,还有他白色的鬓角。"

"肤色呢?"

"我不知道。白色,可能是拉丁人,也可能是肤色较白的黑人。"

"别瞎猜,只形容你能清楚记得的部分。"

"我说不准。"斯科特摇摇头。

"你能看到他的耳朵吗?"

"能看到一部分,但太远了。"

"头发呢?"

"只有鬓角。他只掀起了一部分面罩,但足以看到鬓角了。上帝啊,我现在能非常清楚地记起来了。我是不是在胡编乱造?"

斯科特曾经十分深入地读过有关假造记忆的事。他也了解,催眠有助于恢复记忆,但这些记忆通常饱受质疑,也从未被洛杉矶检察官用作证据。它们太易受到攻击,也会导致合理怀疑①。

古德曼合上笔记本,将笔夹在中间。

"胡编乱造,也就是说,你想象自己看到了事实上不存在的东西?"

"没错。"

"那你告诉我,你为什么会这么做?"

斯科特很讨厌古德曼对他用这一套心理分析的技巧,让他提供自己的答案。但斯科特已经连续7个月接受他的治疗,所以也勉强接受了这一套。

枪战后第二天,斯科特才醒来,对那晚保留了十分鲜明的记忆。接下来的三周,他接受了凶杀科警探的密集询问,尽可能详细地形容那5名枪手的样貌,却无法提供任何足以证明他们身份的细节,仿佛那些人是毫无特点的剪影。5个人都戴着面罩和手套,从头到脚裹得严严实实。没人走路一瘸一拐,也没人缺胳膊少腿。斯科特没有听到他们的声音,也无法提供任何眼睛、头发或皮肤的颜色,更不用说类似文身、首饰、伤疤或特殊装扮等其他足以辨别身份的信息了。现场的弹药、肯沃斯和被弃置在8个街区之外的福特老爷车中都没有发现任何指纹或用得上的DNA信息。尽管案件由洛杉矶警局凶杀科的精锐队伍负责侦查,却未发现任何嫌疑人。所有警员都疲惫不堪,调查不可避免地陷入了僵局。

斯科特中枪之后过了9个月零16天,那5个冲他开枪并且杀死了史蒂芬妮的凶手依然逍遥法外。

他们还未落网。

---

① 美国司法常用的概念,"超越合理怀疑"是每个犯罪嫌疑人被定罪的必要条件,而若存在"合理怀疑",也就是说证据存在合理的疑点,那么嫌疑人就不能被定罪。

那5个杀死史蒂芬妮的凶手,还未落网!

斯科特瞟了一眼古德曼,感到自己涨红了脸。

"因为我想帮忙。我想让自己觉得,我在为抓捕那些混蛋做些什么,所以我才会编造那些狗屁不通的描述出来。"

因为我还活着,而史蒂芬妮死了。

斯科特看到古德曼并没有把这些记下来,不禁放松了一些。古德曼笑了。

"我觉得这令人鼓舞。"

"什么?我在编造记忆吗?"

"我没有理由相信你在编造任何东西。从一开始,你对那一晚的大部分描述都保持一致。从你与史蒂芬妮的对话,到车子的型号和模样,再到枪手开枪时的位置。所有能够证实的描述都已经证实了。但那天晚上在短时间内发生了太多事情,在这样超乎寻常的压力下,我们往往容易忽略细节。"

古德曼在形容记忆时往往十分精确,这是他的专长。他倾身向前,拇指与其他四指捏在一起,向斯科特展示什么叫"细节"。

"别忘了,你在我们的第一次回忆中就想起了弹壳,但直到第四次才回忆起你在看到肯沃斯卡车前就已经听到它的引擎声。"

我们的回忆。听起来仿佛古德曼当时跟他在一起,差点被子弹打成碎片,而史蒂芬妮在他们身旁死去。不管怎样,斯科特得承认古德曼说得有道理。在他第一次做强化记忆疗程时,他才回忆起弹壳如同闪亮的黄铜彩虹一般从大块头的步枪上划着弧线落地。直到第四次疗程,他才回忆起肯沃斯的引擎声。

古德曼的身子前倾得如此厉害,斯科特几乎以为他要从椅子上摔下来了。看得出,他非常感兴趣。

"研究表明,当微小的细节开始恢复,在压力下遗忘的那些记忆,你可能会想起更多。因为新的记忆会带来其他新的记忆,就像水滴渗过大坝,那速度会愈来愈快,直到洪水将其冲垮。"

斯科特皱了皱眉头。

"也就是说,我的大脑正在崩溃?"

古德曼微笑着回应斯科特皱起的眉头,然后再次打开了笔记本。

"也就是说,你应该感到鼓舞。你想要知道那晚究竟发生了什么,这正是我们现在正在做的。"

斯科特没有回答。他曾相信自己愿意探究那晚的事,但他愈来愈想要忘记,尽管这看起来不可能。他反复经历、反复回忆,一次次因这段记忆而伤心沮丧。他痛恨那个夜晚,却无法离它而去。

斯科特瞟了一眼时钟,发现他们只剩下 10 分钟了,于是站起身来。

"我们今天就这样吧,好吗?我要好好想想。"

古德曼没有合上笔记本。他清了清喉咙,这是他要改变话题的征兆。

"我们还有几分钟时间,我想跟你弄清楚几件事情。"

弄清楚。这是心理医生的黑话,也就是要问更多斯科特不愿意谈论的事。

"好吧,关于什么?"斯科特问。

"回忆疗程是否有帮助?"

"我回想起了鬓角,你刚刚告诉我这很有帮助。"

"不是说帮助你想起来什么,而是帮助你恢复。你的噩梦减少了吗?"

从他在医院里的第四天开始,噩梦便会隔三岔五地造访他。大部分像是那晚发生的事情拍成的电影片段——大块头冲他开枪,大块头端起步枪,他在史蒂芬妮的血泊中滑倒,子弹撞击身体的感觉。但愈来愈多地,他开始梦到那些戴着面罩的人在追捕他。他们从他的壁橱中跳出来,或是躲在他的床下,或是躲在他车子的后座里。最近一次噩梦发生在昨晚。

"少多了,我已经两三周没有做噩梦了。"斯科特说。

古德曼在本子上做着记录。

"你认为这是回忆疗程的作用吗?"

"要不然呢?"

古德曼满意地点点头,又做了一条记录。

"你的社交生活怎样?"

"社交生活还不错,如果你指的是跟兄弟们喝酒的话。我没在跟什么人约会。"

"你有在找吗?"

"漫无目的地闲聊也是心理健康的必要组成部分吗?"

"不,不是的。"

"我只想找到一个我能与之交心的人,你懂吗? 一个能理解我感受的人。"

古德曼露出鼓励的微笑。

"你早晚会遇到什么人的,没有什么比爱情更能愈合伤口。"

没有什么比遗忘更能愈合伤口,或者抓到那些混蛋。但这些似乎都不可能。

斯科特瞟了一眼挂钟,愤怒地发现他们居然还有 6 分钟。

"咱们今天就到这儿行吗? 我累坏了,还得去工作。"

"还有一件事。咱们聊聊你的新工作吧。"

斯科特又瞟了一眼时钟,愈发不耐烦起来。

"怎么了?"

"你有自己的狗了吗？上个疗程的时候，你说狗马上就会送过来了。"

"上周就到了，首席训练员要在接收它们之前做个全面检查。他昨天才完成，说我们可以继续了。我今天下午就能看到自己的狗。"

"然后你就可以回到街上巡逻了。"古德曼微笑着说。

斯科特知道对话在向什么方向进行，他不喜欢这样。他们以前也这么聊过。

"等我们通过考核，没错。警犬专员就是在街上工作的。"

"与坏人面对面。"

"说得没错。"

"你上次几乎丢了命，你会害怕那一晚重演吗？"

斯科特犹豫片刻，但他知道不应该假装无所畏惧。斯科特并未想过重新去巡逻，也不想坐在办公桌后面。但当他得知都会司的警犬部门有了两个空缺，便立刻努力争取。九天前，他完成了警犬培训课程。

"我当然考虑过。但所有警员都考虑过这一点，这就是我愿意继续做警察的原因。"

"并不是所有警员都中过3枪，还在同一个晚上失去了搭档。"古德曼直言道。

斯科特没有回答。从在医院中苏醒的那一天起，斯科特就无数次考虑过离职。他的大部分警员朋友都说，他不接受病退实在是疯了。洛杉矶警局的人事部门也告诉他，以他的伤情，恐怕很难复职。但斯科特依然努力留在警局里。他坚持通过了物理治疗，努力说服他的上司和都会司警长让他进入警犬部门。他会在半夜苏醒，为自己所做的一切努力寻找理由：或许他并不知道还能做些什么,或许他生命中不存在其他事情,或许他只是试图说服自己,他仍然与枪战之前一样。毫无意义的语句填充着空虚的黑暗,如同他对古德曼和其他人诉说的谎言或半真半假的话语。因为假话比真话容易说出口。说不出口的真相是,他感到自己仿佛在那个夜晚死在了史蒂芬妮身旁。如今,他只是一个鬼魂,假装自己仍然活着。就连他选择成为警犬专员也是一种伪装——他可以成为一个不需要搭档的警察。

斯科特意识到自己已经沉默了太久,而古德曼正在等待他的回答。

"如果我离开,那些杀死史蒂芬妮的混蛋就赢了。"斯科特说。

"为什么你还来我这儿接受治疗?"

"为了好好地活下去。"

"我相信这是实话,但并不是全部实话。"

"那不如你告诉我吧。"

古德曼看了一眼时间,终于合上了笔记本。

"看起来我们超时了几分钟。这次疗程不错,斯科特。下周同一时间?"

斯科特站起身来,掩饰着身体一侧因突然的动作而引发的刺痛。

"下周同一时间。"斯科特打开门。

这时,古德曼再一次开口,"我很高兴疗程对你有所帮助。我希望你能回想起足够多,足以寻找到内心的宁静。"

斯科特犹豫片刻,走出门去,一直下到停车场,他才再度开口,喃喃自语:"我希望能回想起足够多,足以让我忘记。"

史蒂芬妮每夜都会来找他,他对她的记忆折磨着他——史蒂芬妮从他沾满鲜血的双手中滑脱,哀求他不要离开。

不要离开我！斯科特，不要离开我！

回来！

在噩梦中，她的双眼和哀求的声音令他痛苦万分。

史蒂芬妮在死去时以为他抛弃了她。无论他此刻做什么，无论他将来做什么，他再也无法改变她最后的念头。她死去时以为他抛弃了她，只顾自己逃命。

我在这儿，史蒂芬①。我没有离开你。

我当时是想救你。

斯科特夜复一夜地告诉她这些，但史蒂芬妮已经死了，再也无法听到。他知道他再也无法说服她，但每次她来找他，他还是会重复告诉她。他在试图说服自己。

3

古德曼的小楼背后狭窄的停车场因夏日的暑气而炎热无比，空气如同砂纸般干燥。斯科特的车太烫了，他用手帕垫着才打开了车门。

那场枪战前两个月，斯科特才买了这辆蓝色的1981年版的特兰斯艾姆②。它右后挡泥板从尾灯一直到车门有一道难看的凹痕，蓝漆锈迹斑斑，车载收音机坏了，里程表显示它已经跑了12.6万英里。斯科特花了1200美元买下它，作为周末的消遣。他以为自己能用空闲时间翻修这辆车，但在枪战之后，他丧失了兴趣。9个月之后，这辆车依然如故。

空气渐冷，斯科特开上了范图拉高速公路，向格兰代尔驶去。

---

① 此为史蒂芬妮的昵称。
② 通用汽车公司的一款经典车型。

警犬分队总部与都会司同在市中心中央车站附近,但在城市周边有几个驯犬中心。初级训练营地在格兰代尔,那里空间充裕,斯科特和另外两名新手训练员就是在这里接受了为期 8 周的警犬专员培训,由部门最有经验的首席训练员担任教练。学徒训练员接受培训时使用的是退休警犬,它们大多因为疾病或伤残而不再进行实地工作。它们很容易相处,也知道该做些什么。从许多角度来看,这些警犬就像是新手训练员的老师。但当培训期结束之后,训练犬将回到它们的住处,新手训练员将会与尚未完成训练的警犬组成搭档,开始为期 14 周的考核。对新手训练员而言,这是令人激动的一刻,这意味着他们终于可以与属于自己的狗建立联系了。斯科特知道他应该感觉到兴奋,但心里却只能麻木地按部就班。

　　等斯科特和他的狗通过考核,他会与这只警犬一起待在一辆警车里,这就是斯科特想要的——独自待着的自由。他与史蒂芬妮在一起时已经享受了足够的陪伴。

　　斯科特正路过好莱坞交叉道,这时,他的电话响了。来电显示是警局,于是他接听了电话,心想或许是他在警犬分队的首席训练员多米尼克·兰德尔。

　　"我是斯科特。"

　　电话里是一个男人的声音,但不是兰德尔。

　　"詹姆斯警员,我是巴德·奥索,劫案凶杀部的。我想打电话自我介绍一下,我刚刚调来负责你的案子。"

　　斯科特一言不发地继续开车,他已经有 3 个月没有跟他的案件调查员讲话了。

　　"警员,你还在吗? 断线了吗?"

　　"我还在。"斯科特答道。

"我刚刚调来负责你的案子。"

"我听到了,米伦怎么了?"

"米伦警探上个月退休了,斯特拉警探调走了。我们有一支新的队伍来负责这件事。"

米伦警探是之前的负责人,斯特拉是他的搭档。

那天,斯科特挂着双拐走进警局行政大楼,在整个凶杀科面前对米伦大发雷霆,因为他们在 5 个月的调查之后依然无法找到一个嫌疑人,也找不到新的调查方向。米伦试图走开,但斯科特抓住了他,被自己的双拐绊倒,拖着米伦一起摔倒在地。那番场景十分难堪,斯科特后悔不已,这甚至可能让斯科特失去重返岗位的机会。此事之后,斯科特在都会司的上级杰夫·施密特警监与凶杀科指挥官卡萝尔·陶平警督达成了协议,就当这件事没发生过。

因为同情这名曾在街头身中数枪的警员,米伦没有投诉斯科特,但从此不再允许他过问调查进展,也不再回他的电话。

"好吧,谢谢你告诉我。"斯科特说。

他不知道该说些什么,但不禁想知道为什么奥索听上去如此友好。

"米伦告诉你发生过什么了吗?"

"是的,他告诉我了。他说你是个不知感激的混球。"

"没错。"

去他的吧。斯科特才不关心米伦对他的看法,也不关心新来的这位怎么想。但让他惊讶的是,奥索大笑起来。

"我说,我知道你跟他互相看不顺眼,但我可是新来的。我想见见你,聊聊文件里的一些东西。"

斯科特感到心头浮现了一线希望。

"米伦发现了什么新的方向吗?"

"不,不能这么说。只是我想要搞清楚那天晚上发生了什么而已。你今天有时间吗?"

希望之火黯淡下去,变成了苦涩的微光。奥索听上去是个不错的人,但斯科特刚从那晚发生的事中解脱片刻,他受够了谈论它了。

"我正在执勤,接下来也有安排。"

奥索沉默片刻。这让斯科特明白,他知道斯科特在找借口。

"明天怎么样,或者你什么时候比较方便?"奥索改口。

"我到时候给你打电话不行吗?"

奥索告诉了他一个直拨号码,然后挂了。

斯科特把手机丢在两腿之间的座位上。片刻之前,他内心的麻木已经被愤怒取代。斯科特不知道奥索到底想问什么,也不知道自己是不是该提起鬓角的事——他甚至不知道它是不是真实存在的。

斯科特穿过车道,拐弯开向市区。路过格里菲斯公园时,他拨通了奥索的电话。

"奥索警探,我是斯科特·詹姆斯。如果你现在在办公室,我可以顺便过去。"

"我在,你记得我们在哪儿吗?"

斯科特笑了,他不知道这是不是奥索的幽默风格,"我记得。"

"来的路上别打人。"奥索开玩笑说。

但是斯科特没有笑,奥索也没有。

接下来,斯科特给多米尼克·兰德尔打了个电话,告诉他自己没法去见新的警犬了。兰德尔像德国牧羊犬一样咆哮起来。

"见鬼,为什么不行!"

"我正在去'大船'的路上。"斯科特说。

"去你的大船,那破烂大楼里没什么事更没什么人能比这些狗更重要!我让你加入警犬分队,可不是为了跟那些人浪费时间的!"

劫案凶杀部在警局行政大楼的第五层。警局行政大楼有10层高,就在市政厅对面。大楼面向市政厅的一面像一个薄薄的三角形楔子,这让整栋大楼看上去活像一艘大船的船头,所以一般警员都管它叫"大船"。

"他们让我去一趟劫案凶杀部,跟那个案子有关。"

兰德尔的语调缓和了些,"你的案子?"

"是的,长官。我正在路上。"

兰德尔的声音再次粗暴起来,"好吧,办完了赶紧滚过来。"

斯科特从未穿着制服去过古德曼的诊所。他总是将制服放在一个运动包里,手枪则放进后备厢里面上锁的枪盒。他在第一大街驶下高速公路,然后在大船的停车场里换上制服。他早已预料到,因为之前与米伦的纠葛,会有不少警探对他另眼相看。不过,他才不关心呢,他想让他们记得,他是个警察。

斯科特在大厅接待处出示了警徽和警局身份卡,告诉接待员他是来见奥索的。她打了个简短的电话,然后给了斯科特另一张身份卡,让他夹在衣服外面。

"他在等你,你知道他们在哪儿吗?"

"我知道。"

穿过大厅时,斯科特极力保持平衡。这很不容易,毕竟他的腿里嵌入了这么多金属。那晚他被推进了乐善医院急救室,大腿、肩膀和腹部都动了手术。接下来的一周里,他又动了3次手术,6周后还有2次。腿伤让他失去了3磅重的肌肉组织,需要靠1根钢条和6颗钢钉来重塑腿骨,神经也受到了伤害。肩膀的重塑则用上了3块钢板、8颗钢钉,同样留下了神经后遗症。多次手术之后的物理恢复令人苦不堪言,但他坚持了下来。只要比痛苦更加坚强,就不会被痛苦打败。当然,有时候也需要一点止痛药来帮忙。

巴德·奥索大约40出头,留着一头黑色短发,胖乎乎的脸让他看起来活像个童子军团长。他在电梯外等着斯科特,这完全出乎斯科特的意料。

"巴德·奥索。很高兴见到你,当然,很抱歉是在这样的情况下见面。"

奥索的手劲大得令人惊讶,但他很快松开了斯科特,带他走向凶杀科办公室。

"自打他们把案子交给我,我就跟案卷活在一块儿了,那晚发生的事真是太可怕了。你复职多久了?"奥索问。

"11周。"

礼貌的对话。斯科特的怒火已经点燃,他不知道凶杀科的办公室里有什么在等待他。

"我很惊讶他们让你这么做。"

"让我怎么做?"斯科特的眉毛一挑。

"回来,你完全可以申请病退了。"

斯科特没有回答。他已经厌倦了谈话,开始后悔自己过来了。

他们并肩走过时,奥索注意到了斯科特肩上的警犬分队徽章。

"警犬,那应该很有意思。"

"好多了。它们会服从你,不会顶嘴。它们只不过是狗。"

奥索终于听明白了暗示,不再开口。他带领斯科特走进了凶杀科。进门的一刹那,斯科特感到一阵紧张,但房间里只有5个警探,没人往他身上多看一眼,也没人打招呼。他跟着奥索走进了一间小型会议室,里面有1条长桌和5把椅子。桌子一端的地板上堆着1个黑色的文件箱。斯科特看到自己的证词摊开在桌上,旁边则是宾利中那两个男人的亲友的证词。其中,那司机名叫艾里克·帕拉斯安,是一名房地产开发商,身中16枪;还有他来自法国的表弟乔治·比斯特,一名房地产律师,身中11枪。

奥索走到桌前,让斯科特随便坐。

斯科特支撑着身体,转过头去坐下,好让奥索看不到他痛苦的表情。每次就座都会让他身子一侧感到刺痛。

"想喝点咖啡或者水吗?"奥索礼貌地问道。

"不用了,谢谢。"

犯罪现场的一幅大型还原图挂在墙上,上面画着肯沃斯、宾利、福特老爷车和警车,还有史蒂芬妮和斯科特。画板旁的地板上有一个打开的黄色信封。斯科特猜想里面应该是犯罪现场的照片,于是他转头不去看它。他抬起头,迎上了奥索的目光。此时此刻,奥索不再像个童子军团长了。

他目不转睛,显得十分坚定,"我理解,谈论这件事可能很困难。"

"没事。你想知道什么?"

奥索审视了他片刻,抛出了问题,"为什么那个大块头没有杀死你?"

斯科特曾无数次问自己这个问题,却只能猜测答案,"有人来了,我猜。当时警笛声愈来愈近了。"

"你看到他逃走了吗?"

如果奥索读过他的证词,他早该知道答案。

"没有。我看到他举起步枪,枪口一抬,我就倒下了。或许我昏过去了,我不知道。"

之后,在医院里,他们告诉他,当时他因失血过多而晕倒了。

"你听到他们离开的声音了吗？"

"没有。"

"车门关上的声音？"

"没有。"

"医护人员抵达时，你醒着吗？"

"他们怎么说？"

"我在问你。"奥索固执地问。

"枪口一抬，我往后一仰。之后醒来，我就在医院里了。"斯科特答道。

斯科特的肩膀痛死了，仿佛他的肌肉正在变成石头。疼痛沿着他的背部蔓延开来，仿佛受伤的组织再次裂开。

奥索缓缓点头，随后歪歪地耸了耸肩。

"或许警笛就是原因，但谁知道呢。当你仰过去时，或许他以为你死了，或许他没子弹了，或许枪卡壳了。总有一天，我们会直接问他的。"

奥索拿起一本薄薄的报告，向后一靠，"问题是，你的听力一直没问题，直到你晕过去。在你的证词里，你曾提到你和安德斯警员谈论过那里有多安静。你说，她关上了引擎，好让你们享受那种宁静。"

斯科特感到自己涨红了脸，愧疚感从内心深处涌出，"是的，长官。这是我的错，是我让她熄火的。"

"你听到什么了吗？"奥索问。

"当时很安静。"

"我知道很安静。但究竟有多安静？有没有什么背景音？"

"我不知道，或许有高速路的声音。"

"不要瞎猜。隔壁街区有声音吗？狗吠声？特别的噪声？"

斯科特不知道奥索想找什么，米伦和斯特拉都不曾问过背景声音的问题。

"我想不起什么。"

"关门声？引擎发动的声音？"

"当时很安静。你到底想挖出什么来？"斯科特有点不耐烦了。

奥索转到画板前，靠过去指着肯沃斯开出的侧街。距离路口三间店铺的位置画了一个蓝色的X。

"你中枪的那晚，这间店铺被盗了。店主说这事发生在8点之后，因为他8点才锁门离开，而且一定是在第二天早上7点之前。我们并不知道盗窃案发生时，你和安德斯是否在现场，谁也不知道。我一直在思考这件事。"

斯科特不记得米伦或斯特拉曾提到过盗窃案，这在调查中可是件大事。

"米伦从没问过我这个。"斯科特疑惑地说。

"米伦不知道。这家店是尼尔森·辛的，你听过这个名字吗？"

"没有，长官。"

"他卖的是糖果、药草还有从亚洲进口的乱七八糟的东西——有些是不允许被带进美国的。他已经被盗了很多次，都懒得报警了。于是他买了一支枪，结果6周前在烟酒和爆炸物管理局被人举报了。管理局讯问他的时候，他吓坏了，坚持说他需要一支M4卡宾枪是因为他曾多次遭人盗窃。他列出了一个单子，想说明他的商店被闯入的次数。去年发生了6次，如果你想知道的话。其中一个日期刚好就是你中枪的那天。"奥索解释道。

斯科特盯着商店位置画的蓝色X。史蒂芬妮关上引擎的时候，他们只享受了10到15秒的宁静，然后就开始聊天。接着，宾利出现了。但那辆宾利十分安静，他当时几乎以为它是漂浮着的。

"我听到了肯沃斯的发动机。它从侧街冲出来之前,我听到了大型柴油发动机旋转的声音。"

"就这些?"

斯科特不知道该说多少,也不知该如何解释。

"这是一段新的记忆。直到前几周,我才想起来那个声音。"斯科特说。

奥索皱了皱眉头,于是斯科特继续说下去。

"那晚在短时间内发生了太多事情。我记得大事件,但很多小细节都忘记了。它们现在开始重新浮现出来了,医生说这是很正常的。"

"好吧。"

斯科特犹豫片刻,还是决定告诉他鬓角的事。

"我瞥到了逃逸用车的司机的脸。之前的证词里没有写,因为我刚刚想起来这件事。"

奥索身体前倾。

"你看到他了?"

"侧脸,他掀起了面罩。他有白色的鬓角。"

奥索把椅子推近了一些,"你能从'六人指证测试'中找出他来吗?"

"六人指证测试"的意思是把6个模样相似的嫌疑人的照片摆在一起,然后请目击证人指认。

"我看到的只是鬓角。"

"我能不能安排你跟画像师谈谈?"奥索问。

"我看得不够清楚。"

此刻,奥索似乎被激怒了,"种族呢?"

"我只记得鬓角。或许之后能记起更多,但我不知道。我的医生说,一段记忆会诱发另一段。我先是记起了肯沃斯的发动机的声响,然后是鬓角,或许以后,更多记忆会回来的。"

奥索仿佛在思考,最后坐回了椅子里。他整个人又柔和起来。

"你的经历太可怕了,老兄。我很抱歉发生了这种事。"

斯科特不知该说些什么。最后,他耸了耸肩。

"我想跟你保持联系。你一旦想起别的什么,就打电话给我,不管你觉得是不是重要的。别担心听起来太傻什么的,行吗?我想知道你能回忆起来的一切细节。"奥索说。

斯科特点点头,他瞟了一眼桌上摊开的文件和箱子里没打开的那些。这箱子比斯科特想象中的要大得多,里面文件的数量也超乎预料。米伦告诉他的信息太少了。

斯科特盯着箱子看了一会儿,然后将目光移回到奥索身上。

"我能看看这些文件吗?"

奥索顺着斯科特的目光望着箱子,"你想看这些文件?"

"一段记忆能触发另一段。或许我能看到些什么,帮我想起更多信息。"

奥索思考片刻,点了点头,"可以,但现在不行。如果你想这么干的话,你只能在这里看,我觉得没问题。你过几天打电话给我,咱们再约时间。"

奥索站起身来,斯科特也随之起身。

奥索看到了他的表情,"嘿,你还好吗?"

"伤口放松时会痛。医生说,大概要过一年,肌肉僵硬才能好。"

他对所有人都这么说。

奥索没再说什么,直到他们穿过走廊,走向电梯。他的目光才再一次坚毅起来。

"还有一件事,我不是米伦。他很同情你,但他觉得你已经变成了一个疯子和混蛋,应该去做精神治疗,不该干涉案子进程。你呢,或许以为他是个差劲的警探。你们俩都错了。不管你怎么想,他们真的尽全力了。但有时候,就算尽了全力,也可能一无所获。这很糟糕,但有时候就是这样。"

斯科特张开嘴,想说些什么,但奥索举起一只手,制止了他。

"这里没人会放弃,我也绝不会放弃。无论如何,我会破了这个案子。你明白了吗?"

斯科特点点头。

"我的门永远敞开。你随时可以打电话给我,但要是你一天打16个电话,我可未必会回16次。明白了吗?"

"我不会一天打16个电话的。"

"但如果我一天打给你16个电话,你可最好每一次都马上回我,因为我会有问题想问你。"

"只要能抓到那些混蛋,搬进来跟你同居我也愿意。"斯科特一脸认真地说。

奥索笑了,这让他变回了童子军团长的模样。

"你不用跟我同居,但我们会抓到他们的。"

他们在电梯前道别。斯科特等奥索回到办公室,然后一瘸一拐地走进洗手间。没人看到的时候,他才会瘸。

太疼了,他觉得自己就要呕吐了。

他用冷水洗了把脸,揉捏着眼睛和太阳穴,然后擦干脸,从一个小塑料袋中掏出两片维柯丁①吞了下去。之后,他再次用冷水冲了冲脸。

他把脸拍干,盯着镜子里的自己看了一会儿,等待药片起作

---

① 一种止痛药。

用。他比中枪那晚轻了15磅,因为腿伤而矮了一点儿。他长出了皱纹,看上去老了一些。他不禁想知道,要是史蒂芬妮看到他现在的模样会怎么想。

他正想着史蒂芬妮,一个穿制服的警员打开了门。他很年轻,步履匆匆,因此门甩得很响,斯科特往旁边跳了一步躲开噪音,转身面对那名警员。

他感到心脏狂跳,仿佛要跃出胸腔。他血压飙升,脸部抽动,呼吸憋在胸口。他一动不动地站在原地,盯着对方,脉搏在耳中雷鸣般涌动。

"哥们儿,嘿,对不起,吓着你了。我得撒尿。"年轻的警员说着,快步走向小便池。

斯科特盯着他的背影,然后紧紧闭上眼睛。尽管闭上了眼睛,那幅景象却依然挥之不去。他看到那个戴着面罩、挺着啤酒肚的大块头向他举起了AK-47。无论是在梦里还是在现实中,斯科特总能看到他。他看到大块头先打死了史蒂芬妮,然后将枪口转向了他。

"长官,你还好吗?"

斯科特睁开眼睛,看到年轻的警员正盯着他。

斯科特从他身边走过,离开了洗手间。他穿过大厅,始终没有瘸,直到他一路来到训练营地,去见第一只属于他的警犬。

4

警犬分队的初级训练地是位于洛杉矶河东岸的一处多功能场地,就在大船东北方向,两者相距几分钟车程。在这片区域,毫无特色的工业大厦愈来愈少,更多的是小型商户、平价餐馆和公园。

45

斯科特穿过一道门，把车停在一栋米色水泥建筑旁的小停车场里。建筑一侧是一片广阔的草地，足以用来举办垒球赛、哥伦布骑士会①的烧烤晚会或是训练警犬。建筑旁是一片越野障碍训练场。场地四周环绕着高高的铁丝网，密实的绿色樊篱挡住了公众的视线。

斯科特将车停在建筑旁，钻出车子，看到几名警员正在训练他们的狗。一位名叫梅斯·斯特里克的警犬专员正带着一条德国牧羊犬绕场慢跑，那条狗的后腿和臀部有古怪的印记。斯科特没有认出那条狗，也不知道她是不是斯特里克的宠物。场地另一头是名叫凯姆·弗朗西斯的训练员和他的狗。那条名叫托尼的狗正奔向一个男人，他的右臂和右手藏在袖子下厚厚的垫子里。他也是个训练员，名叫艾尔·迪蒙斯，他正在扮演犯罪嫌疑人。托尼是一只55磅重的比利时玛利诺犬，这个品种的狗看上去像是瘦小一些的德国牧羊犬。迪蒙斯突然转身奔跑起来，弗朗西斯等他跑出去40码才松开牵引绳，托尼立刻像猎豹追击羚羊般紧随其后。迪蒙斯转身应对，挥舞着用垫子保护的手臂。托尼距离迪蒙斯还有6到8码时腾空而起，扑向他的右臂。一个毫无准备的人肯定会被扑倒，但迪蒙斯已经经历了数百遍这种训练，他完全知道会发生什么。于是他顺势转身，拽着托尼在空中打转。托尼没有松口，斯科特也知道，它很喜欢这感觉。玛利诺咬人又狠又准，而且特别喜欢咬住不放，因此也被开玩笑地称为"马利鳄"。

迪蒙斯还在拖着狗打转，这时，斯科特看到兰德尔靠在墙边，正望着警员们训练他们的狗。兰德尔双臂交叉，卷起的牵引绳扣在腰带上。无论何时斯科特见到他，他身上总拴着牵引绳。

---

① 美国天主教慈善团体。

多米尼克·兰德尔是个又高又瘦的黑人,他已经做了32年警犬训练员,一开始在美国军队里,后来在洛杉矶地方治安所,最后进了洛杉矶警察局。在警犬分队的警察中,他就是个活着的传说。

他有些秃顶,头上环着一圈灰色短发,左手少了两个指头。那两个手指是被一条巨型罗威纳藏獒混种斗犬咬掉的,就在那一天,他获得了职业生涯中的第一枚英勇勋章。此后,他总共获得了7枚勋章。那天兰德尔和他的第一条狗——一条名为美丝·道金的德国牧羊犬,被派去搜寻一个名叫霍华德·奥斯卡里·沃考特的黑帮成员、杀人嫌犯和毒贩。那天早些时候,沃考特在一个公交车站向一群等车的高中生开了9枪,打伤3人,打死了一个名叫塔莎拉·约翰逊的14岁女孩。随后,洛杉矶警局的地面和空中支援力量将沃考特围困在附近的街区,兰德尔和美丝·道金被派去搜寻嫌疑人的位置。据称,嫌疑人携带武器、极度危险,潜藏在附近四栋建筑中的某一处。兰德尔和美丝很容易就摸清了第一栋建筑,然后进入了相邻的第二栋房子的后院,那里住着另一个黑帮成员,名叫尤提斯·辛普森。当时警员并不知道,辛普森养了两条巨大的雄性罗威纳与藏獒的混种斗犬,它们都身经百战、凶残无比,为辛普森的非法斗狗生意效力已久。

那天,当兰德尔和美丝·道金进入辛普森家的后院,两条狗从地下室里冲了出来,袭击了美丝·道金。第一条狗重达140磅,它狠狠地将美丝撞了个四脚朝天,牙齿深深咬进美丝的颈部,将她压在地上;第二条狗差不多和第一条狗一样重,它扑向美丝的右后腿,像狗抓住耗子一样摇晃。美丝尖叫起来。多米尼克·兰德尔本来可能做出愚蠢的举动,比如冲向花园里的浇水管,或是浪费时间使用胡椒喷雾,但美丝随时可能死去,因此兰德尔加入了战局。他用膝盖将咬住她后腿的那条狗撞开,用贝瑞塔手枪抵住它后背,扣动了扳机。接着,他抓向另一只狗的脑袋,迫使它松开了美丝的脖子。那巨型怪物咬住了兰德尔的手,兰德尔开了两枪,但大狗已经咬掉了他的无名指和小指。后来兰德尔说,直到他将美丝送上救护车、要求医护人员赶快将她送去最近的兽医院之后,他才意识到自己被咬掉了手指。

兰德尔和美丝·道金都康复了,他们继续共事了6年,直到美丝·道金退休。兰德尔的办公室里依然挂着自己和美丝·道金的合影。对所有曾与他搭档过的狗,他都保留了合影。

兰德尔看到斯科特时皱起了眉头,但斯科特知道这并没有恶意。

兰德尔对所有人、所有事都会皱眉,除了他的狗。

兰德尔将双臂抱在胸前,走进了建筑。

"来吧,看看咱们有什么。"

建筑被分为两间小办公室、一个常规会议室和一间犬舍。警犬分队只用这里的设施进行训练和考核,平时并不在这里办公。

斯科特跟随兰德尔走过办公室,进入了犬舍。兰德尔边走边介绍:犬舍左侧,8条拴着铁链的狗关在拴着铁链的门里,右侧的一条走廊一直通向建筑另一端。每间犬舍大约4英尺宽、8英尺深,两侧都是从地面一直延伸到天花板的墙壁。地面是厚厚的水泥板,内嵌下水管道,这样就可以用水管来冲洗笼舍。训练犬住在这里时,斯科特和他的两名同学艾米·巴博和西摩·珀金斯每天早晨都要来铲狗粪和用消毒水冲洗地板。这让犬舍里弥漫着医院的气味。

"珀金斯会得到吉米·里格斯的狗——蜘蛛。我想他们俩很般配。要我说,蜘蛛自己很有头脑,但他和西摩会处得来的。"兰德尔说。

西摩·珀金斯是3个新手训练员中兰德尔最喜欢的一个。珀金斯与猎犬在一起长大，对待狗有一种平静的信心，狗也会立刻对他产生信任。艾米·巴博对狗则有一种与生俱来的感情，且能发出与她瘦小的身形不相协调的威严命令和高亢声音。

兰德尔停在第二和第三间笼舍之间，两条新来的狗在这里等待。兰德尔一进入犬舍，两条狗都站起身来，较近的那只吠了两声。它们都是瘦削的雄性比利时玛利诺。

兰德尔微笑起来，仿佛他们是他的孩子。

"这些小伙子漂不漂亮？看看他们吧。真是英俊的年轻人啊。"

那条狗又吠了两声，它们都急切地摇着尾巴。

斯科特知道，根据警犬分队提供的指引，这两条狗送过来之前已经接受了饲养员的充分训练。事实上那些指引也是兰德尔提供的，他曾与饲养员一起周游世界，寻找最好的狗。过去3天里，兰德尔亲自训练它们，考察它们，衡量它们的身体状况，摸索每条狗的个性和特长。并不是每一条送到警犬分队的狗都能符合兰德尔的标准。他会淘汰那些不够格的，把它们送回到饲养员那里。

兰德尔再次审视这两条狗。

"这一条是古特曼，不知道是哪个白痴起的名字，但这就是他的名字。"

买来的狗一般到这里的时候已经两岁了，所以大多已经有了名字。捐赠的狗通常还要大一岁。

"这一条是夸尔罗。"

古特曼又吠了两声，后腿直立，试图透过铁门舔到兰德尔。

"古特曼很容易兴奋，所以我让他跟着艾米。夸尔罗非常聪明，他头脑灵敏，也容易相处，我想你们俩应该很般配。"兰德尔说。

斯科特觉得"容易相处"和"非常聪明"的意思是说，他搞不定另一条狗。珀金斯和巴博作为训练员更优秀,所以他们得到的狗更难掌控。斯科特则是个白痴。

斯科特听到犬舍另一端的门打开了,随后看到梅斯牵着那条德国牧羊犬走了进来。他将牧羊犬放进犬舍,拖出一个大型犬笼,然后关上了门。

斯科特打量着夸尔罗。他很漂亮,深褐色的皮毛,黑色的面孔,直愣愣的黑色耳朵。他的目光温暖而睿智,姿态沉稳。古特曼上蹿下跳之时,夸尔罗只是十分冷静地站在原地。兰德尔或许是对的。对斯科特来说,这是最容易相处的狗。

斯科特瞟了一眼兰德尔,但兰德尔没在看他,而是在冲着狗微笑。

"我会更加努力的,我会尽全力。"斯科特说。

兰德尔抬起眼睛,审视了斯科特片刻。在斯科特的记忆中,兰德尔唯一不皱眉的时候就是他望着狗的时候,但此时此刻,他仿佛陷入了沉思。他用剩下的三根指头碰了碰拴在腰带上的牵引绳。

"这可不是金属与尼龙,而是一根神经。你将一端扣在身上,另一端拴在这只动物身上。这不是用来拖着他招摇过市的,你会通过这根神经感觉到他,他也能感觉到你。所有感受都会双向传递——焦虑、恐惧、纪律、赞美——都通过这根神经。你和你的狗甚至不需要看到彼此,也不需要言语。他能感觉到,你也能感觉到。"

兰德尔松开自己的牵引绳,重新望着夸尔罗。

"你会努力工作,好吧,我知道你很努力,但有些东西是努力做不到的。我观察了你8个星期,你一切都按照我的指示去做,但我从没看到任何东西从你的牵引绳中传递过去。你明白我在说什么吗?"

"我会更加努力的。"斯科特想要多说几句。这时,凯姆·弗朗西斯打开了他们身后的门,让兰德尔帮忙检查托尼的脚,凯姆看起来很担心。兰德尔告诉斯科特他会马上回来,然后拧着眉头匆匆离去。

斯科特盯着夸尔罗看了片刻,然后走到犬舍另一端,梅斯正在那里用软管冲洗犬笼。

"嗨!"斯科特打了个招呼。

"注意,别被溅到。"梅斯提醒道。

那条牧羊犬蜷在犬舍里面的垫子上,脑袋缩在前爪中间。她是一条典型的棕黑色德国牧羊犬,黑色的口鼻之后是浅棕色的脸颊和额头,头顶有一撮黑毛,有着壮硕的黑色双耳。她瞪着双眼,目光在斯科特和梅斯之间游走,身体其他部分却一动不动。一个硬质橡皮玩具躺在报纸上,没被碰过。旁边还有一个皮革咀嚼器和一碗清水,犬笼一侧写着一个名字。斯科特侧过去看:麦吉。

斯科特猜测她大概有80到85磅,比玛利诺大一点。她从胸口到臀部都像牧羊犬一样壮实,但后腿附近灰色无毛的线条吸引了他的目光。他眯起眼睛想看得清楚一些,却发现她也在盯着自己。

"这是麦吉?"斯科特问。

"没错。"

"她是我们的狗?"

"不是,捐赠的。海畔镇的一个家庭觉得我们可能用得上她,但兰德尔准备把她送回去。"

斯科特打量着那灰色的线条,确认了它们是伤疤。

"她怎么了?"

梅斯推开软管,跟斯科特一起站在门前。

"她在阿富汗受了伤,手术留下的伤疤。"

"不是吧,军犬?"斯科特十分惊讶。

"是的,这丫头是美国海军陆战队的。她恢复得还不错,但兰德尔说她状况不太好。"梅斯说。

"她之前是做什么的?"

"双重任务,巡逻和爆炸物探测。"

斯科特对军犬一无所知,只知道它们接受的训练十分专业且精良。

"她被炸弹袭击了?"

"不是,她的训练员被一个自杀式爆炸的白痴袭击了。这条狗陪在他身旁,有个混账狙击手想杀了她。"

"不是吧。"斯科特露出惊讶的表情。

"千真万确。她中了两枪,兰德尔说的。她趴在他身上不肯离开,试图保护他,我猜。她甚至不让其他士兵靠近他。"

斯科特盯着这条德国牧羊犬,可是,眼前的梅斯和犬舍忽然远去,他仿佛听到了那晚的枪声——自动步枪发出的雷鸣般的声响,手枪开火的声音此起彼伏,如同鞭子甩过夜空。然后,他看到了麦吉棕色的双眼。他又回到犬舍中了。

斯科特咬了咬嘴唇,清了清喉咙,"她不肯走。"

"据说是的。"

斯科特注意到了她的目光。她一直在用鼻子嗅着他们的味道。尽管她一动不动地卧着,斯科特知道,她正全神贯注地盯着他们。

"既然她恢复得不错,兰德尔在担心什么?"

"她不太能接受噪音,这是一方面。看看她躺在那里的样子,是不是有点胆小?兰德尔认为她有应激障碍。狗和人一样,也会有创伤后应激障碍的。"

斯科特感到自己的脸涨红了。他打开门,想要隐藏自己的怒火。他不知道梅斯和其他训练员会不会在他背后如此议论他。

"嘿！麦吉,你好吗?"斯科特问候道。

麦吉趴在地上,耷拉着耳朵,这是服从的信号。但她盯着他的眼睛,似乎带着攻击的意味。

斯科特慢慢接近她。她望着他靠近,但耳朵依然耷拉着,也没有发出警告的咆哮声。他伸出手背。

"你是个好丫头,麦吉,我叫斯科特。我是个警察,所以别给我惹麻烦,好不好?"

斯科特在她面前蹲下,观察她的鼻子如何工作。

"我能不能拍拍你,麦吉,拍拍你怎么样?"

他的手慢慢靠近,距离她的脑袋只有6英寸时,她突然咬了他。她的动作极快,先是狂吠一声,然后咬住了他的指尖,他不由自主地迅速往后一跳。

梅斯大喊着冲进犬笼,"上帝啊!她咬到你了?"

麦吉咬了他一口之后立刻缩了回去,再一次趴在了地上。斯科特往后跳了一步,现在离她有3英尺远。

"哥们儿,你在流血。让我瞧瞧,咬得深吗?"

斯科特用手帕按住了伤口,"没什么。"

他望着麦吉。她的目光在他和梅斯之间游走,仿佛她必须同时盯住他们两人,以防任何一个发起攻击。

斯科特发出抚慰的声音,"你伤得很深,坏丫头。没错,你伤得很深。"

但我打赌,我比你中的子弹更多。

他再次蹲下,伸出手,让她闻到自己的血。这一次,她让他碰了她。他在她耳间松软的毛发中摊开手指,然后缓缓后退。她依然趴在地上,望着他。他和梅斯退出了犬笼。

"这就是为什么她会被送回去。兰德尔说,这种情况糟透了,再也好不了了。"梅斯说。

"兰德尔这么说的?"

"简直是上帝的宣判。"

斯科特让梅斯继续清洗麦吉的犬笼,他自己穿过办公室走了出去,找到了正往回走的兰德尔。

"你和夸尔罗准备好了吗?"兰德尔问。

"我想要那条德国牧羊犬。"

"你不能要那条牧羊犬,蜘蛛是给珀金斯的。"

"不是蜘蛛。是那条你打算送走的,麦吉。让她跟着我吧,给我两周时间。"

"那条狗可不太好。"

"给我两周时间,我能改变你的看法。"

兰德尔习惯性地皱起眉头,然后再次陷入沉思,抚摸着自己的牵引绳。

"好吧,两周。她是你的了。"

斯科特跟着兰德尔走回犬舍,去见属于他的狗。

5

几分钟后,兰德尔重新出现在建筑外的一片阴凉地里,双臂抱在胸前,望着斯科特训练那条狗。梅斯跟他在一块儿待了一会儿,很快就看腻了,于是进去继续工作。兰德尔什么也没说,他要看那个男人和那条狗如何彼此建立联系。

在他们出来之前,兰德尔与斯科特一起走回那条牧羊犬身旁。

"带她出去,向她介绍你自己。我会看着。"

兰德尔没有再多说什么,转身走出去等着。不久之后,斯科特警员出现在建筑另一端,手中牵着那条狗。她走在斯科特左侧,这是正确的位置。她也没有试图远离他,但这证明不了什么。这条狗曾经在美国海军陆战队待过,兰德尔绝不怀疑她受过精良的训练,这一点在他对她进行测评时就已经发现了。

詹姆斯警官喊了一声:"你有什么想让我做的吗?"

我?不是我们。这就是你的问题所在。

兰德尔皱起眉头作为回应,斯科特已经习惯了兰德尔总是皱眉的样子。他指挥麦吉做了几个九十度左转和右转,然后分别向两个方向小跑绕圈。那条狗的位置总是很完美,但每次停下来,她都会畏首畏尾、弯腰驼背,仿佛试图躲藏起来。詹姆斯警官似乎并未注意到这一点,尽管他总是时不时地望着那条狗。

当兰德尔确信斯科特的注意力集中在那条狗身上时,他从口袋中掏出一把黑色发令枪,扣动了扳机。发令枪会发出一响 22 口径的空弹,专门用来测试新警犬是否能容忍意料之外的巨响。如果一条狗会被枪声吓坏,那它对警察来说就一文不值了。

枪声尖锐地划破训练场上空,那条狗和她的训练员都完全没有预料到。

斯科特和那条狗同时跳了起来,随后,那狗缩起了尾巴,试图藏在斯科特的双腿之间。詹姆斯抬头望过来,兰德尔冲他晃了晃发令枪。

"应激反应。听到枪响就吓得哆嗦,这可做不了警犬。"

一时间,斯科特什么也没说。兰德尔正打算问他到底在看什么,斯科特却蹲下来摸了摸那条狗的脑袋。

"不,长官。我们能解决这个问题。"

"长抚摸。从她的颈部开始,慢慢摸到尾巴。他们很喜欢长抚摸。她的妈妈也会这么做的。"兰德尔指示道。

斯科特抚摸着她,慢慢地,从头到尾,但他却盯着兰德尔,而不是试图与那条狗建立感情。这激发了兰德尔的长篇大论。

"对她讲话,该死的。她不是一件家具。她是上帝的造物,她能听懂你的话。我常常看到那些该死的家伙在遛狗的时候还举着电话喋喋不休,我真想踹他们的肥屁股!他们养狗干什么?为什么要在遛狗的时候打电话?狗永远都能理解你,詹姆斯警官。她会理解你的心意。我是在对牛弹琴吗?你到底有没有听懂我说的话?"

"我听懂了,长官。"

兰德尔望着斯科特抚摸那条狗,对她说话。然后,兰德尔又喊了一句:"障碍训练——"

越野障碍训练涉及一系列跳跃和攀爬动作。兰德尔曾带她训练过5次,也知道会发生什么。她的攀爬能力很强,小跳也轻而易举,但当她抵达最后一个也是最高的障碍——一道5英尺高墙时——她会突然止步不前。兰德尔第一次带她通过障碍训练场时,他以为这是因为她臀部的伤口疼痛,或是因为她已经精疲力竭。但当他抚摸她、对她讲话之后,他们再一次尝试时,她却拼尽全力试图逃离,这几乎伤透了他的心。

詹姆斯警官尝试了3次想带她通过那道最高的障碍,但3次她都止步不前。第3次,她张开四肢,转向詹姆斯,发出低沉的咆哮。詹姆斯做得很好,他没有强行拉她上前,也没有提高声音或用其他方式强迫她。他只是退后一步,对她讲话,直到她平静下来。兰德尔知道,詹姆斯有一百种其他方法来帮她通过障碍,但总体而言,他很欣赏詹姆斯的反应。

兰德尔下达了另一道命令。

"从头开始,声音命令。"

詹姆斯带她从障碍场上离开,从她的项圈上解下牵引绳,开始进行基本的声音命令练习。他让她坐下,她便会坐下。他让她停下,她也会停下。停下,坐下,过来,踮脚,蹲下。她还需要学习洛杉矶警局的特别命令,这跟军队的命令或许有些不同,但她现在已经表现得够好了。15分钟之后,兰德尔再次发出命令。

"她做得很好,奖励。"

兰德尔也曾对她做过这件事,他等着看会发生什么。最好的驯犬程序建立在奖赏系统上。不是当狗做错时去惩罚它,而是当它做得好时去奖励它。每当它服从你的命令,你就要用奖励来强化这种行为——抚摸它们,称它们为乖狗狗,或是让它们玩玩具。警犬的标准奖励是一个坚硬的塑料球,里面钻了一个洞。兰德尔很喜欢在那里抹一点花生酱。

兰德尔望着斯科特从外套下掏出塑料球,在狗的面前晃动,但她看起来毫无兴趣。斯科特把球扔到她面前,想让她兴奋起来,但她挪开了身子,似乎有些紧张。兰德尔能听到他尽可能温柔地对她讲话,这会让狗觉得自己受到了赞赏。

"乖乖,小丫头。想不想要球球?想要玩吗?"

斯科特把球从她身上丢过去,望着它在地面上弹跳。那条狗在詹姆斯腿旁绕了一圈,坐在他身后,望着相反的方向。

兰德尔也犯过这种错,他上次把球扔进了训练场中央,结果不得不自己去捡回来。

"今天就到这里吧。拴好她,带她回去。你有两周时间。"兰德尔喊道。

他回到办公室,发现梅斯·斯特里克正坐在那儿喝可乐。

正如兰德尔预料之中的那样,梅斯皱起了眉头。兰德尔很了解他的手下，就像了解他的狗一样。

"你为什么要浪费他和我们的时间，给他一条这么糟糕的狗？"梅斯不满地问。

"那条狗可不糟糕，她只是还没准备好。如果我们给狗授勋章的话，她肯定能获得很多，像你这样的娘娘腔根本拿不动。"

"我听到发令枪响了。她又吓了一跳吧？"

兰德尔坐下来，向后一仰，把脚搁在桌子上。他回忆着方才眼前的景象。

"不止那条狗被吓了一跳。"

"什么意思？"梅斯问。

兰德尔决定好好想想。他从口袋里掏出一罐咀嚼烟草，拈出一小撮丢进嘴里，慢慢嚼着。然后，他从椅子旁的地板上拿起一个泡沫纸杯，把烟草吐在里面，把杯子搁在桌子上，抬眼望着梅斯。

"让我喝一口可乐呗？"

"你嘴里还有那么恶心的东西呢，不行。"

兰德尔叹了口气，然后回答了梅斯之前的问题。

"他魂还没回来。他能工作得不错，要不然我也不会让他通过考试，但他们该让他病退的。上帝啊，那是他应得的。"

梅斯耸耸肩，一言不发地继续喝着可乐。兰德尔继续说："所有人都在帮他，天晓得，我也很同情这个年轻人，毕竟发生了这种事。可是你也知道，我们是在压力之下才接受他的。我们淘汰了许多更优秀也更有资格的申请者，才给了他这个位子。"

"或许是吧，但我们总得管好自己的活计。咱们一直都做得不错，也得一直这么做下去。他可挺认真努力的。"梅斯说。

"我也没说不是呀。"

"但你好像不是这么想的。"

"去你的,你又不是不知道。他们本来有一千种工作可以派给他做,但我们是警犬部门。我们跟其他工种都不一样,咱们是爱狗的人。"

梅斯不情愿地表示同意,"这倒没错,咱们是爱狗的人。"

"可他不是。"

梅斯又皱起眉头,"那你为什么要给他那条狗?"

"他说他想要她。"

"我说我想要的东西多了,你可没给过我。"

兰德尔又嚼了几口烟叶,再次吐了出来,心想他或许该自己去拿一罐可乐,冲一冲嘴里的味道。

"那可怜的动物不适合这份工作,我怀疑他也是。我希望仁慈的上帝能证明我错了,我真心诚意地这么希望,但事实如此,他们都值得怀疑。那条狗能帮他明白,他不适合这份工作。然后,她会回到那个家庭,而他也会病退,或调去更合适的部门,最后皆大欢喜。"

兰德尔把剩下的烟草吐到杯子里,站起来准备给自己弄一罐可乐。

"看看他需不需要帮忙搬走她的犬笼。把那条狗的档案给他带走,让他好好读一下。我想让他知道,她是多么出色的动物。告诉他,明天早上7点整回到这里。"

"你会帮他重新训练她吗?"梅斯问。

患有创伤后应激障碍的狗与人有着相似的后遗症,有时它们能被重新训练,但这个过程十分缓慢,需要训练员有极大的耐心,也需要狗对训练员有极强的信任。

"不,我不会的。他想要那条德国牧羊犬,他也得到了。我给了他两周时间,然后我会重新评测她。"

"两周不够长。"

"没错,不够。"

兰德尔出门去寻找可乐,思考着自己为何有时热爱自己的工作,有时又有些闷闷不乐。今天就是令人难过的一天。他期待着一会儿下班回家,可以带自己的狗出去走一走。那是一条退休的警犬,名叫金杰儿。他们会在散步时说很多话,她总是能让兰德尔感到心情舒畅。无论那天多令人沮丧,她都能让他开心起来。

6

斯科特把驾驶座向前一推,用屁股顶住门,让狗钻出去。

"来吧,狗狗。咱们到家了。"

麦吉把脑袋探出来几英寸,在空气中嗅了嗅,然后慢慢地跳了下来。斯科特的车不是很大。她挤占了后座全部的空间,但她似乎很喜欢从格兰代尔到影城附近斯科特家的这段旅程。斯科特打开了窗户,让她能躺在后座上,伸出舌头,眯起眼睛,享受风吹过毛发的感觉。她看上去满足而快乐。

斯科特猜想着,她下车时臀部会不会痛,就像他的身体一侧和肩膀一样。

斯科特租了一位孀居的老太太一室一厅的房子,位于影城不远处一片安静住宅区里。他把车子停在了前院的一棵榆树下。玛丽楚·厄尔是个矮小的老太太,已经80多岁了。她住在整栋建筑前面的加利福尼亚农庄式屋子里,把后半部分的客房租出去贴补家用。客房曾被用作游戏室和游泳池,当时她的孩子还住在家里,游泳池也还在。但20年前,她丈夫退休了,于是他们填上泳池,开垦了一片花园,将泳池所在的地方改建成客房。她的丈夫如今已经去世10年了,斯科特是她最新的租客。她很喜欢眼皮子底下住着一个警察,也常常告诉他,这让她觉得十分安全。

斯科特将牵引绳扣在麦吉的项圈上,停在车旁让她环视四周。他觉得她可能需要小便,于是带她走了一小段路。斯科特随她决定步伐,任由她嗅着旁边的树丛和植物。他边走边对她讲话,当她停下来对某种气味表示忧虑时,他便会轻轻抚摸她的背部和身体两侧。这是兰德尔教会他的与狗建立情感联系的方法,长抚摸能让狗觉得安心和舒适。

狗知道你在对她讲话。大部分人在遛狗的时候其实还是自顾自地散步,拖着那个该死的小东西,等它挤出一粒花生米,然后就匆匆回家——兰德尔最爱这么形容。狗想要去嗅,它们的鼻子就是眼睛,兰德尔曾这么说过。你想让狗开心,就让她去嗅。这是她散步的时间,不是你的。

斯科特在申请警犬分队的岗位时对狗还一无所知。珀金斯是训练猎狗长大的,巴博高中时就给一名兽医打工,还跟她妈妈一起养了几只大个头的白色萨摩耶。几乎所有警犬分队的老警员都一生与狗相伴,斯科特却毫无经验。他感觉得到,当都会司指挥官和几个同情他的警长强人所难地要求警犬分队接受他时,那些警督们曾愤愤不平。于是,他全神贯注地听兰德尔讲课,充分吸收了老师傅的知识,却依然觉得自己像个傻瓜。

麦吉撒了两泡尿,然后斯科特转身将她带回了家。

"咱们进屋去,然后我再回来拿你的东西。你得见见那个老太太。"

斯科特带着麦吉穿过上锁的侧门,走到房子后面,他需要这样进入属于自己的客房。他从来不走前门,当他想与厄尔太太讲话时,他会来到她的后门,敲响窗框。

"厄尔太太,是我,斯科特。我带了个人来见你。"

他听到她从小房间里的躺椅上慢慢起身,蹒跚着穿过房间,然后门开了。她瘦小而苍白,纤细的头发染成了深棕色。她冲麦吉微笑,露出一口假牙。

"喔,她太可爱了。"

"这是麦吉。""麦吉,这是厄尔太太。"

麦吉似乎很舒服,她平静地站着,耷拉着耳朵和尾巴,舌头伸在外面喘着气。

"她咬人吗?"

"只咬坏人。"

斯科特不太确定麦吉会做什么,于是他紧紧抓着她的项圈,但麦吉感觉良好。她嗅了嗅厄尔太太的手,然后舔了舔她。厄尔太太抚摸麦吉的脑袋,挠了挠她耳后软软的皮毛。

"她可真柔软。这么一只强壮的大狗怎么可能这么柔软呢?我们以前有一只可卡犬,但他又脏又淘气,还凶得很。我们的3个孩子都被他咬过。后来我们就给他安乐死了。"

斯科特想离开了。

"嗯,我就是想让您见见她。"

"注意点她小便的地方,母狗能让草地枯掉的。"

"好的,太太,我会注意的。"

"她的屁股怎么啦?"

"她动过手术,现在好多了。"

趁厄尔太太还没多问,斯科特拖着麦吉走开了。客房前面有落地双扇玻璃门,泳池曾经就在门前,侧面还有一道普通的门。斯科特通常用侧门,因为玻璃门卡住了,要费很大力气才能打开。门后是一间宽敞的客厅,后面则分为卧室、浴室和厨房。靠厨房一侧的墙边摆着一张餐桌,配有两把不配套的椅子,上面放着斯科特的电脑;对面是一张沙发,一把木制摇椅,刚好面对一台40英寸的电视机。

查理斯·古德曼医生一定不会喜欢斯科特的公寓。他的客厅墙上挂着一幅巨大的图画,画着那晚犯罪现场的路口,与奥索办公室里那张地图很像,但上面密密麻麻写满了笔记。墙上还贴着《洛杉矶时报》有关枪击案和后续调查的8篇报道,以及关于宾利车中的遇害者和史蒂芬妮·安德斯的附带报道。史蒂芬妮的故事旁刊登了她在洛杉矶警局的标准照。大大小小的笔记本散落在桌上、沙发上和地板上,里面写满了对于枪击那晚他能回忆起来的各种描述、梦境和细节。他的地板已经3个月没有清理过了,碗碟也来不及洗,他只好用一次性纸碟。大多数情况下他都在吃外卖和速冻食品。

斯科特解开牵引绳。

"就是这儿了,狗狗。我的家,你的家。"

麦吉抬头看了他一眼,然后望着关上的门,接着打量了一下房间,像是感到失望。她用鼻子嗅了嗅,颤抖了一下。

"你随便怎样都好,我去拿你的东西。"

他拿了两次。第一次带进来她的折叠式犬笼和睡垫,接着是用来吃饭喝水的金属碗和一袋20磅重的狗粮。这些都是警犬分队提供的,但斯科特自己也买了一些玩具和零食。他第一次拿东西进来时,她躺在餐桌下面,就像他在警局的犬笼中第一次见到她时一样——肚皮贴在地上,前爪伸直,脑袋埋在中间,盯着他。

"你还好吗?你喜欢趴在下面?"他以为她会摇摇尾巴,但她只是盯着他。

斯科特正准备出门,奥索打来了电话。

"你想看看我们的资料是吗?明天早上你能过来吗?"

斯科特想起了兰德尔皱眉的样子。

"我早上要训练警犬。午饭前怎么样?11点或者11点半。"

"11点吧。如果我们被派出去了,我再给你发短信。"

"好极了,谢谢。"斯科特心想,他可以把狗留在格兰代尔,自己去一趟大船。

等他带着食物和碗进门,麦吉仍然趴在桌下。他把碗放在厨房里,其中一个倒上水,另一个装满狗粮,但她似乎毫无兴趣。

斯科特本想把她的犬笼放在自己的卧室里,但最后还是放在了餐桌旁边,她似乎喜欢待在这儿。他有点好奇她是不是已经跑去他的卧室和洗手间看过了,或许她的鼻子已经告诉了她一切她需要的信息。

他一搭好犬笼,她就从桌子下面爬出来,钻了进去。

"我得把垫子放进去,乖,先出来。"

斯科特后退一步,发出指令:"出来,麦吉,到这里来。"

她盯着他。

"出来!"

她没动。

斯科特跪在犬笼前面,让她闻闻自己的手,然后慢慢伸向她的项圈。她低吼起来,斯科特后退了一步。

"好吧,别管垫子了。"

他把垫子放在笼子旁边的地板上,然后回卧室去换衣服。他脱下制服,快速洗了个澡,然后穿上了牛仔裤和T恤。套T恤衫的动作让他疼得龇牙咧嘴,眼泪都出来了。

当他把制服挂进壁橱时,他看到了褪色的运动包里那套旧的网球拍,还发现了一筒没开封的鲜绿色网球。他打开球筒,拿出一个鲜绿色的球,它几乎是在熠熠闪光。

斯科特走出门去,将球丢进了客厅,它在地板上弹跳着,击中了另一侧的墙,滚动了一会儿,然后停住了。麦吉从笼子里冲了出来,迫不及待地冲向绿球,然后用鼻子碰了碰它。她的耳朵向前伸出,尾巴也翘了起来。斯科特以为他给她找到了个玩具,但她的耳朵和尾巴立刻又耷拉了下来,她好像一下子缩小了。她向左右两侧看了看,仿佛在寻找什么,然后又回到了笼子里。

斯科特走向那个球,然后打量了一下麦吉。她趴在地上,前腿伸出,脑袋埋在中间,盯着他。

他把球踢到墙上,让它弹回来。

她的眼睛扫了它一下,又漠然地转回他身上。

"你饿了吗?咱们先吃东西,然后散个步。怎么样?"

他把速冻比萨放进微波炉,把时间设定为3分钟。

微波炉开始嗡嗡运转之时,他翻了一下冰箱,发现了半袋熏肠,一盒剩了两个的饺子,还有半碗吃剩的炒面。他把微波炉暂停,拿出比萨,把饺子放到上面,铺上炒面,最后用纸碟盖住,然后把所有东西塞回微波炉里,再热两分钟。

准备晚饭的同时,斯科特又把两勺狗粮添进了麦吉碗里。他把熏肠撕开,掺在狗粮里,又加了一点热水,好弄出肉汁。他用手搅了搅,拿出一节熏肠,放在麦吉鼻子前面。

她嗅了嗅,然后吃了。

"我希望这东西不会让你拉肚子。"

她跟着他走进了厨房。斯科特从微波炉中拿出比萨,从冰箱里拿了一罐啤酒,他们俩一块儿坐在厨房地板上吃饭。她吃东西时,他抚摸着她,就像兰德尔教过的那样。慢慢地、温柔地抚摸她。她根本没注意他,但似乎也并不介意。她吃完后就回到了客厅里,斯科特以为她会钻回笼子,但她停在了屋子中间的网球旁边,低着头嗅了嗅,宽耳朵转了转。斯科特猜想她在盯着网球,但并不确定。接着,她走进了他的卧室,斯科特跟着她,发现她的脑袋钻进了他的网球袋。她从网球袋中后退几步,盯着他,然后围着他的床绕了一圈,一直在嗅着什么。接着,她又回到网球袋前待了一会儿,随后进了洗手间。他觉得她可能在寻找什么,但最后猜想她应该是在探索这个地方。这时,洗手间里传来了拍打的声音。斯科特心想,糟了,以后他都得把马桶盖放下了。拍打声停止,麦吉回到了她的笼子里,斯科特则走向他的电脑。自从他离开大船,他就在思考奥索提到的那桩盗窃案。

他用谷歌地图找到了枪击发生的现场,然后用卫星视图放大到街道一级。他已经上百次用这种方法研究这个路口和逃逸用车被丢弃的位置了。但这一次,他将地图转向肯沃斯出现的侧街。距离丁字路口三家店铺的位置,他找到了尼尔森·辛的店。他认出了这个地方,因为窗户上的遮板上写着方方的韩文,下面则用英语写着"亚洲奇珍"。字已经褪色了,上面覆盖着黑帮印记和各种涂鸦。

斯科特缩小地图,看到辛的店铺在一栋4层楼的建筑底层,两侧各有两家店铺。斯科特继续向前看去,穿过下一个十字路口,他意识到那里是一条小巷。街景模式不会延伸进小巷,于是斯科特继续缩小,进入卫星模式,然后俯视整片街区。这排店铺背后的巷子是一片小型服务区。垃圾桶靠在墙上,斯科特似乎还看到了老式消防梯,但他并不确定,因为角度太差了。屋顶似乎不一样高,有的屋顶带天窗,有的则没有。他继续缩小地图,心想,如果有人那晚在屋顶上,或许会像鹰一样将下面的一切尽收眼底。

斯科特打印出这幅地图,将它钉在犯罪现场的图示旁边。奥索给了他一个好建议,现在他想亲眼去看看那条小巷,搞清楚奥索是不是对尼尔森·辛有更多了解。

一直到黄昏时分带麦吉出门,他仍在思索这件事。他们走了一段路,然后麦吉停下来排便。他用塑料袋把狗粪捡起来,之后带她回家。这一次,他把她带到笼子旁边,放好了垫子。等他从笼子旁退开,她就钻了进去,转了两次身,然后侧躺下来,呼了口气。她躺下的姿势让他看到了她手术留下的灰色疤痕。那道灰色是她皮肤的颜色,毛发没有再长出来。看上去像是一个大大的Y。

"我也有伤疤。"斯科特说。

他想,不知道狙击手是不是用AK-47射中的她。他不知道她能不能明白自己中过枪,或许那次冲击和疼痛对她而言只是莫名其妙和无法理解的事。她知道有个人往她身体里打了一颗子弹吗?她知道有人在试图杀死她吗?她知道她曾死里逃生吗?她知道她可能死在那里吗?

"我们都死过。"斯科特说。

他把手轻轻地放在Y形印记上,准备当她吠叫时便拿回手。但她一动不动,也一声不吭。他知道她没睡着,但她毫无反应。她摸起来很舒服,他已经很长时间没有与任何活着的生物一同分享自己的家了。

"我的家,你的家。"

之后,他坐在沙发上,手里拿着一个笔记本,再次研究了一会儿尼尔森·辛的屋顶。他把与古德曼见面时记起来的一切细节都写了下来。同以前一样,他将自己记忆中的那晚从头到尾描述了一遍,慢慢地填满这个本子,正如他填满之前的每一本。但这一次,他加上了白色的鬓角。他之所以写下来,是因为书写能帮助他集中精力。他一直写着,直到眼皮愈来愈沉,笔记本从手中跌落,然后他睡着了。

7

那个人的呼吸变得轻浅而稳定,心跳减缓。等他的脉搏减到最慢,麦吉知道他睡着了。她轻轻抬起头看着他,但这根本没必要。当他身体放松和体温降低时,气味会发生变化,因此,麦吉只靠鼻子就知道他睡着了。

她坐起来,转身从笼子里往外看。他的呼吸和心跳没有改变,于是她钻出了笼子。她站了一会儿,盯着他。有人会来,有人会走。她曾与其中一些人待过一段时间,但他们还是离开了,再也没有出现。他们都不是她的搭档。

皮特与她在一起的时间最长,他们是搭档。然后皮特也走了,人们开始走马灯似的来来往往,直到麦吉被送到一个男人和一个女人手上。他们与麦吉成了搭档,但有一天,他们关上了她的笼子,现在她到了这儿。麦吉记得那个女人身上浓烈而甜蜜的味道,也记得那个男人体内疾病蔓延的酸腐气息。她会永远记得他们的味道,正如她永远记得皮特的味道一样,她对气味的记忆能够永久保存。

她轻轻地接近那个睡着的人,嗅着他的头发、耳朵、嘴巴和他吐出的气息,每个部分都有独特的气味和味道。她嗅着他的整个身体,注意到他的T恤、手表、腰带、裤子和袜子的气味,以及衣服下面他的男性身体发出的特殊味道。在嗅着的时候,她能听到他的心跳、呼吸和血液在血管中的流动,能听到他身体的生命。

等她研究透了这个男人，她便轻轻地沿着墙根走了一圈，嗅着墙角的味道，嗅着透过窗户和门缝吹进来的凉爽夜风，以及外面街道上强烈的气味。她闻到了外面的树上有老鼠在吃橘子，闻到了玫瑰枯萎的刺激性气味，闻到了树叶和青草的新鲜气息，闻到了蚂蚁沿着外墙攀爬的酸味。麦吉那长长的德国牧羊犬鼻子有 2.25 亿个嗅觉受体，与猎犬一样多，比人多 45 倍，只有少数几个品种的猎狗才比她更优秀。她的大脑有八分之一与嗅觉相关，让她比一个睡着的人对气味的感觉灵敏成千上万倍，甚至比科学仪器更加敏感。如果给她闻过某个人尿液的气味，那么即使往一个标准游泳池里滴上一滴，她也能马上分辨出来。

她继续探索整个房间，闻到了那个人在散步之后鞋底带回来的树叶和青草，也闻到了老鼠在地板上走过的踪迹。她能辨认出活蟑螂经过的痕迹，也知道死掉的蟑螂、蠹虫和甲虫尸体藏在什么地方。

她的鼻子带领她回到那颗绿球旁，这让她想起了皮特。这颗球的化学气味跟皮特的绿球很相近，但皮特的味道却不在这里。皮特没有碰过这颗球，没有拿过它、扔过它，也没有把它藏在外套下面过。这不是皮特的球，尽管它让她想起他，就像其他熟悉的气味一样。

麦吉循着这些味道回到卧室里，发现了那个男人的枪。她嗅着子弹、枪油和火药的气味，但皮特的味道依然不在。皮特不在这里，他从未到过这里。

麦吉在洗手间里闻到了水的味道，于是它想回来喝一点，但那个白色的大水缸被盖上了。她回到厨房里，喝了点水，再次回到睡着的人身旁。

麦吉知道，这里是那个人的笼子，因为他的气味是这里的一部分。他的味道并不是一种,而是很多种混在一起。头发、耳朵、腋下、手、胯部、臀部、脚——他的每个部分都有不同的气味,而那些味道对麦吉来说有着天壤之别,就像人类眼中的彩虹颜色一样。它们共同构成了这个人的气味,让他与其他任何人的味道都区别开来。他的气味无所不在:墙壁、地板、图画、地毯、床、壁橱、枪、家具、衣服、腰带、手表、鞋。这是他的家,但不是她的。可是她在这儿。

麦吉的笼子就是她的家。

人和地方总在改变,但笼子不曾变过。这个男人带她来的地方古怪而无意义,但她的笼子在这里,她也在这里,所以这里就是家。

麦吉从小接受的训练就是守卫和保护,这也是她所做的。她站在安静的房间里,站在那个睡着的男人身旁,观察着,聆听着,嗅着。她用耳朵和鼻子研究这个世界,没有发现任何威胁。一切都好,一切都很安全。

她回到笼子旁边,但没有进去,而是钻到了桌子下面。她换了三个姿势,直到觉得舒服了,然后才趴了下来。

世界很安静、和平、安全。她闭上眼睛,睡着了。

然后,她开始做梦。

8

枪口冲他抬起,遥远而渺小,但此刻却有什么不同。合金枪管微微发光,如针般尖锐而纤长。那发亮的尖端找到了他的踪迹,与他互相对视。然后,针尖冲他爆炸了。尖得可怕,尖得危险。那恐怖的尖端碰到了他的眼睛——

斯科特猛地惊醒,听到史蒂芬妮渐渐远去的声音。

斯科特,回来,回来,来来来来……

他心脏狂跳,脖子和胸口沾满了冷汗,身体颤抖不已。

凌晨2:16,他在沙发上。厨房和卧室里的灯仍亮着,沙发一侧挂在他脑袋上方的床头灯也亮着。

他做了个深呼吸,让自己冷静下来,然后注意到那条狗不在她的笼子里。在他睡着的时候,她离开了笼子,钻到了桌子下面。她侧卧着睡着了,但前爪扭曲乱动,仿佛她正在奔跑,却又同时发出阵阵哀鸣。

斯科特心想,这条狗正在做噩梦。

斯科特站起身来,忍受着身体一侧尖锐的疼痛和腿部的麻木,一瘸一拐地走向她。他不知道是不是该叫醒她。

他慢慢蹲下来。

她仍在睡梦中,呜呜地叫着,时不时吠几声,整个身体抽搐着。突然,她猛地惊醒了,直立起来猛吠几声,但并不是冲斯科特。斯科特还是后退了几步,但在那一刻,麦吉意识到了自己在哪里,也知道噩梦已经结束。她望着斯科特,耳朵耷下来,像他刚才一样气喘吁吁。她把脑袋贴到了地板上。

斯科特慢慢地抚摸她,他把手放到她的头上,她闭着眼睛。

"你没事了,我们都没事了。"斯科特说。

她呜咽着,整个身体随之颤抖。

斯科特穿上鞋,找到钱包、枪和牵引绳。他拿起牵引绳时,麦吉站起身来抖了抖身子。或许她能再度睡着,但他睡不着了。他一旦从噩梦中醒来,就再也睡不着了。

斯科特将牵引绳扣到她的项圈上,带着她走向特兰斯艾姆,为她打开门,让她跳上后座。夜晚的这个时间——凌晨2:30左

71

右——开车畅通无阻。他穿过文图拉区,经过好莱坞,不到20分钟就进了市区。他曾多次在这个时间驶过这段路。每当他在噩梦中听到史蒂芬妮的呼唤而醒来,他便别无选择。

他停在那一晚他们停车的位置,那个小小的丁字路口,他们曾在这里聆听寂静。

"熄火。"斯科特说。

每次他来到这里,都会说同样的话,然后关闭引擎。

麦吉站在后座上,把脑袋探到前排。她太大了,把整辆车都塞满了,她的脑袋现在比他还高。

斯科特盯着空无一人的街道,但这里并非空无一人。他看到了那辆肯沃斯,他看到了宾利,他看到了戴着面罩的男人。

"别担心,我会保护你的。"

那晚他曾说出的话,如今只是自言自语。

他望了一眼麦吉,然后将目光移回到街道上,只是此刻,街上空空荡荡。他听得到麦吉喘息的声音。他感受得到她的温度,也能闻到她身上浓烈的气味。

"我害死了我的搭档,就发生在这儿。"

他眼睛湿润了,俯下身子猛烈地抽泣着。他无法停止,也没有试图停止,疼痛随着突如其来的泪水填满了他的鼻腔和眼眶。他呜咽着,喘息着,双手捂住眼睛,然后盖住了整张脸。他涕泪横流,听到自己在说:

熄火。

别担心,我会保护你的。

然后,史蒂芬妮的声音传来,萦绕不散:

斯科蒂,别离开我——

别离开我——

别离开。

最后,他终于冷静下来。他将眼中蒙眬的泪水抹去,发现麦吉正在盯着他。

他说:"我不是想逃跑。我向上帝发誓,不是这样的,可是她不知——"

麦吉的耳朵向后竖起,棕色的大眼睛里流露出善意。她呜咽着,仿佛能够感受到他的焦虑,然后舔了舔他的脸。斯科特感到泪水又回来了,于是闭上眼睛,让麦吉将泪水从他脸上舔去。

别离开我。

别离开。

斯科特将狗拉近自己,将脸埋在她的毛发中。

"你做得比我好,狗狗。你没有离开你的搭档,你没有失败。"

麦吉呜咽着试图挣脱,但斯科特死死抱着她,不肯松手。

第二章　麦吉和斯科特

9

斯科特和麦吉那天早晨本应 7 点到达训练场,但斯科特很早就离开家,回到了枪击现场。他想在白天看看辛的房子。

他曾驶过同样的路线,只是这一次,当他抵达路口时,麦吉站起来,耳朵向前弯曲。

"记性不错。"斯科特说。

她呜呜叫着。

"你会习惯的,我常来这儿。"

麦吉将脑袋探在前排座位之间,挤满了整辆车子——她在观察四周。

正是清晨 5:42,天色已大亮,但依然很早。寥寥无几的行人沿着人行道走着,街道上满是清晨时送货的卡车。斯科特将麦吉推到一旁以免遮挡视线,他开到肯沃斯曾停过的那条街上,停在辛的商店门前。

斯科特拴上麦吉的牵引绳,让她钻出车子走上人行道,然后审视着眼前的"亚洲奇珍"。它看上去与谷歌地图中一模一样,只不过涂鸦又多了一些。窗户上盖着保安遮板,像是金属车库门一样。遮板下半截用锁扣在人行道上的铁环里。大门紧锁,外面是沉重的铁栏杆,门闩固定在墙壁上。辛的小商店看起来活像诺克斯堡①,但也并非不同寻常。街上的其他商店都有相似的保护措施,不同之处在于,辛的遮板、铁门和锁上落了一层灰,似乎已经有一段时间没打开过了。

斯科特牵着麦吉走向那条小巷。她按照训练时的做法走在他的左边,但靠得有些太近了,她的耳朵和尾巴都垂了下来。当他们路过两个迎面而过的拉丁裔妇女时,麦吉躲在了斯科特身后,如果他允许的话,她肯定会绕到他的右边。她扫视着路上经过的汽车和巴士,仿佛害怕其中一辆会越过路肩冲来。

他们抵达小巷时,斯科特停了下来。他蹲下来抚摸她的后背和身体两侧,仿佛听到了兰德尔说教的声音:

"这些狗可不是机器,真该死。它们是活的!它们有生命,有感觉,是上帝创造的热乎乎的生物,它们会全身心地爱你!就算你的老婆或者老公背着你偷腥,它们也会爱你;就算你那不知感激的白眼狼孩子在你的坟上撒尿,它们也会爱你。它们会见证你最大的耻辱,却不会因此而对你指指点点!这些狗会成为你这辈子最值得信任的、最棒的搭档,它们会把性命交给你,而它们想要的只不过是一两句温柔的话语。见鬼,我认识的最棒的 10 个人也配不上这里最差的狗,更不用说你们了!我是多米尼克·混蛋·兰德尔,我从来都不会错!"

3 个小时之前,这条有生命有感情的、上帝创造的、热乎乎的生物曾舔去他脸上的泪水,而今,她看到垃圾车驶过也会直打哆嗦。斯科特挠挠她的脑袋,抚摸她的后背,在她耳畔轻声说道:"没事了,狗狗。如果你害怕了,那其实没关系的,我也害怕。"

---

① 美国肯塔基州北部路易斯维尔南西南军用地,自 1936 年以来为联邦政府黄金储备的贮存处。

他从未对其他生物说过这些。

一句话涌上心头,斯科特感到眼眶湿润了。但他继续抚摸着她,又重复了一遍:"我会保护你的。"

斯科特站起身来,擦干眼泪,从外套里拿出一个塑料封口袋。他把熏肠切成小块带出来作为麦吉的零食。如果兰德尔知道他用食物做奖励,肯定会对他大皱眉头。但斯科特觉得只要有效果就好。

他还没打开袋子,麦吉就抬起了脑袋。她的耳朵突然竖了起来,鼻翼翕动。

"你是个乖丫头,宝贝。你是勇敢的狗狗。"

她咬了一大块,好像饿坏了似的,然后呜呜叫着索要更多,这种叫声是好兆头。他又多给了她一块,然后把袋子放起来,起身向巷子走去。麦吉的步伐有了一些活力,时不时瞟一眼他的口袋。

辛那房子后面的服务区是店主们装卸货物和丢垃圾的地方。一辆浅蓝色的货车正停在一扇门前,侧板打开,一个体格魁梧的亚洲年轻人正从商店里推出来一辆满载货物的手推车,然后将上面的箱子搬上货车。箱子上贴着"马雷世界岛"的字样。

斯科特牵着麦吉绕过货车,走到辛的商店后门。这一侧的店门同前门一样密不透风,但油腻腻的窗户凹向这栋四层建筑内部,有一架生锈的消防梯通往屋顶。最低处的窗户有铁栏杆保护,但稍高的位置就没有。可伸缩的消防梯位置太高,站在地面上够不到,但站在车顶上就可以通过梯子爬到更高的窗户上,或者闯进高层的侧门。斯科特思考着他该如何到屋顶去,这时一个瘦高男子从车后冲了出来,用带着牙买加口音的英语对他说:"你是来抓罪犯的吗?"他直冲斯科特走来,摇着手指,大声说着话。

麦吉突然冲向他,差点挣脱了斯科特手里的牵引绳。她的耳朵向前弯曲,像是长着毛的黑色长钉,尾巴高高竖起,背上的毛发

79

全部直立起来,她狂吠不已。

那家伙跌跌撞撞地后退几步,慌乱地爬上卡车,摔上了门。

"停!"斯科特说。

这个命令的意思是停止进攻,但麦吉没理他。她用爪子刨着沥青地面,狂吠不止,牵引绳被她绷得紧紧的。

这时,斯科特的脑海中回想起兰德尔的声音,他仿佛在怒吼:"要有命令的气势!见鬼的!你才是主人!她会热爱和保护她的主人,但你得说了算!"

斯科特压低语调,提高声音,用主人的充满威严的命令式语气:

"停,麦吉!麦吉,停!"

仿佛触及了开关,麦吉停止了进攻,回到他身体左侧坐下来,但她的眼睛从未离开卡车中的男人。

麦吉突如其来的凶猛让斯科特着实吃了一惊。她看都没看斯科特,只是盯着卡车中的男人。斯科特知道,只要他松开绳子,她就会冲过去,把铁门咬破,抓住他。

斯科特挠了挠她的耳朵,"乖狗狗,好麦吉。"

兰德尔又在他脑海中吼叫起来:"赞许的声音,你这个该死的白痴!它们喜欢细细的、温柔的声音!设身处地,听听她的声音。让她来教你!"

斯科特提高声调,尽可能让语气温柔,仿佛他面前是一只吉娃娃,而不是85磅重、足以把人喉咙撕开的德国牧羊犬。

"乖丫头,麦吉。你是我的乖丫头。"

麦吉摆了摆尾巴。他掏出封口袋,她站了起来。他又给了她一块熏肠,让她坐下。她照做了。

斯科特望着卡车中的男人,示意他摇下车窗。那家伙把窗户摇下了一半。

"那狗疯了！我才不出去呢。"

"对不起，先生。她吓到你了，你不用出来。"

"我遵纪守法，是个大大的良民。她要是想咬人，就让她去咬那些从我店里偷东西的混球吧！"

斯科特的目光从卡车移到那人的店面上。手推车后面的年轻人探头探脑地望了一眼，就躲起来了。

"这是你的店？"斯科特问。

"是的，我是埃尔顿·约书亚·马雷。别让那狗咬我的手下，他要去送货。"

"她不会咬人的，你之前在问我什么？"

"你抓住那些犯罪分子了吗？"

"你被盗了？"

马雷先生又皱起眉头，然后紧张地瞟了一眼那条狗，"两周以前。那些警察来过，但他们再没回来。你们抓到那些人没有？"

斯科特考虑片刻，拿出了笔记本。

"我不知道，先生，但我会问问的。你叫什么名字？"

斯科特记下了那人的信息，还有盗窃案发生的日期。等他做完笔录，他已经成功使马雷从货车里出来了。马雷忧心忡忡地盯着麦吉，然后领着斯科特走过装货的年轻人身旁，走进了他的店里。

马雷从墨西哥的制造商那里低价购买加勒比海风格的衣服，然后贴上自己的牌子，在南加州的低端服装店里销售。店里全是装着短袖衬衫、T恤和工装短裤的箱子。马雷解释说，那个（或那些）盗窃犯从二楼窗户里闯进来，搬走了两台电脑、一部扫描仪、两部电话、一台打印机和一部手提音响。不算大案，但马雷的店在过去的一年里被盗了四次。

"没有警报吗?"斯科特问。

"业主去年安装过警报,但后来被弄坏了,就没有修过,那个贱人。我在这儿装了小摄像头,但也被他们拿走了。"

马雷在天花板上装过摄像头,但在第二次盗窃案发生时,被那些贼把摄像头和硬盘一起偷走了。

他们走出马雷的商店时,斯科特想起了辛。这栋老建筑真是盗贼的天堂。商店上边有一盏汞汽灯,但这片小服务区不在街边,举目四望也看不到安全摄像头。盗贼绝不用担心被人发现。

马雷继续喋喋不休地抱怨道:"两周前我就给你们打过电话,警察来了又走了,我最后听到的消息就是这样。我每天早上过来,都准备看到更多东西被偷。我的保险公司不肯再赔了,他们要收很多钱,我付不起。"

斯科特又扫了一眼辛的店铺,"这里所有的商店都被盗过吗?"

"所有人。那些混蛋,他们老是来偷抢。这个街区,还有街对面的下一个街区都是这样。"

"这种事发生多久了?"

"两三年了。我在这里才待了一年,但我听说是这样的。"

"除了消防梯,还有别的办法上楼顶吗?"

马雷带他们走进公用楼梯井,给了斯科特上屋顶的钥匙。老建筑里没有电梯,斯科特爬楼梯时,腿和身体一侧愈来愈疼。爬到第三层时,他停下脚步,干吞了一片维柯丁。麦吉似乎觉得爬楼梯很有意思,但当斯科特停下来等待疼痛缓解时,她呜呜地叫了起来。斯科特意识到她看出了他的痛苦,于是碰了碰她的脑袋。

"你还好吗?屁股还疼吗?"

他笑了,她似乎也回以微笑,于是他们继续爬到了楼顶,打开面前那扇带有工业安全锁的大铁门。这把锁只能从里面锁上和打开,外面没有锁孔,但这并没阻止人们试图闯进去。铁门上密密麻麻满是撬痕和凹痕,看得出有不少人曾试过撬开这扇门。现在,大部分痕迹都被油漆盖住或是锈掉了。

马雷和辛的店铺位于肯沃斯出现的路口对面,隔壁那栋房子就在枪击现场的正上方,两个屋顶被一道矮墙分开了。

马雷家的屋顶十分破旧,没有整栋建筑的其他部分维护得好。上面铺着斑驳的沥青与褪色的焦油,地上满是烟头、打火机、压扁的啤酒罐、打碎的酒瓶、破烂的水管,还有半夜开派对的人丢弃的垃圾。斯科特猜测那些人大概是从消防梯上爬过来的,跟那些试图撬开门的家伙一样糟糕。他不知道负责调查马雷家抢劫案的警察是否检查过了屋顶,他们又是怎么想的。

斯科特小心翼翼地躲开碎玻璃,牵着麦吉穿过马雷的屋顶走向下一栋屋子。当他们走到矮墙边上时,麦吉停下了脚步。

斯科特拍拍墙顶,"跳吧,这也就 3 英尺高,跳过去。"

麦吉望着他,舌头耷在外面。

斯科特先跨过去一条腿,又跨过另一条,他因身体一侧的刺痛而皱了皱眉头。他拍了拍胸脯,"我都能做到,你看我这么糟糕都行呢。加油!狗狗,得比你在兰德尔面前做得更好。"

麦吉舔了舔嘴唇,但没有跟上去的意思。

斯科特掏出封口袋,给她看了一眼熏肠,"来吧。"

麦吉毫不犹豫地一跃而过,蹲在他脚下,盯着那个袋子。斯科特看到她的身手如此矫健,不禁大笑起来,"你这个机灵鬼,非得让我求你,再给你好吃的才行。你猜怎么着?我也是个机灵鬼。"

他把袋子藏在外套下面,没有给她奖励。

"等你跳回来,才有东西吃。"

这边的屋顶维护得比较好，但同样有派对留下的垃圾。上面还铺着一大块地毯，摆着3把折叠草坪椅。一个破旧肮脏的睡袋缠在通风管道上，旁边还有一堆用过的安全套。

斯科特走到屋顶一侧，俯瞰枪击案现场。一截矮矮的安全铁栏杆钉在墙边，作为防止坠楼的附加保护措施。栏杆锈得厉害，表面坑坑洼洼。

斯科特越过栏杆俯视街道，发现这里可以将犯罪现场一览无遗。一切如此清晰，即使在此刻也历历在目。宾利从下面的街道上飘出来，经过他们的警车，同时肯沃斯咆哮着冲出，卡车与宾利转弯停下，老爷车紧随其后。如果有人9个月前在这里开过派对，他们应该能看到一些。

斯科特开始颤抖，意识到自己正紧紧抓着栏杆，那生锈的金属刺穿了他的皮肤。

"该死！"他往后一跳，发现自己的手指上沾着锈迹与血滴。他掏出了手帕。

斯科特牵着麦吉回到辛的楼顶，这一次，当她跳过矮墙之后，他给了她奖励。他用手机拍下了空荡荡的楼顶和派对留下的狼藉，然后爬下四层楼去找马雷先生。他的手下已经搬完了货物，卡车不见了。马雷正在他的商店里收拾更多的衬衣。

马雷看到麦吉，躲到了桌子后面，紧张兮兮地盯着她。

"你锁门了？"

"锁了，先生。"斯科特把钥匙还给他，"还有一件事。你认识辛先生吗？他的店跟你隔了两家——'亚洲奇珍'。"

"他关门了，他被抢了太多次了。"

"他走了多久了？"

"好几个月了，挺久的。"

"你知道是谁闯进了这些地方吗？"

马雷摆了摆手，"瘾君子和混账玩意儿。"

"有什么你能指认的人吗？"

马雷再次摆摆手，"就是这附近的混账。要是我知道是谁，就不用找你们了。"

马雷说得有道理。他所形容的小型盗窃案几乎可以肯定是周边街区的惯犯做的，他们熟悉这些商店什么时间没人，也知道哪些店里没有警报。很可能是同一个或同一群人犯下了所有的盗窃案。斯科特喜欢这个主意，他意识到自己在点头。如果这个理论是正确的，那么闯进马雷商店的盗贼或许正是闯进辛店里的那个。

"我会打听一下你的盗窃案报告进展如何，今天下午会回来通知你，如何？"斯科特说。

"好极了，谢谢你。其他那些警察从来都没有回应。"

斯科特看了一眼手表，发现自己要迟到了。他记下了马雷的电话号码，小跑着回到自己车上。麦吉跟着他一路小跑，毫不费力地挤进了车里。这一回，她没有占据后座，而是跨坐在前座之间的仪表盘上。

"你太大了，这里站不下，回到后面去。"

她气喘吁吁，舌头像领带一样垂了下来。

"回到后面去，你挡住我的视线了。"

斯科特试图用前臂推她，但她靠在了他身上，一动不动。斯科特加了些力道，但麦吉也倚得更卖力了，脚下纹丝不动。

斯科特不再推了，他猜她或许以为这是个游戏。不管她怎么想，她似乎挤在那块小地方还挺舒服的。

斯科特望着她喘气的样子，想起来当她以为他们受到威胁时，她曾对马雷表现得如此凶猛。斯科特抚摸着她壮实的脖子。

"算了,你爱站哪儿就站哪儿吧。"

她舔了舔他的耳朵,斯科特发动了车子。要是兰德尔知道他有多宠她,恐怕会大发雷霆,好在兰德尔并非无所不知。

10

他们驶入训练场的停车场时,麦吉开始呜咽起来。斯科特觉得她看起来很焦虑,于是将一只手搭在她肩上。

"别害怕,你不再住这儿了,你跟我住在一起。"

他们迟到了 10 分钟,但兰德尔的丰田小货车不在停车场里,于是斯科特掏出手机。自从他们被兰德尔的发令枪吓到,他就一直在思考。

"听到枪响就吓得哆嗦,这可做不了警犬。"

警察也不行。

斯科特不知道兰德尔是否注意到他当时也吓了一跳,尽管跟那条狗相比,他的反应小多了。兰德尔会再次考核她,如果她仍然有同样的反应,他一定会再次拒绝接收她。斯科特知道,兰德尔是对的。她必须有能力完成自己的工作,斯科特也一样。但斯科特懂得假装,而麦吉不懂成功学的心理暗示,就是在你能成功前,必须学会假装。

假装,直到你真能做到。

斯科特抓了一把她的毛,轻轻推了推她。麦吉的舌头垂在外面,靠在他的手上。

"麦吉。"斯科特说。

她瞟了他一眼,又回过头去继续望着那栋建筑。他喜欢她对他的反应——不是机器人一般遵从命令,而像是在努力理解他。

他喜欢她双眼中温热的智慧,他想知道她脑袋里有什么,她在思考什么。他们才在一起24个小时,但彼此已经觉得舒服多了。这很奇怪,可是跟她在一起让他觉得心平气和。

"你是我的第一条狗。"

她看了他一眼,又挪开了目光。斯科特又推了她一下,她推回来,似乎对这种接触表示满意。

"我申请这份工作时,需要参加面试。警督和兰德尔问了我好多问题,我为什么想要加入警犬分队,我小时候养过什么狗之类的。我撒了弥天大谎,我们养的是猫。"

麦吉硕大的脑袋转向他,舔了舔他的脸。斯科特任她舔了一会儿,然后推开了她。她转回去盯着建筑。

"枪击案之前,我从不说谎,一次也没有。但现在,我对所有人说谎,什么事都说谎。我不知道还能怎么办。"

麦吉没有理他。

"上帝啊,现在我开始跟一条狗聊天了。"

对患有创伤后应激障碍的人来说,受惊吓后的过度反应是很正常的,资深军人、警察以及家庭暴力受害者更容易出现这种症状。要是有人偷偷溜到你背后,大喊一声"啊",谁都会吓得跳起来。但创伤后应激障碍患者的反应可能接近疯狂,意料之外的巨响或接近头部的突如其来的动作可能引发各不相同的极端反应——尖叫、狂怒、蹲下寻找掩护乃至暴揍对方。自从枪击案之后,斯科特就存在极端惊吓反应,但古德曼医生的帮助让他有所改善。他还需要恢复很久,但现在足以瞒过面试委员会了。斯科特不知道古德曼是不是也能帮帮这条狗。古德曼医生常常在客人上班前约见他们,因此斯科特决定抓住这个机会打个电话。他本以为会听到古德曼的留言机,没想到古德曼本人接了电话,这说明他现在并没有病人。

"医生,我是斯科特·詹姆斯。你有几分钟时间吗?"

"几分钟也好,几小时也好,随你喜欢。我7点钟的病人取消了会见,你还好吗?"

"还不错。我想问你一些事情,关于我的狗。"

"你的狗?"

"我昨天得到了我的狗,一条德国牧羊犬。"

古德曼听起来有些犹疑,"恭喜你,这一定很让人兴奋吧。"

"没错,她是一条退休的军犬。她在阿富汗中过枪,我觉得她有创伤后应激障碍。"

古德曼毫不犹豫地回答道:"如果你想问这是不是可能,当然是的。动物也会有类似人类的症状,特别是狗。有很多文献讨论这个主题。"

"一辆大卡车开过去,她也会紧张。听到枪响,她会想躲起来。"

"嗯嗯,惊吓反应。"

这些东西斯科特曾经与古德曼讨论过几个小时。创伤后应激障碍并没有相应的药物或"疗法",除了聊天。药物能缓解失眠和焦虑等症状,但只有不停地谈起它,才有可能让创伤后应激障碍的魔鬼灰飞烟灭。斯科特只跟古德曼一个人谈起过他的恐惧和对那晚的感受,但有些事他连古德曼也没有告诉。

"是的,她的惊吓反应真是没救了。有没有什么快一点的法子可以帮帮她?"斯科特问。

"帮她做什么?"

"克服一下。有什么我能做的吗?能让她别一听到枪响就吓得跳起来?"

古德曼犹豫了几秒,但他用关切且得体的语调问道:"斯科特,我们现在谈论的是狗还是你？你是不是想告诉我什么？"

"是我的狗，我在问我的狗。她又不能自己跟你说话，医生。"

"如果你有问题，我们可以加大抗焦虑药物的服用量。"

斯科特不禁希望自己当天早上吞下过一大把抗焦虑药物。就在这时，他看到兰德尔深蓝色的小货车开进了停车场。兰德尔从车里出来时看到了他，于是皱起了眉头。显然，斯科特仍然待在车里，这让他怒火中烧。

"我在问我的狗，她是一条85磅重的德国牧羊犬，名叫麦吉。我很希望你能跟她聊聊，可惜她不会说话。"斯科特说。

"你好像生气了，斯科特。昨天的回忆疗程有什么负面反应吗？"

斯科特放下电话，调整呼吸。兰德尔没有动，只是站在自己的卡车后面，皱着眉头盯着斯科特。

斯科特重新拿起电话，"我在讨论这条狗。或许我需要一位狗心理医生，他们也给狗开抗焦虑药物吗？"

古德曼又犹豫了片刻，似乎在思考，但这一次他开口之前先叹了口气。

"或许吧，我不知道。我只知道，有创伤后应激障碍的狗是可以重新训练的。我猜，就像人一样，各种结果都有。人类服用药物，可以加大或暂时改变我们脑部的化学激素分泌。我们可以一遍一遍地讨论，直到整件事情失去它的情绪效能，变得易于控制。"

古德曼进入了讲座模式，这是他整理思绪的方式。于是斯科特打断了他，"是啊，我们聊过无数次了。有没有更简便的方法，医生？我老大在盯着我，他看上去不太高兴。"

"她中过枪。跟你一样，她的潜意识会把枪声或其他意料之外的响声与疼痛、恐惧以及当时她的感受联系起来。"

兰德尔摸了摸手表，抱起双臂。斯科特点头示意，然后举起一

89

根手指——一小会儿。

"她不能像我一样谈论这件事,那我们该怎么办?"

"我会找找有没有犬用抗焦虑药物,但治疗模式是类似的。你不能把可怕的经历从她身上剥离,因此你需要降低它的作用。或许你可以教会她把巨响与某种令人愉悦的东西联系起来,然后让她经历更多噪声,直到她明白,它们对她没有威胁。"

兰德尔等得不耐烦了,开始大步走向他。

斯科特望着他走近,却仍在考虑古德曼的建议是否可行。

"这很有帮助,医生。谢谢你,我得挂了。"斯科特收起手机,牵上麦吉,在兰德尔走到车前的同时钻了出来。

"我猜你和这只狗已经准备好了吧,你都有时间跟你的女朋友们甜言蜜语了。"

"是劫案凶杀部的奥索警探。他们想让我回市区,但我让他们推迟到午饭之后,好让我有时间跟麦吉训练。"

正如斯科特所料,兰德尔皱起的眉头缓和了一些。

"他们怎么突然这么需要你了?"

"负责人换了。奥索是新来的,他想要加快调查速度。"

兰德尔咕哝了一句,然后瞟了一眼麦吉,"你和麦吉'小姐'昨晚相处得怎么样?她在你地板上撒尿了吗?"

"我们散步来着,走了好久。"

兰德尔锐利地抬头望着他,仿佛怀疑他在耍小聪明。但当他意识到斯科特是认真的,他的表情又柔和了几分。

"好极了,非常好。现在,你跟她一起训练吧,让我们瞧瞧你们能聊些什么。"

兰德尔转身要走。

"我能借你的发令枪用用吗?"

兰德尔转回身来。

"听到枪响就吓得哆嗦,这可做不了警犬。"斯科特说。

兰德尔张开嘴,打量了斯科特一番:"你觉得你能治好这毛病?"

"我不会放弃我的搭档。"

兰德尔盯着斯科特看了许久,这让他觉得浑身不舒服。但接下来,兰德尔碰了碰麦吉的脑袋,"不行的,你不能在训练她的时候开枪,这么近的距离,可能伤到她的耳朵。我让梅斯来帮你们。"

"谢谢你,长官。"

"不用谢,继续跟这条狗聊天吧。或许你已经学会了什么。"

兰德尔没再多说什么,转身离开了。斯科特低头望着麦吉。

"我需要更多的熏肠。"斯科特笑道,他和麦吉走向了训练场。

11

带着发令枪出来的不是梅斯。相反,是兰德尔,他还带了一个身材精壮的矮个子训练员,名叫鲍尔·巴德。在训练员学校的第一周,斯科特曾见过他两次,但并不熟悉。巴德大约 35 岁,脸上晒脱了皮,因为过去两周他一直跟其他 3 个警察在蒙大拿钓鱼。他的狗是一条雄性德国牧羊犬,名叫奥比。

"先别管发令枪的事了。你认识鲍尔·巴德吗?"兰德尔问。

巴德冲斯科特咧嘴一笑,与他握手时手掌很有力,但他对麦吉的笑容更灿烂。

"鲍尔曾在空军的军犬部门工作,所以我想让他跟你聊聊。军犬的训练内容跟我们的狗不太一样。"兰德尔补充说。

巴德仍在冲麦吉微笑,他伸手让她嗅了嗅,然后蹲下来挠她耳后。

"她去过阿富汗?"巴德问。

"双重任务,巡逻和爆炸物侦测。"兰德尔说。

巴德外形粗犷,但斯科特感到他为人随和,他知道麦吉也能感觉到。她耳朵垂下,舌头伸出,舒服地让巴德挠着她。巴德拨开她的左耳,看着她的文身,兰德尔仍在一旁喋喋不休。斯科特和兰德尔似乎都消失了,巴德的眼中只有这条狗。

兰德尔继续对斯科特说:"你知道,在洛杉矶,我们训练这些漂亮的小动物用狂吠来让嫌疑人不要乱动。除非嫌疑人想要杀了你,她才能咬那些混蛋,因为咱们那些没骨气的市议员最怕被为坏蛋做代理的讼棍们抓住把柄。对不对,巴德警官?"

巴德并未在意,但斯科特知道,上司说的没错,愈来愈多警察部门开始采用这种"寻找—狂吠"的策略,以免摊上责任诉讼。只要嫌疑人听话不动,不表现出攻击性,警犬们就会站在原地吠个不停。只有当嫌疑人做出攻击性行为或试图逃跑时,它们才会开始扑咬。兰德尔认为这对警犬和训练员都是很危险的规定,因此总是就此长篇大论。

"可是,你的军犬接受的训练要求她像一辆卡车一样扑向目标,把那些敌人的肥屁股一口咬掉,就像地狱里飞出的蝙蝠一样。要是让军犬去对付那些混蛋,她能把他们屁股上多咬出一个窟窿来;要是他们的肝被扯出来了,她能一口吞下去。像咱们麦吉这样的狗可是认真训练过的。对不对,巴德警官?"

"你说得没错,长官。"

兰德尔冲巴德点点头。巴德正在抚摸麦吉的四肢,寻找着她臀部的伤疤。

"经验之谈,詹姆斯警官。所以你要做的第一件事,就是教会这只英雄主义的动物不要去咬那些天生劣种的杀人犯。明白了吗?"

斯科特模仿巴德的语气说道:"你说得没错,长官。"

"当然了。现在我会让你跟巴德警官待在一起,他懂得军犬的训练命令,会帮助你重新训练她来适应咱们这个娘娘腔的文明城市。"

兰德尔不再多说,转身走开了。巴德站起身来,冲斯科特咧嘴一笑。

"别怕。她在拉克兰接受过训练,让她降低攻击性、对人类更友好。对警犬来说这是标准程序。那儿的警官认为她的问题可能恰好相反——攻击性还不够。"

斯科特想起麦吉对马雷的态度,但决定不提此事。

"她很聪明。她两天就能学会'寻找—狂吠'的把戏。"斯科特说。

巴德的笑容更灿烂了,"她跟了你多久?一天?"

"她够聪明了,能学会海军陆战队教给她的东西。她又不是脑袋中过枪。"

"你知道海军陆战队教过她什么吗?"

斯科特觉得自己脸涨红了,"我猜这就是你在这儿的原因。"

"我猜也是,咱们开始吧。"

巴德冲犬舍的方向点点头,"去拿一个臂部保护装置,一条20英尺长的牵引绳,一条6英尺长的牵引绳,还有你用来奖励她的东西。我在这儿等着。"

斯科特走向犬舍,麦吉跟上来,走在他左侧。他带了半磅熏肠,但此刻有些担心不够。如果巴德不同意他用食物作为奖励,那该怎么办?接着,他看了看自己的手表,不知道在他去见奥索之前他们能有多少进展。他想告诉奥索他从马雷那里得知的现场周边的情况,他相信奥索会看得出这些线索的价值。或许在9个月的一无所获之后,新的调查方向终于浮现了出来。

斯科特加快步伐,想着与奥索的会面。这时,一声枪响划破了身后的空气。斯科特立刻俯身卧倒,而麦吉几乎绊倒了他。她试图躲在他身子下面,紧紧地缩在他的两腿之间,他感到她在颤抖。

斯科特心脏狂跳,呼吸急促,但在他转身望向巴德之前,他已经知道发生了什么。

巴德握着发令枪的手垂在腿边。他晒脱皮的脸上不见了笑容,现在,他看起来很悲伤。

他说:"对不起,兄弟,太可惜了。那可怜的狗有点问题。"

斯科特的心跳放缓了。他把一只手放在麦吉颤抖的背上,柔声对她说:"嘿,宝贝丫头,那只是噪音罢了。你可以待在我身子下面,多久都行。"

他抚摸着她的背部和身体两侧,挠挠她的耳朵,一直用平和的声音对她讲话。他掏出那袋熏肠,一直抚摸着她,"看看这个,麦吉。瞧瞧我有什么。"

他递给她一块熏肠,她抬起头,透过他的指缝舔着。

斯科特用尖细的声音告诉她,她是个乖丫头,然后又递给她一块。她坐起来吃掉了。

巴德说:"我以前见过这种情况,你知道的,在军犬身上。要治好可不容易。"

斯科特站在原地,手里拿着另一块熏肠放在她脑袋上方逗她,"站起来,丫头。站直了才能够到它。"

她后腿直立,高高地站起来够那块熏肠。斯科特让她吃了,然后摸摸她表示赞赏。

他望着巴德,不再用那种尖细的声音,"过 20 分钟,再开一枪。"

巴德点点头,"你不会知道我什么时候开枪的。"

"我不想知道,她也不必。"

巴德缓缓露出笑容,"去拿臂部保护装置和牵引绳吧,咱们把这军犬弄回正轨。"

又过了2小时45分钟,斯科特将麦吉关进犬舍,开车到市中心去见奥索。他离开时,她前爪搭在门上呜呜直叫。

12

20分钟后,大船的电梯门打开,斯科特见到正等着见他的奥索和一个小巧迷人的浅黑皮肤女警官,她穿着黑色的裤装制服。奥索伸出手,介绍身旁的女人。

"斯科特,这是乔伊丝·克莱尔。克莱尔警探一直在研究那些案卷,或许比我更清楚。"

斯科特点点头,但不确定该说些什么。

"好的,谢谢。很高兴见到你。"

克莱尔握手时坚定有力,但并不男性化。她年近40岁,姿态轻松而体型精壮,年轻时恐怕能当体操运动员。她与斯科特握手时露出了微笑,奥索带他们走向劫案凶杀部办公室时,她把名片递给了他。斯科特心想,不知道奥索是不是打算每次他来时都在电梯口迎接。

"你进都会司前待在兰帕特,对不对?"克莱尔问,"我来这里之前也在兰帕特凶杀科待过。"

斯科特再次打量着她的面孔,但没有想起来,"对不起,我不记得了。"

"你肯定不记得,我已经来这儿3年了。"

"3年半。"奥索说,"乔伊丝大部分时间都在跟我调查系列案件。我跟她讲了我们昨天的对话,她有一些问题。"

斯科特跟着他们走进同一间会议室,他看到文件箱现在摆在桌子上,报告和材料都各归各位,一个巨大的蓝色三孔文件夹放在旁边。斯科特知道这是"凶案本",凶杀科的警探用这种本子来整理和记录他们的调查。

奥索和克莱尔坐下来,但斯科特绕过桌子,走向那幅海报一样大的犯罪现场还原图。

"我们开始之前,我想说,今天早上我去了尼尔森·辛的商店,遇到了一个生意人,他的店与辛的店就隔着两道门——在这里。"

斯科特在图上找到了辛的店,然后指着埃尔顿·马雷的位置。

"马雷两周前遭到了盗窃,他在过去一年里被盗了四五次。他告诉我,这片区域的其他许多店也被盗过。你的图并没有画出这栋建筑后面的送货区,就在这条小巷——"

斯科特用手指画了一个方框来表示那栋建筑后面的区域,马雷就是在那里装卸货物的。斯科特演示时,奥索和克莱尔都望着他。

"有一架消防梯通向屋顶,但这里没有安全措施,只有最矮的窗户上才有栏杆,而后面这片区域平时完全看不到。我想那些坏家伙就是用消防梯爬到上面的窗户的。他们这次偷走了一台电脑和一台扫描仪。上回,他们偷了一部音响、另一台电脑,还有几瓶朗姆酒。"

奥索瞄了一眼克莱尔。

"小型入室盗窃案,偷盗能随身携带的赃物。"

克莱尔点点头。

"住在附近的人。"斯科特继续展开自己的理论,"不管是谁,如果是同一个人犯下这一系列案子,他可能就是我被枪击的当晚闯进辛家里的那个人。我还上了屋顶,那里完全是个开派对的地方——"

斯科特拿出手机,找到了啤酒罐和垃圾的照片,把手机递给奥索。

"或许闯进辛商店的人早就跑了,但如果有其他人在那儿看到肯沃斯撞上宾利,他们一定看到了一切。"

克莱尔倾身问他,"马雷有没有报警?"

"报了,两周前。有人去了,但马雷没有得到回复。我告诉他,我会帮他查一查,再告诉他。"

奥索看了一眼克莱尔,"那是劫案中心部。问他们要过去两年这片区域的劫案报告和逮捕记录,还有关于马雷先生的报告,我想跟负责此案的警探谈谈。"

克莱尔让斯科特重复了一遍马雷的全名以及他商店的地址,然后在笔记本上记下这些信息。她写字之时,奥索转向斯科特。

"这个发现太棒了,思路很好,我喜欢。"

斯科特感到一阵欣喜,仿佛心里困了9个月的什么东西开始有所松动了。

"好,现在轮到乔伊丝了。过来坐下,乔伊丝——"奥索说。

斯科特坐下来,乔伊丝拿起一个巨大的棕色信封,掏出了里面的东西。她把4张高质量的光面纸摆在斯科特面前,好像在玩纸牌游戏。每张纸上印着6组彩色照片。照片两两成对,展示着每个人的面部和档案。他们年龄和种族各不相同,有着不同形状和长度的白色或灰色的鬓角。克莱尔边摆出照片边解释道:"头发颜色、发型、长度等基本特征都是数据库的一部分。有人看起来眼熟吗?"

斯科特的情绪瞬间由欣喜变成反胃,在那一刻,他仿佛又躺在了街头,耳畔响起了枪声。他闭上眼睛,缓缓呼吸,想象自己躺在白色的沙滩上。他独自一人,赤身裸体,皮肤在阳光下晒得暖洋洋。他想象自己裹着红色的沙滩毛巾,他想象海浪的声音。这是古德曼教给他的法子,用来对付记忆闪回。想象自己在别的地方,构建细节。想象细节需要集中注意力,这能帮他放松。

"斯科特?"奥索说。

斯科特感到一阵难堪,他睁开了眼睛,然后研究了半天照片,但没人看起来眼熟。

"我看到的太少了,对不起。"

克莱尔把照片拿下来递给他,脸上仍然挂着轻松自然的微笑。

"没事,我本来也没打算让你认出这些人的脸。我有 3261 张照片都有灰色或白色的鬓角。我挑了这些,因为他们有不同的发型和鬓角形状。这就是测试的目的,你最好可以——如果可以的话,当然如果不行也没关系——圈出最贴近你记忆中画面的发型,或是划掉你敢确信不是的那些。"

其中有个人的鬓角又长又细,活像一把匕首;另一个有浓密的络腮胡。斯科特划掉了这些,还有其他几种他确信不对的形状,然后圈出了 5 个有着浓密的方形鬓角的家伙。最短的鬓角延伸到耳朵中间,最长的一直到耳垂后面一英寸。斯科特把照片推回给克莱尔,再一次怀疑自己究竟是真的看到了鬓角,还是仅仅在胡思乱想。

"我不知道,我甚至不知道是不是真的看到了。"

克莱尔和奥索对视了一眼,她把照片放回了信封里。奥索从桌上摊开的文件中抽出了一叠薄薄的报告。

"这是有关那辆老爷车的刑事专家报告。我们上次谈过之后,我又读了一遍。在司机一侧,我们找到了 5 根白色的头发,来自同一个人。"

斯科特盯着奥索，然后是克莱尔。奥索笑了，克莱尔则没有。她看起来像是正在狩猎的女人，她接过了奥索的话头。

"我们无法确定它们是不是来自你看到的那个男人，但一个白发男子曾经在某一时刻出现在那辆车里。DNA检测结果与联合基因数据库和司法部数据库中的记录无一相符，所以我们不知道他的名字，但我们知道，他是个白人男子。有很大可能是他的头发在变白之前是棕色的，我们确定他有蓝色的眼睛。"

奥索眯起眼睛，笑得更灿烂了，看上去活像个开心的童子军团长。

"开始对得上了，是不是？我觉得你应该很希望知道自己没疯。"接着，开心的童子军团长消失了，奥索把手按在文件箱上，"好了，这里的案卷是按照主题排列的。凶案本里有米伦和斯特拉认为重要的证据，但不如案卷那么齐全。你自己心里有问题，你想知道什么？"

斯科特想找到某种东西来诱发更多回忆，但他并不知道那是什么，或者可能是什么。

斯科特望着奥索，"我们为什么没有嫌疑人？"

"我们从未辨别出嫌疑人。"

"米伦和斯特拉已经告诉过我了。"

奥索拍了拍文件箱，"完整版本在这里，你有权阅读，但我会告诉你一个克利夫[①]版。"

奥索迅速且专业地将调查报告摊开。斯科特从米伦和斯特拉那里知道了大部分内容，但他们从未阐释过。

[①] cliffnotes，是美国一家专为文学书籍做注释的图书品牌。

每次发生凶杀，首要嫌疑人就是其配偶，总是如此，这是凶杀手册里的第一条规则。第二条规则是"跟钱走"，米伦和斯特拉用这个思路来展开调查。帕拉斯安和比斯特有钱吗？他们任何一个人曾欺骗过商业合作伙伴吗？其中任何一个人与别人的妻子有染吗？帕拉斯安的妻子是否抛弃了她的情人，结果他谋杀了她的丈夫作为报复？还是她自己谋杀了艾里克，好跟其他男人远走高飞？

米伦和斯特拉在调查过程中只找到了两个利益相关者。第一个是谷区的一个俄国色情作家，他跟着帕拉斯安投资了几个项目。他的色情产业得到了俄国一家犯罪集团的投资，这让他上了侦查名单，但他跟着帕拉斯安赚了超过百分之二十，所以米伦和斯特拉最后撤销了对他的怀疑。第二个利益相关者与比斯特有关。劫案凶杀部的劫案科告诉米伦，国际刑警组织指认比斯特与法国一个黑市钻石贩子有牵连。这引发了一种怀疑：比斯特可能在走私钻石。但劫案凶杀科最后还是排除了他的犯罪嫌疑。

总而言之，27名亲朋好友、118名投资人和商业伙伴以及所有可能的证人都被询问和调查过，所有人都洗清了嫌疑。没有发现任何犯罪嫌疑人，调查陷入了僵局。

奥索讲完之后，看了一眼手表，"我讲的东西对你的记忆有帮助吗？"

"没有，长官。大部分我都知道了。"

"也就是说，米伦和斯特拉并没有对你隐瞒什么。"

斯科特感到脸涨红了，"他们一定漏了什么。"

"可能吧，但这就是他们找到的——"

奥索冲文件箱点点头，克莱尔继续说道："也就是说，我和巴德就是从这里开始的。米伦和斯特拉一无所获，这并不意味着我们也会一样。写在这里的，我们不一定会当作事实接受。"

奥索打量了她片刻,然后望着斯科特,"我有辛和他的抢劫案,我有你,我还有一个死掉的警察。我会破案的。"

乔伊丝·克莱尔对斯科特点点头,但没有开口。

奥索站起身来,"乔伊丝和我还有工作要做。你想要看看文件和报告,它们都在这里了。你想要翻翻凶案本,它也在这儿。你想从哪里开始?"

斯科特并未想过从哪里开始。他想过先读读自己的证言,看看他是否忘了什么,但他立刻意识到最该从哪里开始。

"犯罪现场的照片。"

克莱尔很明显不太自在了,"你确定?"

"确定。"

斯科特从未见过现场的照片。他知道它们存在,但从未考虑过这一点。每天晚上,他都会在梦中见到自己心里的版本。

奥索说:"好吧,那么,我们帮你开始吧。"

13

奥索从箱子里拿出一个悬挂式文件夹,把它放在桌子上。

"这就是照片。凶案本里有大部分重要照片的复印件,但主文件夹里有所有东西。"

斯科特瞟了一眼没打开的文件夹,"好的。"

"照片背后写着相关报告的页码。刑事犯罪专家、法医、刑侦部警察,什么人都有。你要是想看看刑事专家对某张照片的意见,就按照后面的报告页码翻过去瞧瞧。"

"好的,多谢了。"

斯科特等着奥索离开,但奥索没动。他的表情捉摸不定,似乎不太情愿让斯科特看到他打算看的东西。

"我没事的。"斯科特说。

奥索无声地点点头,转身离开,与走进来的克莱尔擦肩而过。她刚刚走出了屋子,此刻拿着一瓶水、一个黄色便签本和几支笔回来。

"给你。要是你有什么问题或者想做笔记,就用这些吧。我想你可能也想喝点水。"

她望着他,脸上带着与奥索一样的关切神情。这时,她的手机收到了一条新信息。她扫了一眼说:"是劫案中心部。你要是需要什么,我就在办公桌前。"

斯科特等她离开,然后打开了文件夹。里面的文件贴着标签:区域、宾利、肯沃斯、老爷车、编号 2A24、帕拉斯安、比斯特、安德斯、詹姆斯、混合。编号 2A24 是斯科特和史蒂芬妮的巡逻警车。看到自己的名字,他感觉很古怪,他很好奇里面有什么。接着,他又想到了史蒂芬妮的名字,然后强迫自己别再多想。

他先打开了"区域"文件夹。里面的照片大小不一,拍摄于黎明时分,尸体已经移走了。肯沃斯的前保险杠毫无生气地垂下来。宾利的副驾驶座一侧被压扁了,侧面和车窗布满弹孔。背景里有消防队员、警察、刑侦专家和记者。史蒂芬妮的尸体被挪走后留下的白色轮廓吸引了斯科特的注意,仿佛一块空荡荡的拼图在乞求寻回那些遗失的碎片。

接下来,斯科特草草看了一遍宾利的照片。它内部满是碎玻璃片,座位和方向盘上布满血迹,仿佛用红漆刷过。司机一侧的地面上,凝固的鲜血形成了一个小池塘。

肯沃斯内部则完全不同,保持完好。座位、地板和仪表盘上满是 AK-47 的子弹壳,车内有不少废纸,一个捏扁了的汉堡王可乐纸杯，还有几个空的矿泉水瓶。斯科特从米伦那里得知，这些东西已经被拿去化验过，证据指向卡车的主人，他名叫费利克斯·赫南迪兹，因打老婆而入狱，卡车在布埃纳公园被偷。

斯科特没有翻看老爷车的照片。它在8个街口外的高速路天桥下被发现，同肯沃斯一样，也是之前失窃的、专门用来行凶的车辆。

斯科特迅速翻到帕拉斯安和比斯特的照片，仔细观察，仿佛能看出究竟是什么导致了他们的死亡。这些照片都是在夜间拍摄的，这让斯科特想起了他曾看到过的一些可怕的黑白照片，里面是些20世纪30年代死于机关枪下的黑帮成员。帕拉斯安扑在方向盘上，仿佛他试图躲进比斯特的膝盖里。他的衣服浸透了鲜血，斯科特已经无法辨别颜色。白天拍的照片中那些碎玻璃此刻反射着闪光灯的光芒。

比斯特瘫在副驾驶座上，仿佛整个人都融化了。他的脑袋少了一半，离相机较近的一侧胳膊耷拉着，露出黏稠的红色组织。同帕拉斯安一样，他中了太多枪，衣服浸透了鲜血。

斯科特自言自语，"老兄，有人真心想让你死透啊。"

下一个文件夹里是史蒂芬妮的照片。斯科特犹豫了，但他知道自己必须看下去，于是他打开了文件夹。

她双腿并拢，在膝盖处弯曲，转向左侧。她的右臂与身体垂直，掌心向下，五指弯曲，仿佛想要抓住地面，她的左手捂着腹部。她的身体外侧用专业手法画出了尸体轮廓，但下面的血泊太大，轮廓也被破坏了。斯科特飞速翻过她的照片，看到一张不规则的血泊图案，上面标着B1。B2则是被拉长了的血泊，似乎有什么东西被拖走了。

斯科特意识到那是他自己的血，他猛然发现，他已经从史蒂芬妮的文件夹翻到了自己的。血量令人震惊，他不禁出了一身冷汗。他知道自己那天死里逃生，但亲眼看到街上的鲜血，才让他真切地看到自己距离死亡有多近。他再失去一定量血液，就会躺在白线画出的轮廓里了？再失去多少？一品脱？半品脱？他翻回史蒂芬妮的第一张照片，她的血泊更大一些。照片模糊了，他擦擦眼泪，拿出一张史蒂芬妮尸体的照片。

斯科特合上照片文件夹，绕着桌子踱步，想让自己冷静下来。他舒展着身体和肩膀，打开那瓶水，喝了一大口，然后研究着奥索那张海报尺寸的犯罪现场还原图。他拍了张照片，检查了一下清晰度，然后回到文件箱旁边，感到自己犹疑而愚蠢。他不知道自己是不是在自我安慰，假装能想起什么线索来帮助警方抓到杀害史蒂芬妮的人，好停止她夜夜重复的指责。

他随机拿出一些文件摊开在桌子上：肯沃斯和老爷车的失窃报告，听到枪击后拨打911报警者的证词，验尸报告。

斯科特看到一个文件夹的标签是"科学调查处——证据收集"，于是逐页查看。文件夹里是对现场收集的物理证据的分析，一开始是长达数页的物品条目。刑侦专家一定花了大量的精力来整理这些细节，但斯科特对无穷无尽的法学报告并无兴趣。他知道，那晚发生的事有关帕拉斯安和比斯特。有人想杀死他们，而史蒂芬妮只是殃及池鱼的受害者。

斯科特发现了一堆有关帕拉斯安的报告和证词。他们对他的家人、雇员、投资人和其他人进行了无数次问讯，资料足有5英寸厚。斯科特看了看手表，意识到麦吉已经被锁在犬舍里太久了。他感到一阵愧疚，明白自己应该回到训练场去。

斯科特走到门旁，发现克莱尔正在远处的墙角的小隔间里打电话。她举起一根手指，告诉他稍等片刻，然后迅速挂上了电话。

"你怎么样?"克莱尔问。

"不错,我很感谢你和奥索警探允许我看这些东西。"

"没关系,我刚刚跟劫案中心部跟进了马雷先生的案子。他们发现一群人在跳蚤市场上售卖赃物,其中有些东西跟那个区域失窃的物品能对上号。"

"好极了,我会让他知道的。听着,我得回去找我的狗——"

"别提跳蚤市场的事。"

"什么?"斯科特迷惑地问。

"如果你打电话给马雷,你想打就打,但别提我们在调查跳蚤市场。别说这个词——跳蚤市场。"

"我不会提的。"

"好极了,劫案中心部的人会打电话跟进他的盗窃案的,跳蚤市场的事跟他无关。"

"我懂了,我会保密的。"斯科特点头道。

"你有照片吗?"

斯科特再度迷惑了,"什么照片?"

"你的狗,我很爱狗。"

"我昨天才得到她。"

"喔,好吧。等你有了照片,我想见见她。"

"你觉得我能不能带一些文件出去?我可以签字,如果你需要的话。"

克莱尔环顾四周,仿佛想看到奥索,但奥索不在。

"是帕拉斯安的东西。我想仔细读读,但那简直有电话号码本那么厚。"斯科特说。

"我不能让你带走凶案本,但你可以借走文件复印件,我们有光盘版。"

105

"好极了,就是我提到的那些文件。"

他跟着她走回会议室。当她看到桌子上摊开的文件和文件夹时,不禁皱起了眉头,"老兄,我希望你没打算弄成这样就跑。"

"不会的,我走之前会收拾好的。"斯科特指着帕拉斯安那堆文件,"这就是我想要的,奥索警探从箱子里拿出来的文件。"

她沉思片刻,斯科特担心她就要改变主意了,但她点了点头。

"好的,奥索不会介意的,除非你丢了东西。手写的记录不在光盘上。"

"你们什么时候要拿回来?"斯科特问。

"如果我们需要什么,我会打电话给你的。把其他东西放回去就好了,行吗?"

"没问题。"

斯科特把文件分门别类地各归各位,他一一检查文件夹时,看到箱子底部有一个小小的棕色信封。它用一个金属扣封紧了,上面写着一行字:还给约翰·陈。

斯科特打开金属扣,把信封倒过来。一个封闭的塑料证物袋滑了出来,里面的东西像是一节棕色皮带,还有皮带的照片、一张便笺和一份科学调查处出具的报告。皮带上似乎沾有某种红色的粉末。米伦在便笺上写了一行字,"约翰,谢谢,我同意。你可以丢掉它了。"

科学调查处的报告证实它是一块平价手表的表带,无法证实牌子,在科学调查处的清单上列为 307 号证物。报告底部打印着一则说明:

> 此物在例行检查中收集自枪击现场北部的人行道(标记为 307 号证物)。推测是男士或女士细带手表的一

半表带,表扣已损坏。看似血迹干了的红色污迹事实上是普通的锈斑,没有发现血迹。发现地点、物品性质及状态表明,该物品与罪案无关,但我想在丢弃之前再仔细检查一下。

看到表带是在街道北侧捡到的,斯科特神经绷紧了。肯沃斯正是从北面出现的,辛的店铺也在北面。

照片上的皮革表带和一块白色标牌(307号)一起躺在人行道上。斯科特翻回科学调查处文件中的证物清单,在参考编号中寻找,终于看到了一张图上标注着表带发现的位置——那张图让斯科特的心脏几乎停跳。307号证物恰好是在犯罪现场正上方的屋顶下面拾获的,斯科特当天早晨曾站在那个屋顶上,触摸锈迹斑斑的铁栏,还被铁锈刺破了手掌。斯科特拿出手机拍下了那张图,他又多拍了一张,以保证图片足够清晰,然后将文件放回了正确的文件夹里。

斯科特研究了一番表带上的锈迹,发现它与他手上沾有的锈迹很像。他不知道米伦为什么没把信封还给陈,或许是因为它从文件夹之间掉了下去,或许米伦压根就忘记了。毕竟,如果这块坏掉的表带是垃圾,它也就不值得去思考了。

斯科特将一切文件物归原位,除了那块表带。他将它放回信封,把信封塞进自己的口袋,然后带上了帕拉斯安的文件。他出门时对克莱尔表示了感谢。

14

斯科特回到训练场的时候已是下午,停车场里挤着警犬分队的几辆车和十多个人,他听到警犬接受训练时传来的吠声和训练员喊出的命令声。

斯科特把车停在办公室一侧的对面,然后走进了犬舍。麦吉站在犬笼中,在他进门时一直望着他,仿佛早已知道是他回来了。她吠了两声,然后起身把前爪搭在栏杆上。看到她在摆尾巴,斯科特不禁笑了。

"嗨,麦吉丫头。你想我了吧?我想死你了!"

她四肢着地,等着他走过来。他踏进犬舍,挠挠她的耳朵,抓抓她脸两侧厚实的毛发。她开心地伸出舌头,玩耍般地轻咬他的胳膊。

"抱歉,我走了这么久,你以为我抛弃你了吧?"他抚摸她身体两侧和后背,一直摸到她的四肢,"不会的,狗狗。我会留在你身边。"

巴德从办公室里走进犬舍,"你一走,它就气呼呼的。"

"是吗?"斯科特很惊讶。

巴德晃了晃右臂,"老兄,我胳膊肯定会疼的,她扑上来的时候活像个橄榄球中后卫。"

"她喜欢得很。"

这天早晨,他们已经练习过噬咬命令和攻击嫌疑人,巴德扮演嫌疑人,兰德尔也出来看了看。麦吉一开始有些犹豫,但她回忆起了军队中的命令语句,在海军陆战队中接受的训练成果很快便回来了。在斯科特的命令下,她死死盯着巴德,自己一动不动,直到斯科特命令她发动攻击,或是看到巴德向斯科特或她自己有所动作。那一刻,她会冲向他缠着垫子的右臂,活像一枚装有热跟踪装置的导弹。这似乎是她唯一喜欢的训练内容。

巴德压低了声音继续说道:"兰德尔印象深刻。玛利诺动作敏捷、牙齿尖利、喜欢咬人,但这些大型牧羊犬啊——老兄,她可比玛利诺重 30 磅,能把你撞个四脚朝天。"

斯科特最后抚摸了她一遍,然后扣上了她的牵引绳,"我会再训练她一会儿。"

"她练得够多了。"

巴德打开了门,他再次压低声音说,"她有点一瘸一拐的。你离开之后,她在笼子里踱步的时候,我看得出来。我不知道兰德尔是不是看到过。"

斯科特盯着巴德看了一会儿,然后把麦吉牵出了犬舍,望着她,"她走得没问题呀。"

"仔细看,后腿,她似乎是拖着右后腿走路的。"

斯科特牵着她绕了个小圈,然后沿着犬舍走廊走了两趟,仔细观察她的步伐说:"我看不出毛病来。"

巴德点点头,但似乎并不相信,"好吧,可能因为跑来跑去的,有点累了。"

斯科特抚摸着麦吉的后腿、脚和臀部。她似乎并没有什么问题。

"她没事。"斯科特说。

"我只是想让你知道,我没告诉兰德尔。"巴德摸了摸她的头顶,然后瞟了一眼斯科特。

"帮她调整一下,但不是在这儿,行吗?今天在这儿已经练习得够多了。带她去慢跑,扔球给她捡,我们明天再处理她的惊吓反应。"

"谢谢你没告诉兰德尔。"斯科特道谢。

巴德再次摸了摸她的脑袋,"她是只好狗。"

斯科特望着巴德离开,然后牵着麦吉走向他的车,路上仔细观察她的步态。他打开车门时,她一跃而上,塞满了后座。才过了两天,这动作已经十分自然了。她毫不犹豫地跳进车里,丝毫没有流露出任何不舒服。

"他说得对,你可能只是扭到了。"

斯科特钻进驾驶座,关上车门,麦吉立刻挤到前排,遮住了副驾驶座前的车窗。

"你会害死咱俩的,我看不见路了。"

她伸出舌头,呼呼喘气。斯科特用胳膊肘捅了捅她,试图把她推回去,但她靠在他身上,一动不动。

"拜托,我看不见了,回后头去。"

她的喘气声更响了,还舔了舔了他的脸。

斯科特发动了特兰斯艾姆,驶上街道。他心想,麦吉是不是也曾这样坐过水陆两用军车,挤在前座之间望着前方的路?悍马装甲车里的士兵或许能越过她的脑袋看到前方,可是他不得不推开她才能看清路。

斯科特驶上高速路,向着谷地的方向开去。他思考着那块沾上锈迹的棕色表带,然后想起了自己对埃尔顿·马雷的承诺。他给马雷打了个电话,把自己知道的事告诉他,然后通知他劫案中部的警探会再联系他。

马雷说:"他已经打过电话了。两个礼拜没消息,现在他们才打电话。真是谢谢你帮我。"

"没问题,先生,今天早上你也帮了我。"

"他们说他们会回复你,我们等着瞧吧。我要送你一件免费衬衫,你穿马雷世界牌的衬衫肯定很棒,女人会喜欢你的。"

斯科特告诉马雷他会跟进,保证劫案科的警探与他保持联系。然后他挂了电话,把手机丢在两腿之间。他一般会把手机放在仪表盘上，但现在那里站着一条狗。

麦吉闻了闻他藏着熏肠的口袋，然后舔了舔嘴唇。斯科特想起来他得买点熏肠和塑料袋，于是在托卢卡湖附近下了高速公路去找超市，麦吉闻着他的口袋。

"好了好了，很快就好。我在找呢。"

他在距离高速路三个街口的地方拐进巷子。没想到，街道里一户小型房屋正在改建成公寓楼。一辆运木材的卡车缓缓驶过，堵住了整条街，一辆流动餐车则紧随其后。斯科特被困在了中间，他只好盯着装修工人像蜘蛛一样在脚手架间移动，他们随身带着射钉枪和锤头。有些人爬下来走到餐车旁边，但大部分人在继续工作。叮叮当当的声音此起彼伏，有时是一把锤子，有时是十几把锤子一起，有时则是射钉枪飞快的噼啪声，让整片工地听起来像是警校的枪击练习课，间杂着短暂的安静。

斯科特抓抓麦吉耳后的毛。现在吃晚饭还早，但斯科特有了个主意。

"你饿了吗，丫头？我饿坏了。"

他在工地后面一个半街区的位置停下车子，扣上麦吉的牵引绳，牵着她走向流动餐车。他们走得愈近，麦吉显得愈紧张，所以他每走几步就停下来抚摸她几下。

3个工人正等在餐车前，于是斯科特排进了队伍。麦吉蹲在他腿间，重心挪来挪去。射钉枪和锤子的声音很响亮，每隔几分钟还会响起电锯的声音。斯科特蹲在她身旁，把最后一块熏肠递给她。她没吃。

"没事的，宝贝。我知道这里很吓人。"

他前面的人对他露出友好的微笑,"你是个警察,他①一定是只警犬。"

"是她,没错。她是警犬。"斯科特继续抚摸安慰她。

那人说:"她真漂亮。我小时候也有一只牧羊犬,但现在我老婆讨厌狗。她说她过敏,我都快对她过敏了。"

餐车里没有熏肠,于是斯科特买了两个火鸡三明治、两个熏肉三明治和两个热狗,都是最简单的食物。他牵着麦吉走向一辆用作工地办公室的小拖车,询问工头他们能不能坐在外面吃东西。

工头疑惑地问:"你是来逮捕什么人的吗?"

"不,我只是想跟我的狗在这儿待一会儿。"

"那随便坐吧。"

斯科特坐在地基边缘,收短牵引绳让麦吉坐在他身旁。每当电锯声或射钉枪声响起,她都会挣扎一番,试图逃离那声响。斯科特感到有些歉疚和矛盾,但仍旧抚摸着她、对她讲话、给她吃的。他始终有一只手放在她身上,好与她保持联系。这并不是兰德尔教给他的,但斯科特觉得,这种接触是十分重要的。

工人们时不时停下来问些问题,几乎所有人都问到他们能不能拍拍她。斯科特抓住她的项圈,让他们动作慢一点。麦吉嗅了嗅对方,然后似乎就接受了。他们都告诉她,她真漂亮。

斯科特感到她慢慢平静下来了。她不再坐立不安,肌肉也放松了下来。35分钟之后,她终于坐下了。又过了几分钟,她吃了一块热狗,尽管当时头上还有电锯的声音。他抚摸着她,说着她有多美丽,然后把热狗掰成更多小块。噪音会时而惊吓到她,让她突然跳起来,但斯科特注意到,她每次放松下来的时间愈来愈短。她吃

---

① 这里工人用的英文是"he",所以下文斯科特要用"she"(她)来纠正。

掉了热狗和火鸡三明治，但没碰熏肉，于是斯科特自己吃了熏肉。

他们在一起坐了一个多小时，但斯科特并不急着离开。他喜欢跟她一起坐在这儿，与工人们谈论她。他意识到，自己已经很久没有过这种平静的感觉了。然后他才想起，自从枪击发生之后，他便再也没有过平和的心境。

斯科特揉了揉她的毛说："我们都在慢慢变好，走吧，丫头，我们回家。"

15

斯科特换上便装，带着麦吉出去散了会儿步，然后告诉她，她得自己待几分钟。他开车去最近的超市，买了3磅切好的熏肠、5盒塑料袋和1只烤鸡。他回来的时候把车开得飞快，仿佛有什么紧急任务。他很担心她会在家里狂叫，或是乱翻乱咬，但当他冲进屋子，却发现麦吉待在笼子里，趴在地上望着他。

"嗨，狗狗。"

麦吉竖起尾巴，走出来迎接他，斯科特立刻感到松了一口气。

他把买来的东西放到一边，给麦吉换了水，然后把从奥索的办公室里拿到的照片复印出来，但没有复印史蒂芬妮的尸体照。他把照片钉在墙上的犯罪现场图示旁边，然后画出了马雷的商店、辛的商店、小巷以及建筑背后的卸货区和消防梯。他在刑侦专家发现表带的人行道上画了一个小小的X。

斯科特完成这一切之后，就开始研究眼前的图示，他觉得自己没有拿出史蒂芬妮尸体的照片是很懦弱的行为。于是他打印出她的照片，钉在了图上面。

"我还在。"

斯科特把那叠报告和文件拿到沙发上,还真是不少。艾德莲·帕拉斯安,帕拉斯安的妻子,被讯问了7遍。每次讯问都有30到40页,因此斯科特跳了过去,直接浏览短一些的访谈。有个名叫南森·埃夫斯的流浪汉告诉米伦他目睹了枪战,还坚称枪声来自街道上空漂浮的蓝色圆盘。一个名叫穆德莉·比特斯的女人告诉米伦,是几个身穿黑色西装、戴着墨镜的瘦高男子引发了枪击。

斯科特把这些放到一边,回到艾德莲·帕拉斯安的第一次讯问。他知道这里面有料,也正是它确定了调查的方向。

米伦和斯特拉驱车去了她在比弗利山庄的家,正是在那里,米伦告诉她,她丈夫被谋杀了。米伦注意到她发自内心地震惊了,她要求自己单独待上几分钟,才能与他们继续交谈。在第一次讯问中,她同意在律师不在场的情况下讲话,并就此签订了一份文件。她指认比斯特为她丈夫的表弟,形容他是个"好人",他曾在他们家里住过几天。她说丈夫曾告诉她,他要去洛杉矶机场接比斯特,带他去市区一家名叫泰勒餐厅的新店吃饭,然后开车带他去看看自己想买的两处市区房产。米伦让她给她丈夫的办公室打了电话,她从一个名叫迈克尔·内森的人那里问到了两处房产的地址。当告诉内森噩耗之时,她太过激动,于是米伦接过了电话,内森无法解释帕拉斯安为什么要在深更半夜带比斯特去看那两处房产。当帕拉斯安太太的孩子们放学回家,讯问便很快结束了。米伦在报告最后总结道,他与斯特拉都同意,帕拉斯安太太是可信且真诚的,她的悲伤也是发自内心的。

斯科特抄下了那两处市区房产和餐馆的位置,然后盯着天花板。他感到筋疲力尽,仿佛帕拉斯安太太的悲痛也附加到了他的身上。

麦吉打了个哈欠。斯科特瞟了她一眼,发现她在望着他。他把脚从沙发上拿下来,勉强冲她微笑。

"咱们去散步吧,等回来就吃东西。"

麦吉听得懂"散步",她一跃而起,跑去找她的牵引绳。

斯科特装了两片熏肠,扣上她的牵引绳,然后想起了巴德曾建议他培养一下她的条件反射。他把绿色网球和装狗粪用的小袋子一起塞进了口袋。

公园里空空荡荡的,只有一男一女在沿着边缘慢跑,斯科特感到一阵轻松。他松开麦吉的牵引绳,让她坐下。她期待地望着他,等待下一个命令。斯科特没有发出命令,而是挠挠她脸部两侧,脑袋贴在她脸上,然后放她跑了出去。她现在完全是玩耍状态,胸膛贴在地上,屁股翘起来,发出开心的吠声。斯科特决定该跑几步了,他掏出绿球,在她鼻子上方晃了晃,然后扔过草地。

"拿回来,丫头,拿回来!"

麦吉追在球后面,却突然停了下来。她望着球在地上反弹,然后回到斯科特身边,垂头丧气。

斯科特想了想,然后扣上牵引绳,"好吧,如果不追球的话,咱们就去慢跑吧。"

他一起跑,身子一侧就传来尖锐的疼痛,腿部受伤的肌肉组织运动时也引发了阵阵刺痛。

"下次我得吃片药。"

他想起跟在后面的麦吉的臀部也有伤,不知道她的伤口是不是也像他一样疼痛。她并没有跛脚,也看不出有什么不舒服,但或许她只是比他坚强。麦吉当时坚持留在了搭档身旁。他感到一阵羞愧,不禁咬紧了牙关。

"好吧,你不吃止痛药,我也不吃。"

他们追着绿球跑了8次,麦吉的右后腿开始跛了。尽管很轻微,但斯科特立刻停了下来。他拍拍她的屁股,帮她放松那条腿。她没有表现出不适,但斯科特还是牵着她回家了。等他们走到厄尔太太的房前,她已经不再跛了,但斯科特还是有些担忧。

他先喂麦吉吃了东西,然后洗了个澡,吃了半只烤鸡。等麦吉吃完剩下的半只,他给了她一系列指令,让她躺在地上。然后他用手按住她,看她挣扎着躲开。玩过这些之后,她走路的姿势还是正常的,因此斯科特决定告诉巴德,她没有再出现跛脚的情况。他打开一罐啤酒,然后继续读文件。

在对艾德莲接下来的两次讯问中,她回答了有关丈夫的家庭和生意的问题,提供了他的一些朋友、亲人和商业合作伙伴的名字。斯科特觉得这些讯问很无聊,于是他往前跳了几页。

泰勒餐厅的经理名叫埃米尔·塔纳哲。根据两人下单和买单的记录,他提供了他们抵达和离开的准确时间。12:41,两人一起抵达餐厅,点了一些酒水。1:39,帕拉斯安用美国运通信用卡买了单。米伦在塔纳哲的讯问记录旁边手写了一行笔记,说明经理还提供了监控录像,标记为证物 H6218A。

看到米伦的笔记,斯科特向后一靠。他从未想过可能存在监控录像,他记录下时间,将笔记拿到电脑旁。

斯科特打印出市区地图,找到泰勒餐厅和帕拉斯安的两栋商业地产的位置。他用红点标记出三个地点,然后在他与史蒂芬妮被枪击的地方加上了第四个红点。

斯科特将地图钉在墙上的图示旁边,然后坐在地板上研究自己的笔记。麦吉走过来嗅了嗅他,随后躺在他身旁。斯科特估算,从泰勒餐厅开车到两栋地产中的任何一处都不会超过5分钟,从第一处开去第二处或许又需要七八分钟,帕拉斯安或许在每处地产需要10分钟来吹嘘卖点,这让总时间加上了20分钟。斯科特对这些时间皱眉头,不管先去了哪一处,在帕拉斯安和比斯特抵达死亡地带之前,他们都有30分钟不知道在哪里。

斯科特站起来盯着地图。麦吉也随他起身,晃了晃身体,飘下来一层狗毛。

斯科特摸摸她脑袋,"你怎么想,麦吉?两个富翁为什么会在深更半夜开着宾利跑去这种乱七八糟的地方?"

四个红点看起来像是困在蜘蛛网中的虫子。

斯科特像个老头一样颤颤巍巍地重新坐下。他拿起装有表带的塑料袋,重新读了一遍陈的笔记:没有血液。普通铁锈。

麦吉嗅了嗅袋子,但斯科特推开了她。

"现在不行,宝贝。"

他把棕色表带从袋子里拿出来,近距离仔细观察上面的铁锈。麦吉再次挤过来嗅了嗅表带,这一次,他没有推开她。

普通铁锈。他不知道科学调查处能不能验证表带上的铁锈是否来自屋顶上废旧的铁栏杆。

麦吉冲着表带嗅来嗅去,这一次,她的好奇心让斯科特露出了微笑。

"你怎么想?有人在屋顶上待过,还是我发疯了?"

麦吉尝试性地舔了舔斯科特的脸。她的耳朵往后弯曲,温暖的棕色眼睛看起来有几分伤感。

"我知道,是我疯了。"

斯科特将表带放回塑料袋里,封好口,然后躺在了地板上。他肩膀疼,身体一侧疼,腿疼,头也疼。他的整个身体,他的过去和未来都在疼痛。

他抬头望着墙上颠倒的图示和照片。他盯着史蒂芬妮尸体的照片,她身体旁边的白色线条明亮刺眼,与她身下三叶草般的血泊形成鲜明对比。他指着她。

"我来了。"

他放下手,抚摸着麦吉的后背。她温暖的身体和呼吸时的起伏令人安心。

斯科特感到自己飘了起来。很快,他会再次见到史蒂芬妮。

在他身旁,麦吉的鼻子收集着他的气味,感受着他的变化。片刻之后,她呜咽起来,但斯科特已经听不到了。

16

那个人很喜欢追他的绿球。皮特自己从来不去追绿球,那是麦吉的特别待遇,但这个新来的男人把球扔出去之后会追上去,麦吉在他身旁跟着。当他抓到球之后,他会再次扔出去,然后他们继续跑。麦吉很喜欢跟着他跑过安静的草地。

麦吉并不喜欢工地上令人恐惧的巨大噪音,还有木头灼烧的味道,但那人一直让她离得很近,用抚摸来让她放松,仿佛他们是搭档。他的气味平和温柔,但其他人靠近时,她会用嗅觉寻找愤怒和恐惧,时刻注意他们是否有攻击的预谋。不过,那人始终十分冷静,而他的冷静也传递给了麦吉,他还会把闻起来香喷喷的食物拿出来与麦吉分享。麦吉越来越习惯与他待在一起了。他给她食物、水和游戏,还与它共用一个笼子。她一直在观察他,研究他站立的姿势,他的面部表情,他的声音语气,以及他气味的细微变化如何体现在这些方面。通过人和狗的身体语言和气味,麦吉能够判断出他们的情绪与意图。现在,她正在研究这个人。从他的体味和步态中,她知道他很痛苦。但当他们追那个球时,他的痛苦减弱了,变得满心愉悦。麦吉很高兴绿球让他开心起来。

过了一会儿,那个人累了,他们开始走回笼子。

在回家的路上,麦吉嗅到了一些新鲜气味,她知道有3条狗和它们的主人也曾走过同样的路线。一只公猫曾穿过老妇人的前院,老妇人正在家里。一只母猫曾经在后院的灌木丛下睡了一觉,但现在已经离开了,她知道那只母猫怀着孕且即将临盆。在他们接近家门时,麦吉提高搜索效率,寻找潜在的威胁。那个人打开家门之前,她已经知道里面没有人。在那个人和麦吉稍早时分离开之后,也不曾有人闯入这里。

"好吧,咱们先把你喂饱。你可能渴了,对不对,跑了这么远?上帝啊,我快痛死了。"

麦吉跟着他走进厨房,望着他装满了她的水碗和饭碗,然后看着他消失在卧室里。她用鼻子碰碰食物,然后大口喝着水。这时,她听到了那男人房间里的水流声,闻到了肥皂的气味,于是知道他在洗澡。

在沙漠中时,皮特曾给她洗过澡,但她不喜欢天花板下的雨。它击打着她的眼睛和耳朵,让她嗅觉失调。

麦吉从食物旁转身,穿过那个人的笼子。她检查了他的床和壁橱,然后再一次环绕客厅。她很满意,他们的笼子没有什么危险。于是她回到厨房,吃完食物,然后钻进笼子蜷起来。她听着那人的声音,迷迷糊糊地差点睡着。水流声停止了,她听到他穿上衣服。过了一会儿,他走进了客厅,但麦吉没有动。她眯着眼睛,或许他以为她睡着了。他走进厨房,站着吃东西,是鸡肉。水流声再次响起,然后他走向了沙发。麦吉几乎睡着了,这时他突然跳起来拍拍手。

"麦吉!过来,丫头!到这儿来!"

他拍拍大腿,坐到沙发上,然后又站起来,微笑着再次拍拍手,

"过来，麦吉！咱们玩游戏吧。"

她懂得"游戏"这个词，但其实他不需要说出口。他的活力、身体语言和微笑早已说明了一切。

麦吉从笼子里钻出来，欢快地扑向他。

他揉揉她的毛发，晃晃她的脑袋，然后给她下着命令。她开心地遵从着，当他表扬她是个好丫头时，她感到一阵由衷的愉悦。

他命令她坐下，她便坐下；他命令她躺下，她便趴在地上，眼睛始终望着他的脸。

他拍拍胸口，"过来，丫头。上来，亲我一下。"

她后腿直立，前爪搭在他胸口，舔着他脸上鸡肉的味道。

他抱着她在地上摔跤，她挣扎着试图逃脱，但他抓住她按在地上，她开心地服从了，举起爪子，露出肚皮和喉咙，她感到无比愉悦。

他笑着松开了她，她在他脸上看到了喜悦，于是自己也随之心花怒放。她胸口贴着地面，撅起屁股，想多玩一会儿。但他抚摸着她，用平静的声音对她说话，她便知道，游戏时间结束了。

他抚摸她时，她用鼻子蹭着他。几分钟之后，他躺在了沙发上。麦吉嗅到附近有一个好地方，于是蜷起来躺在墙脚。游戏让她开心，漫长的一天让她困倦，但她绝不会自己先睡着。她感觉到那人身上发生的变化，气息中的微小改变告诉她，他的喜悦渐渐远去。恐惧的气味和辛辣刺激的气愤浮现出来，他的心跳也渐渐加快了。

那个人站起身来，麦吉抬起头。他坐到桌前，低下头望着她。他的呼吸急促而轻浅，她注意到愤怒的气味渐渐远去，一种酸楚的悲哀取而代之。麦吉呜咽着想走到他身旁，但她仍旧在研究他。她闻到他的情绪如同云朵般变幻不定。片刻之后，他穿过房间，坐在地板上，拿起一叠白纸，他的紧张中掺杂着恐惧、气愤和失落的气息。麦吉走向他,她嗅着他和他身旁的纸,感到自己的接近让他平静下来。她知道这很好,搭档们彼此相连,亲近带来安慰。

麦吉在他身旁蜷缩着,他将手放到她身上,她感到了一丝爱意。她深深地叹息着,身体为之颤抖。

"你怎么想,麦吉?两个富翁为什么会在深更半夜开着宾利跑去这种乱七八糟的地方?"

她站起身来,舔了舔他的脸,然后看到了他的微笑。

她摇摇尾巴,想得到他更多的注意,但他拿起了一个塑料袋。麦吉注意到塑料发出的化学气味,还有其他人类的味道,也注意到他的注意力集中在它上面。

他从袋子里拿出一块棕色的皮,细细地研究着。她看到他的眼睛和表情发生了细微的变化,感觉到那块棕色的皮十分重要。麦吉靠近了些,翕动鼻翼,将空气中的气味分子收集到鼻腔中特殊的位置。每嗅一次,她都会收集到更多气味分子,直到足以让她辨认出最微弱的气味。

数十种气味同时被她辨别出来,有些比其他气味更强烈——一种动物的皮,有机却无生命;一个男性鲜明而强烈的汗味,还有其他男性不太强烈的体味;塑料、汽油、肥皂、人类唾液、辣椒酱、醋、焦油、油漆、啤酒、两只猫、威士忌、伏特加、水、橙汁苏打、巧克力、女人的汗液、人的精液、人的尿液——还有数十种麦吉无法确认的味道,但每一种都十分真切且特别,仿佛五颜六色的砖块摆在她眼前的桌子上。

"你怎么想?有人在屋顶上待过,还是我发疯了?"

她望着他的眼睛,从中看到了爱意与赞美!那人很满意她闻了那块皮,于是她又闻了一次。

"我知道,是我疯了。"

她鼻腔中充满了那些气息。取悦那个男人也让她感到心满意足，于是她在他身旁蜷起身子安顿下来，准备睡觉。

片刻之后，他在她身旁躺下来，麦吉感到了心里许久不曾有过的安宁。

他最后说了句什么，然后呼吸渐渐平稳，心跳减缓——他睡着了。

麦吉倾听着他心脏平稳的跳动，感觉着他的温暖，因他近在咫尺而感到心安。她让他的气息浸润自己，然后叹了口气。他们同吃同住同玩耍，夜晚也睡在一起。他们共同分享彼此的力量和欢愉，也给对方以慰藉。

麦吉缓缓站起身来，一瘸一拐地穿过房间，捡起那个人的绿球。她把它带过来，放在地上，然后再次趴下来准备入睡。

那颗绿球能给他快乐，她想让他快乐。

他们是搭档。

第三章 | 保护与服务①

---

① 洛杉矶警察局的口号。

17

两天之后,斯科特正准备换衣服去上班时,兰德尔打来了电话。兰德尔从来不打电话给他,因此在来电显示中看到他的名字,斯科特不禁哆嗦了一下。

兰德尔的声音跟他的目光一样严厉,"别过来了,你一直在约会的那些劫案凶杀部的娘们儿让你早上8点去趟大船。"

斯科特瞟了一眼时间,现在是7点差一刻。

"为什么?"

"我哪知道?有个警督接到了都会司警长的电话。就算他知道为什么,也不打算告诉我们。你要在8点整到那儿见克莱尔警探,还有问题吗?"

斯科特心想,应该是克莱尔想把文件要回去,他希望她没有因此惹上麻烦。

"没有了,长官。应该花不了多少时间,我们会尽快去找你的。"

"我们?"

"麦吉和我。"

兰德尔的声音柔和下来,"我知道你的意思。看起来你已经学到了些东西,对不对?"

兰德尔挂上电话，斯科特望着麦吉。他不知道该拿这条狗怎么办，他不想把她留在会客室，但也不想让她待在训练场。兰德尔或许很想训练她，可是如果他发现了她的跛脚，一定会毫不犹豫地淘汰她。

斯科特走进厨房倒了一杯咖啡，然后坐在电脑后面。他试图找个朋友来帮忙照看她几个小时，但自从枪击案发生之后，他跟朋友们也不怎么来往了。

麦吉走过来，把脑袋搁在他腿上。斯科特微笑着挠挠她的耳朵。

"你没事的。瞧瞧我以前多糟糕，我都能恢复呢。"

她闭上眼睛，享受耳部的按摩。

斯科特不知道兽医能不能治好她的腿。洛杉矶警局有签长期合同的兽医来照顾警犬，但他们会向兰德尔报告。如果他送麦吉去做检查，无异于在雷达前面飞行。如果抗生素或可的松之类的药物有效，他一定会毫不心疼地掏钱去买。他一直对自己这么做，以免让警局知道他吃了多少止痛和抗焦虑药物。

他用谷歌查找北好莱坞和影城附近的兽医院，然后浏览了雅虎和城市搜索的评论栏。他看了一会儿才意识到，现在来不及找人照看他的狗了。

斯科特赶紧收好帕拉斯安的文件，把有关那消失的 30 分钟的笔记塞进裤子口袋，然后扣上了麦吉的牵引绳。

"克莱尔警探想看看你的照片，咱们可以给她更好的。"

他花了 45 分钟才穿过高峰时间的卡汉加大道，不过，当他牵着麦吉穿过行政大楼大厅时，离约定的时间还有 3 分钟。他们在前台登记，然后搭电梯到五楼。这一次，电梯门打开时，外面只有克莱尔一个人。斯科特微笑着牵出了麦吉。

"我想货真价实的东西总是比照片要好,这是麦吉。麦吉,这是克莱尔警探。"

克莱尔笑了,"她真漂亮,我能摸她吗?"

斯科特摸摸麦吉的脑袋说:"先让她闻闻你的手背。告诉她,她很漂亮。"

克莱尔照做了,然后用她的手指抚摸着麦吉耳后柔软的毛发。

斯科特把那堆沉重的文件递过来说:"我还没看完,希望你没惹上麻烦。"

克莱尔看了一眼文件,没有伸手去接。她带着斯科特和麦吉走向她的办公室。

"要是你还没看完,就留着继续看,不用带过来。"克莱尔说。

"我以为你让我来是为了这个。"

"不,不是的,有人想跟你谈谈。"

"有人?"

"这事儿进展得很快,来吧,奥索在等你。他肯定很喜欢你把狗带来。"

斯科特跟着她走进会议室,奥索正靠在现场图示旁边的墙上。桌前坐着两个男人和一个女人,斯科特和麦吉走进来时,他们转身看了一眼,奥索站直了身子。

"斯科特·詹姆斯,这是劫案中心部的格蕾丝·帕克警探,还有兰帕特劫案科的罗尼·帕克警探。"奥索介绍说。

两位帕克警探都坐在长桌另一端,没有起身。帕克女士露出拘谨的笑容,帕克先生点了点头。帕克女士又高又壮,皮肤雪白,她穿着灰色的裙装制服。罗尼·帕克是个瘦小的矮个子,皮肤是深巧克力色,他穿着干净的海军运动外套。两个人都40岁出头。

罗尼·帕克说:"我们的姓一样,但不是亲戚,也不是夫妻。大伙儿老是闹不清。"

格蕾丝冲他皱起眉头,"没人闹不清,只有你老是这么说,每次都说这些话。"

"会有人闹不清的。"

奥索打断了他们,开始介绍第三个人。他身材魁梧,面色发红,手臂上长满汗毛,坚硬的头发像网兜一样遮住了下面被太阳晒黑的头皮。他穿着白色短袖衬衫,戴着红蓝条纹领带,但没有穿外套。斯科特猜测他大约50岁出头。

"伊恩·米尔斯警探是劫案科的,就在走廊尽头。我们已经建立了一支特别小组来跟进这些盗窃案,伊恩是负责人。"

米尔斯坐在离斯科特较近的一端,他起身走向斯科特,伸出手来,但麦吉突然发出了低吼。米尔斯立刻收回了手,"喔噢。"

"麦吉,坐下,坐下。"斯科特马上回头命令道。

麦吉立刻趴在地上,但还是盯着米尔斯。

"对不起,因为你突然向我走过来。她没事的。"

"我们能再试一次吗?我是说握手。"

"当然,长官,她不会动的。麦吉,别动。"

米尔斯慢慢伸出手,这一次麦吉没有起身。

"很遗憾听到你搭档的噩耗,你还好吗?"

听到米尔斯旧事重提,斯科特有些恼怒,但还是礼节性地回答:"挺好的,谢谢。"

奥索指了指米尔斯身旁的空椅子,然后坐在克莱尔身旁,他的老位子。

"坐下吧,伊恩一开始就参与了。他和他的手下给了我们比斯特在法国的情况,也跟国际警察有合作。伊恩就是你今天来这里的原因。"

米尔斯盯着斯科特说:"不是我,是你。巴德说,你已经开始回忆起一些东西了。"

斯科特立刻感到有些难为情,他试图压抑这种感觉,"一点点,不多。"

"你记起了司机有白色的头发,这是挺重要的一件事。"

斯科特点点头,但什么也没说。他觉得米尔斯似乎在盯着他。

"你还记起了别的吗?"

"没有,长官。"

"你确定吗?"

"我不知道还能不能想起别的来。"

"你在看心理医生?"

斯科特感到一阵难堪,他决定说谎。

"如果你被卷入了枪击案,他们就会强迫你去看心理医生。但我没觉得有什么好处。"

米尔斯打量了他一会儿,然后将一个棕色信封推到他面前,一只手按在上面。斯科特不知道里面有什么。

"你知道我们在劫案科做什么吗?"米尔斯问。

"你们调查银行劫案、装甲车劫案、系列劫案之类的东西。"

米尔斯满意地耸耸肩,"说得没错,枪击你和你搭档的人并不是那种打爆富人和警察来取乐的混账。他们有技术,他们精心计划了那晚的事。我在想,他们可能是专业团伙——同一伙人也犯过别的大案。"

斯科特皱起眉头,"我还以为抢劫的可能性已经被排除了。"

"抢劫作为动机是被排除了。我们跟着错误的方向追了好几周才排除了这一点,但我们并没有排除这个团伙可能也犯过劫案。任何银行劫匪和雇佣保安都可能受雇来犯下谋杀案,我们对这些人很了解。"

米尔斯打开信封,拿出更多照片,"团伙通常各司其职。望风的专门望风,保险柜专家负责打开保险柜,司机负责开车。"

米尔斯把照片转过来让斯科特看到,8个留着白色或浅灰色头发的蓝眼睛白人正盯着他。

"这些人都是司机。我们确信,你中枪的当晚他们在洛杉矶或附近区域。能想起什么来吗?"

斯科特盯着那些照片。他抬起头,发现米尔斯、奥索、克莱尔和两个帕克都在望着他。

"我只是在他逃走时看到了他的鬓角,我没看到他的脸。"斯科特说。

"其他4个人呢?你想起什么跟他们有关的新线索了吗?"

"没有。"

"是4个还是5个?"

斯科特不喜欢米尔斯目光里空洞的神情。

"加上司机是5个。"

"司机下车了吗?"

"没有。"

"所以是4个加1个,总共5个。多少人从肯沃斯里下来?"

"两个。还有两个从老爷车里下来,2加2等于4。"

格蕾丝·帕克转了转眼珠。不过,就算米尔斯被噎着了,他也没表现出来。

"4个人跑来跑去开枪,这可挺热闹。或许有人曾经摘下过面罩,或者喊出过什么名字,能想起来类似的事吗?"

"没有,很抱歉。"

米尔斯又审视了他一会儿,然后拿起照片放进信封,"这些并不是洛杉矶所有的司机。或许你能想起别的什么事,或许你甚至能想起别的什么人。罗尼?"

罗尼俯过身子,把另一张照片放在桌上。里面是一个瘦弱的年轻人,眼睛和双颊凹陷,皮肤很差,卷曲的黑发像花环一样盖在头上。

罗尼敲了敲照片说:"以前见过这个人吗?"

所有人的目光再次汇集到他身上。

"没有。"

"瘦小子,6英尺高。别着急,好好看看。"

斯科特感到自己仿佛在接受考核,他不喜欢这种感觉。麦吉在他椅子后面不安地动了动,斯科特俯身摸了摸她,"没有,长官。他是谁?"

其他人还没来得及开口,米尔斯已经拿着信封站起身来了,"没事了,谢谢你过来,斯科特。如果你想起别的事,不管是什么,立刻让我知道,我和巴德。"

米尔斯瞥了一眼奥索,"你问完了?"

"完了。"

米尔斯让两位帕克结束之后去见他,然后带着照片离开了。

格蕾丝转了转眼珠说:"他们叫他'自我男'。伊恩·自我男·米尔斯,准确不?"

奥索清了清喉咙打断了她,然后看着斯科特说:"昨天下午,在我们的要求下,兰帕特和东北分局警探逮捕并讯问了14名已知在销售赃物的人。"

"他们管这叫'栅栏'。"格蕾丝说。

奥索继续说了下去,"其中两个人说,他们认得一个贼曾出手中国DVD、中国香烟、草药还有其他辛的店里卖过的货物。"

斯科特的目光从照片上移到奥索身上,"这个人?"

"马歇尔·雷蒙·艾什,昨晚,我们把这张照片给辛先生看过了。辛想起艾什曾经在他店里闲逛,但从来没买过什么。我们也把这张照片给两个栅栏看过,没错,极有可能艾什先生在你中枪当晚偷了辛的商店。"

斯科特盯着照片,感到胸口泛起一阵冰冷的刺痛。麦吉坐起来靠在他腿上,斯科特意识到奥索还在讲话。

"他跟他的哥哥、女友和其他两个人住在一起,目前我们已经把那里监视起来了。艾什和那个女孩不在家,他们在……"奥索看了一眼手表,"42分钟之前离开了。特别调查科的同事们在跟踪他们,我们得知,艾什和他的朋友似乎会在清晨贩卖毒品给路人。"

"'工匠',他们都是甲安菲他命成瘾者。"格蕾丝在一边补充。

奥索满意地点点头,然后继续说道:"他们几小时后就会回家。我们会让他们进门,然后逮捕他们。乔伊丝会做指挥,我想让你跟她一起去,你愿意吗?"

所有人的目光再次聚焦到他身上。

斯科特开始不明白奥索想让他做什么,但随即意识到,他被邀请参与调查了。他已经花了9个月试图帮助警察抓到杀死史蒂芬妮的人,此时此刻,他感到自己呼吸困难。

麦吉把下巴搁在他腿上,盯着他。她的耳朵垂了下来,目光中流露出悲伤。

"这可真是条大狗。她拉的得有垒球那么大吧?"格蕾丝突然说。

罗尼大笑起来,正是这笑声帮斯科特找回了自己的声音。

"好的,长官。当然愿意,我绝对想去,我得跟上司汇报一下。"

"已经通过气了,今天一整天你都是我的。"

奥索瞄了一眼麦吉说："不过我们以为只有你一个。"

"詹姆斯可以带上那条狗,他不需要参与进来。"克莱尔说着冲斯科特露出微笑,"我们是管理层,只需要看其他人工作就行啦。"

奥索站在原地宣布会议结束,其他警探把椅子往后一推,也站起身来。麦吉翻身起立,两个帕克都盯着她,皱着眉头。

"她怎么了?"罗尼问。

斯科特意识到,当他们坐在桌子另一侧时是看不到她身体后侧的。现在,他们看到了她的伤疤。

"有个狙击手击中了她,在阿富汗。"

"不是吧!"

"两次。"

现在,奥索和克莱尔也开始盯着她。克莱尔似乎很伤感,"可怜的宝贝。"

罗尼的脸色严峻起来,他绕过桌子,走向门口。

"我不想听这只狗的悲惨故事。来吧,咱们去见'自我男',还有工作呢。"

格蕾丝冲斯科特挑起眉毛,"这家伙是南加州大学政治学硕士,会讲3门语言。每次情绪激动,他就会换上犹太口音。"

罗尼似乎受到了侮辱,"这简直是种族主义,伤人太深。你知道这不是真的。"

他们一边离开一边拌嘴。斯科特转向奥索和克莱尔,"你们想让我做什么?"

"先留在这附近。"克莱尔回答道,"街对面有个公园,可能麦吉会比较喜欢,到时候我会发短信给你的。时间足够,我们先把文件带走吧。"

她提到文件时,斯科特想起了口袋里的笔记。他掏出地图,让他们看到那4个点，然后指出他认为帕拉斯安的驾驶时间有对不上的地方。

"就算他们在两栋地产都停下来聊了一会儿，也不至于花了1小时10分钟才从餐馆抵达死亡地带。中间似乎少了20到30分钟。"

斯科特的目光从地图上抬起，等待他们的反应。但奥索只是点了点头。

"你忘了一站，红色俱乐部。文件里有。"

斯科特完全不知道奥索在讲什么。

"我读了帕拉斯安妻子和他的办公室助理的讯问记录，他们没提到过还有一站。"克莱尔提供了答案。

"他们不知道，红色俱乐部算是个脱衣俱乐部。米伦也不知道，直到比斯特的信用卡账单寄到，比斯特结的账。"

斯科特一下子泄了气，感到自己奇蠢无比，随后，这感觉更强烈了。克莱尔冲那一叠文件摆了摆手说："里面写到了，米伦讯问了经理和几个服务员。你可以用我的桌子，或者去公园。我们需要动身的时候，我会给你发短信的。"

斯科特把文件夹在胳膊下面，目光从克莱尔移到奥索身上。他本来想看看安全录像，但现在觉得太尴尬了，问不出口。

"谢谢你们让我参与，这对我意义很大。"

奥索又露出了童子军团长的笑容，"没啥啦。"

斯科特带着麦吉转身离去。他觉得自己简直是个白痴，居然以为自己发现了连奥索和克莱尔这样熟悉案情的顶级警探都忽略了的重大问题。

斯科特并不是白痴。但直到3天之后，他才明白这一点。

18

斯科特带着文件走到克莱尔的小隔间。看到她那拥挤的空间,他觉得麦吉恐怕还是在公园里会开心些。接着,他注意到了克莱尔电脑旁的照片,于是坐了下来。麦吉钻到了桌子下面。

第一张照片上是年轻些的、穿着制服的克莱尔在她的警校毕业典礼上,身旁是年纪稍长的一男一女,想必是她的父母。接下来的一张照片是克莱尔和另外3个年轻姑娘,个个打扮得漂漂亮亮、穿着绸缎衣服,像是准备去市里通宵玩乐。斯科特打量了这4个姑娘一番,觉得只有克莱尔一个人看起来像个警察。下一张照片是克莱尔和一个帅小伙在沙滩上,克莱尔穿着红色的一体式泳衣,她的朋友则穿着垂到膝盖的肥大泳裤。斯科特试图回忆克莱尔有没有戴结婚戒指,却想不起来。最后一张照片是克莱尔和3个小孩坐在沙发上,他们身后的桌子上有圣诞装饰,最大的孩子戴着圣诞帽。斯科特又扫了一眼沙滩上的克莱尔和那个男人,猜测这些是不是他们的孩子。

"来吧,麦吉。咱们去瞧瞧那个公园。"

麦吉太大了,在这狭窄的空间里根本转不了身,于是她像一匹马倒退着走出马厩一样钻了出来。

他们穿过第一大街,抵达市政厅公园。公园很小,但四周环绕着加州橡树,因此凉爽舒适。

斯科特在阴凉中找到一张空的长椅,于是坐在那里寻找有关红色俱乐部的讯问记录。报告很短,还与乔治·比斯特的文件错钉到了一起。

这3次讯问发生在枪击案之后的第22天。米伦形容红色俱乐部为"一个高级深夜娱乐场所,提供经理所谓的'情色表演'——半裸的模特在酒吧上方的小舞台上搔首弄姿"。米伦和斯特拉讯问了理查德·列文,他是枪击案当晚的值班经理,此外还有两个酒保。没人记得帕拉斯安或比斯特,也认不出他们的照片,但列文从电子交易系统中调出了他们点单和买单的具体时间。就像在埃米尔·塔纳哲的讯问记录上一样,米伦在列文的记录上手写了一行附注:

  R. 列文送交录像两盘——EV♯H6218B

  列文已经上交红色俱乐部当晚的两盘监控录像,编号记录在案卷中。
  当斯科特读完记录,他将红色俱乐部的地址输入手机中的地图程序,找到了它的地址,然后在地图上加了第五个点。他盯着第五个点看了一会儿,然后检查他是否输入了正确的地址。地址没错,但现在,时间和路线似乎错得更离谱了。
  离开红色俱乐部之后,两处商业地产现在都在死亡地带前面几个街区。如果帕拉斯安开车前往任何一处地产,他都会经过死亡地带,也没有理由再回来。高速路在另一个方向。
  斯科特沮丧不已,决定自己亲眼看看。死亡地带离这里不到20个街区,泰勒餐厅和红色俱乐部更近一些。
  "来吧,咱们去兜风。"
  他们匆匆走回大船停车场。
  泰勒餐厅是帕拉斯安的起点,因此斯科特先往那里开去。
  餐厅位于距离邦克山不远处的路口,占据了一栋华丽的老式建筑的角落。餐厅前门镶嵌着黑色玻璃,上面用黄铜拼写出了餐厅的名字。泰勒餐厅没开门,但斯科特还是停了下来,仔细观察这片区域。他在附近没有看到停车场,于是他猜测在营业时间内,会有专门负责停车的侍者等在拐角处。他不知道老爷车是否在这里盯着帕拉斯安停车，抑或它从机场就开始跟踪他了。

红色俱乐部就在9个街区开外。斯科特在12分钟之内就开到了，大部分时间都在等行人。这还是在白天，如果是凌晨1:30，这段距离用不了4分钟。

红色俱乐部同样位于一栋老建筑的底层，它紧挨着一个停车场，侧面是褪色的广告标语，宣传里面的硬件设施。建筑和停车场之间有一个小小的竖直霓虹灯，上面写着"红"，招牌下面是一道红色的门。主顾们或许需要经过几个魁梧的保镖，就像走进地下帮派一样。

斯科特又仔细看了看自己的地图。忽略泰勒餐厅的话，其余4个点组成了一个大写的"Y"，红色俱乐部在底部，死亡地带在它正上方的分叉处，而帕拉斯安想让比斯特看看的两处地产位于两个分叉的尖端。

斯科特看着麦吉说："全都不对。"

麦吉嗅了嗅他的耳朵，然后向他脸上吹气。斯科特试图把她从仪表盘上推下来，但她非常坚定地待在那儿。

停车场里有两个侍者值班。斯科特把车停在入口对面，然后下了车。年纪稍长的侍者是一个50岁出头的拉丁裔男人，留着黑色短发，身穿红色马甲。看到斯科特堵住了他们的车道，他立刻快步走来，但一看到斯科特的警服，他就放慢了脚步——这就叫警察效应。

"你想停车？"他问。

斯科特把麦吉放了出来。看到她，那人往后退了一步——这大概叫德国牧羊犬效应。

斯科特指了指那栋建筑说："那个俱乐部，红色俱乐部是吗？

它什么时候打烊?"

"很晚,老兄。他们晚上9点才开门呢,大概4点关门。"

"凌晨4点?"

"没错,凌晨4点。"

斯科特谢过他,然后让麦吉钻回车子,自己钻进了驾驶座。他觉得自己想明白了。

"没什么神秘的,他们打算回这里来。他们看过了地产之后,想再喝几杯,就是这样。"

麦吉喘息着,但这一次,斯科特没注意她。他又扫了一眼地图,然后意识到自己最新的理论还是错的。

宾利的方向。

宾利与他的警车擦身而过之时,并不是朝着红色俱乐部开过去的。帕拉斯安在往相反的方向开——高速公路的方向。

斯科特仍在盯着地图,这时克莱尔发了短信过来。

我们要出发了,打电话给我。

斯科特立刻拨了她的号码,"我就在几个街区开外,5分钟就到。"

"10分钟也行,但别到大船来。我们在麦克阿瑟公园,你能在10分钟内赶到吗?"

"没问题。"

"就在第七大道和威尔夏大街交界处的东侧,你会看到我们的。"

斯科特放下电话,猜测着帕拉斯安在经过死亡地带之时究竟为什么要去高速公路。仍然有时间对不上,即使算上看地产的时间也不对。

19

麦克阿瑟公园占地4个街区,中间被威尔夏大街横穿而过。足球场、运动场和音乐表演场占据了威尔夏大街北侧,麦克阿瑟湖则占据着南侧。这个湖曾因明轮船而著称,但后来黑帮火并、毒品交易和谋杀案吓走了来租船的人。之后,洛杉矶警局和当地商业社区插手,重建了湖和公园,安装了严密的安全保卫系统,黑帮和毒品贩子们被赶跑了。明轮船生意本想重新开张,但这片湖水的声誉已经被黑帮和暴力污染了。黑帮的生意工具也没好下场——抽干湖水对湖进行清理之时,在湖底发现了上百把手枪。

斯科特沿着威尔夏大街来到公园,看到了集结地点。那里有六辆洛杉矶警局的警车,一辆特警队的车,三辆没有特殊标志但显然是警车的轿车,它们都停在明轮船的旧仓库旁。看到特兰斯艾姆,一个警察走出来挡住了入口,但当他发现斯科特穿着警服时便站到了一旁。斯科特摇下车窗。

"我在找克莱尔警探。"

警察靠过来,冲麦吉微笑道:"在特警队那边。老兄,我真喜欢能跟狗待在一块儿,这小子太漂亮了。"

可能那警察靠得太近或声音太响,麦吉的耳朵猛地竖了起来。斯科特知道接下来会发生什么,她开始低吼起来了。警察后退一步,大笑起来。

"上帝,我爱死这些狗了。祝你能找到地方停车,要不然就停在那边草地里好了。"

斯科特摇上车窗,摸摸麦吉的毛,顺便把她推开。

"小子?真混球。他怎么能把你这么漂亮的丫头当成公的呢?"

麦吉舔舔斯科特的耳朵,在他们停车时一直盯着那警察。

斯科特扣上牵引绳,下了车,给麦吉喝了一瓶水。这时,他看到克莱尔站在特警队的战略指挥车旁。她跟特警队警长、一个身穿制服的副警长和三个警探站在一块儿,斯科特一个也不认得。特警队在船库旁边,好像来钓鱼游玩一样轻松。斯科特想到自己逝去的梦想,然后低头看着麦吉。他发现她正在望着自己,舌头垂在外面,耳朵向后弯着,一脸高兴的样子。

他拍拍她的脑袋说:"别瘸腿,咱俩谁都不行。"

麦吉摇摇尾巴,走在他身旁。

克莱尔看到他走近,举起一只手指示意他等着。

她与身边的队员又聊了几分钟,然后他们各自散开,走向不同的方向。

克莱尔走过来对他说:"咱们坐我的车,艾什离这里只有5分钟了。"

斯科特有些怀疑道:"你不介意吗?她会掉毛的。"

"只要她不会吐就行,要是她晕车了,你得帮我打扫干净。"

"她不晕车。"

"她可没坐过我的车。"

克莱尔带他们走向一辆没有标记的浅褐色雪佛兰黑斑羚,看起来比斯科特那辆破破烂烂的特兰斯艾姆好不了多少。他让麦吉挤进后座,自己坐在副驾驶位上。克莱尔发动了引擎,她挂上挡,准备出发。

"没多长时间。你看到我们有多少人了吗?'自我男'想调动防爆小组,老大。奥索说,那些白痴只是吸毒罢了,他们又不制毒。"

斯科特点点头,不知道该如何回应,"还是得谢谢你让我跟着,我非常感激。"

"你只是在尽你那份力罢了。"

"陪着你就是尽力?"

克莱尔看了他一眼,他不明白那目光的含义。

"是辨认艾什,要是你见到他,或许就能想起他来了。"

斯科特立刻紧张起来。麦吉在后座蹭来蹭去,呜呜直叫。斯科特向后伸手摸摸她,"我没看到他。"

"你不记得看到过他。"

斯科特感到自己仿佛又在接受考验,他不喜欢这种感觉。他觉得肚子里翻江倒海,眼前闪现出枪击现场——枪口爆发出明黄的火焰,大块头走近两步,子弹击穿了他的肩膀。斯科特闭上眼睛,想象自己躺在沙滩上。接着,克莱尔和他的男朋友也出现在沙滩上。他睁开了眼睛。

"胡说八道,我又不是实验室里的猴子!"斯科特气愤地说。

"我们只有你。如果你不想待在这儿,我会让你离开。"

"我们甚至不知道是不是这个人。"

"在辛关门之前,他曾经在3个不同的场合销售中国货物。他住的地方离死亡地带有14个街区。你仔细看看他,或许能想起什么来。"

斯科特沉默了,扭头看着窗外。他迫切地期望艾什目睹了枪击案,但并不相信自己曾见过他,然后忘记了。那太疯狂了,见过一个人,结果转头就忘得一干二净,这比回忆起白色的头发更糟糕。克莱尔和奥索似乎相信这是可能的,这让斯科特感到他们在怀疑他精神是否正常。

克莱尔带领队伍来到一条狭窄的住宅区小巷,穿过两道空无一人的斑马线,在第一个十字路口转弯,然后停在街道中央。一辆与她的车极其相似的无标记浅绿色轿车停在下一个街口,斯科特没看到其他警察的影子。

"从拐角开始数第四栋房子,左边,看到那辆有涂鸦的车了吗?

它就停在前面。"克莱尔说。

一辆车身喷着涂鸦的破旧福特伊克诺莱恩面包车停在一栋浅绿色房屋前,坑坑洼洼的人行道通往枯黄的前院和狭窄的水泥门廊。

"谁在里面?"斯科特问。

艾什跟两个男性朋友共同住在这里,他们也都是瘾君子,他还有一个名叫艾丝特拉·甘吉·罗雷的女朋友,她兼职做妓女赚钱给他们买毒品。此外还有他的弟弟达里尔,19岁辍学,有多次拘留记录。

"艾什,那个女孩,还有其中一个男人。另一个之前离开了,我们把他截住了。艾什的弟弟从昨天起就没回家。你看到我们的人了吗?"克莱尔说。

街道和房子似乎空无一人,"没看到。"

克莱尔点点头,"抓捕科的一支队伍会首先闯进门去。现在这栋房子两侧各有两个人,后面还有两个。另外,我们还有兰帕特劫案组的人负责收集证据。仔细看着。都是最精良的部队。"

克莱尔拿起电话,轻声说道:"好戏开场,亲爱的各位。"

涂鸦面包车司机一侧的车门打开了,一个精瘦的非裔女人溜出来,绕过车子走上人行道,向那栋房子走去。她穿着磨损的牛仔短裤、白色吊带衫和便宜的拖鞋。她的头发编成小辫,装饰着珠子。

"安吉拉·辛姆斯,抓捕科警探。"克莱尔说。

她走到门前敲了敲门,像个不耐烦的瘾君子一般流露出紧张和焦虑。没人开门,她又敲了一遍。这一回门开了,但斯科特看不到门后的人。安吉拉·辛姆斯走进去,站在门口不让关门。房屋两边各有两个抓捕科的男警察疾风般地冲出,在安吉拉撞进门去的刹那间站到了门口,这4名男警察在她身后跟了进去。等抓捕科顺利进入屋子,一男一女两名警探从车里跳出来,追进了院子。

"华莱士和伊丝贝奇,兰帕特劫案科的。"克莱尔继续介绍。

华莱士和伊丝贝奇还在院子里,两辆警车已经停在了克莱尔的车子后面,另外两辆则停在了街道另一头。4个身着制服的警察从车里下来,封锁了街道。

艾什的屋子外一片安静,但斯科特知道里面已经翻天覆地。麦吉因他的焦虑而坐立不安起来。

5秒钟之后,两个抓捕科男警察出现在门口,两人中间夹着一个戴手铐的男性白人。克莱尔明显松了口气,"就这样了,宝贝。完成了。"

克莱尔把车向前开去,停在面包车旁边,打开车门跳下去,"来吧,瞧瞧咱们弄到了什么。"

斯科特把麦吉从后门牵出来,扣上牵引绳,匆匆赶上去。辛姆斯和另一个抓捕科男警察把艾丝特拉·罗雷带了出来,罗雷看上去活像一个会走路的骷髅,巡警常称这种因吸毒而变得瘦削的现象为"毒品减肥法"。

克莱尔示意斯科特走进院子。

抓捕科的另一个警探最后把马歇尔·艾什带了出来。艾什的双手铐在背后,他大概有180公分,同照片中一样,眼睛和脸颊深深凹陷。他盯着地面,套着肥大的短裤,赤脚穿着运动鞋,身上还有一件褪色的T恤,这让他看起来活像个降落伞。

斯科特审视着艾什,没有什么让他觉得眼熟。但斯科特移不开目光,他觉得他好像要陷进这个人的身体了。

克莱尔靠过来,"你怎么想?"

她的声音仿佛回荡在隧道中。

逮捕艾什的警探押着他穿过门廊,来到了人行道上。

斯科特看到肯沃斯撞翻了宾利。他看到宾利在地上翻滚,看到了AK－47的火光。他看到马歇尔·艾什站在屋顶上,俯瞰下面的杀戮场景,然后转身逃离。斯科特看到了一切,仿佛它们真切地发生在他眼前。但他知道,这只是幻想。他看到史蒂芬妮死去,听到她乞求他回来。

艾什抬起头,与斯科特四目相对,麦吉从胸腔深处发出了吠声。

斯科特转过身去,痛恨克莱尔把他拖来了这里,"这太蠢了。"

"老兄,你真该看看自己的脸色。你还好吗?"

"我想起了那一晚,就是这样,好像记忆闪回似的。我没事。"

"看到他有帮助吗?"

"你觉得我看起来像被帮到了吗?"斯科特的声音十分尖锐,他立刻后悔了。

克莱尔摊开双手,后退一步说:"好吧。不过,你没看见他,并不意味着他不在那儿。他可能就是我们要找的人,我们只是需要见机行事。"

斯科特心想,去你的,去你的见机行事。

斯科特跟着她走进狭窄而肮脏的屋子,里面弥漫着烧焦的塑料袋和其他化学物品的味道,浓烈的气味令他眼泪在眼眶中打转。克莱尔打开风扇,做了个鬼脸说:"这就是冰毒的味道。它能渗进墙漆、地板和所有东西。"

客厅里有一张床垫,上面铺着皱巴巴的床单;一张破烂的沙发,还有一杆华丽的蓝色大烟枪,差不多有3英尺长。床垫和沙发上满是烟痕,地板上躺着一块方镜,上面撒着白粉。麦吉绷直了牵引绳,她鼻翼翕动,嗅着空气和地板,然后再次嗅着空气。她的焦虑透过牵引绳流向斯科特,她瞥了斯科特一眼,仿佛在观察他的反应,然后吠了几声。

"别紧张,我们不是为这个来的。"

斯科特收紧牵引绳,让她离得近些。麦吉接受过爆炸物侦测的训练,通常侦测爆炸物的军犬是不会被训练来侦测毒品的。斯科特猜想,化学药品的混合气味让她困惑了。他继续收紧牵引绳,摸了摸她的肚腹,"冷静,宝贝,冷静,咱们不想要这个。"

兰帕特分局的男警探出现在客厅里,冲克莱尔微笑着说:"咱们欠这家伙的,老板,过来瞧瞧。"

克莱尔把斯科特介绍给比尔·华莱士认识,他在兰帕特劫案组工作。

克劳迪娅·伊丝贝奇在两间小卧室中的第一间里,正在忙着拍照取证,她面前是成堆的半盎司可卡因毒品袋、一大瓶冰毒、一罐大麻,还有分门别类装在塑料袋里的阿得拉、维凡思、迪西卷和其他安菲他命药物。华莱士带着他们走进第二间卧室,指着一个破破烂烂的黑色运动包,笑得像是刚赢了彩票,"在床底下找到的,翻翻看!"

袋子里有一根撬杆、两把螺丝刀、一把断线钳、一把钢锯、一套带扳手的撬锁工具、一瓶石墨,还有一把电池驱动的撬锁枪。

华莱士后退一步,露出笑容,"我们管这叫'自助盗窃套装工具箱',《刑法》第4406条有规定,别名也叫'通往定罪的单程票'。"

克莱尔点点头,"拍下来,所有东西都要记录。把照片用电子邮件发给我,这能帮他的律师节省时间。"

克莱尔扫了一眼斯科特,然后转过身去,"走吧,咱们完工了。"

"接下来呢?"斯科特问。

"我会带你到你的车子那边,然后我会回到大船,你大概得去你们警犬专员该去的地方了。"

"我是说,艾什会怎样?"

"我们会审讯他。我们会用手头已有的罪名施加压力,让他说出关于辛的案子。如果不是他抢劫了辛,或许他会知道是谁做的。我们会继续调查这件案子。"

走到客厅时,她的电话响了。她瞟了一眼来电显示,"是奥索,我一会儿就出来。"

她走到一旁去接电话。斯科特不知道自己是不是该等着,不过他最后决定让麦吉离开这个恶臭的地方,于是牵着她走了出去。

一小群邻居聚集在街对面围观他们的行动。斯科特看着他们,这时,两个高级警员走了过来,身旁有一个20岁出头的年轻男子。他有一头黑色卷发,双颊凹陷,目光紧张。接着,斯科特看出了这人与艾什的相似之处,他意识到这是艾什的弟弟达里尔。他没有戴手铐,这意味着他没被捕。

斯科特走下人行道给他们让路。就在这时,麦吉突然警觉地冲向了达里尔。斯科特完全没有预料到,几乎被她拖倒。她的力气很大,后腿直立了起来。

达里尔和身边的警员都被吓得跳到一旁,警员大喊起来,"天呐!"

斯科特立刻反应过来,喊道:"停,麦吉!停!"

麦吉撤回来,但依然狂吠不止。

刚才大喊的警察气得脸色通红。

"我的天啊,老兄。你管好你的狗,那东西差点咬了我!"

"麦吉,停!停!过来!"

麦吉跟着斯科特走开了。她显得并不恐惧或愤怒,她摇着尾巴,目光从达里尔·艾什身上移到藏着熏肠的口袋上,然后又移到达里尔身上。

"要是那只狗咬了我,我就告到你们倾家荡产!"达里尔说。

克莱尔从屋子里出来,走下台阶。气红了脸的警察介绍说,达里尔是马歇尔的弟弟。

"他说他住在这儿,想知道发生了什么。"

克莱尔点点头,似乎对达里尔并不在意,"你哥哥因被怀疑犯有抢劫、盗窃、窝藏赃物和毒品、企图销售毒品等罪名而被捕。"

达里尔等她继续说下去,但她沉默了。他斜着身子,企图通过开着的前门往屋里看,"甘吉呢?"

"屋子里所有人都被捕了。你哥哥会被送去兰帕特区警察局,然后转移到警局行政大楼。"

"嗯哼,好吧。我知道了,我能进去吗?"

"现在不行,等警察结束工作,你就可以进去了。"

"那我能走吗?"

"可以。"

达里尔头都不回地晃荡走了。麦吉盯着他,呜咽着从达里尔看向斯科特。

"她怎么了?"克莱尔问。

"他可能带着这屋子的气味,她不喜欢那种化学味道。"

"脑子正常的人都不喜欢。"

克莱尔盯着达里尔消失在街尾,然后摇了摇头说:"你会喜欢跟马歇尔住在一块儿吗?那男孩正沿着他哥哥的道路走下去,一头扎进同样的狗屎生活里。"

她转向斯科特,专业而坚毅的神情柔和了下来。

"如果这让你不愉快了,很抱歉,我们应该解释清楚为什么需要你过来的。巴德让这听起来像是我们在帮你的忙。"

斯科特感到心里有许多话想讲,但听起来都像是道歉或借口。

最后，他只是耸了耸肩，"没事。"

在开车回麦克阿瑟公园的路上，他们没再说什么。特警队的面包车不见了，只剩两辆警车和他的特莱斯艾姆。等克莱尔把车停在他的车后面，他记起了监控录像的事，于是问她："米伦从泰勒餐厅和红色俱乐部拿到了监控录像，我能不能看看？"

她似乎很惊讶，"我觉得没问题，但你能看到的都是酒保和服务员已经说过的，没别的东西。"

斯科特试图找到解释的方法，"我从没见过帕拉斯安和比斯特，都是静止的照片，没见过活的样子。"

她缓缓点头道："好吧，我帮你。"

"它们不在箱子里。"

"实物都在证物室里，我会找出来给你的。可能今天不行，我得忙着处理艾什的事。"

"我明白，等你有空吧，谢了。"

斯科特下了车，帮麦吉打开后门。他扣上牵引绳，让她跳出来，然后望着克莱尔说："我没疯，你不要觉得我脑袋上有个大洞。"

克莱尔看起来有些尴尬，"我知道你没疯。"

斯科特点点头，但感觉并没有变好。他正要转过身去，克莱尔喊住了他，"斯科特。"

他等着克莱尔继续说下去。

"如果是我，我也会想看看他们的。"

斯科特再次点点头，然后望着她开车离去。他看了看表，11点只过了10分，他还有大半天可以用来跟他的狗一起练习。

"你不会以为我疯了吧？会不会？"

麦吉盯着她，摇了摇尾巴。

斯科特挠挠她耳朵，摸摸她的后背，给了她两块熏肠。

"你是个乖丫头,很乖很乖,我不该带你进那个乱糟糟的屋子。"

他开车前往训练场,希望屋子里的化学气味没有伤害到麦吉的鼻子。狗的主人应该知道这一点,狗的主人应该保护好他的狗。

20

炽热的阳光洒在训练场上,炙烤着青草、训练员和警犬们。

巴德说:"不许偷看。"

汗水和阳光模糊了斯科特的双眼,"没人偷看。"

斯科特蹲在麦吉身旁,他们都躲在一块橙色尼龙幕布后面。幕布挂在两根钉在地上的柱子中间,目的是不让麦吉看到一个名为布莱特·唐宁的警犬专员,他藏在训练场另一端的四个橙色帐篷中的其中一个里。帐篷又高又窄,像是收起的沙滩伞,但足以在里面藏一个人。唐宁藏好之后,麦吉要用鼻子把他找出来,然后用吠声警告斯科特。

斯科特正在一边挠她的胸口一边夸她,一声尖锐的爆炸声突然响起,他们俩都被吓了一跳。巴德用发令枪给了他俩一个措手不及。

斯科特和麦吉都打了个哆嗦,但麦吉立刻恢复了神智,她舔舔嘴唇,摇了摇尾巴。

斯科特给了她一块熏肠作为奖励,夸奖她是个乖丫头,然后摸了摸她的毛发。

巴德把枪收了起来,"也该有人喂你一块熏肠,你跳得真高。"

"你下次不能走远几步吗?我都快聋了!"

每次训练时,巴德都会吓唬他们三四回。他负责开枪,斯科特负责奖励麦吉,他们试图教会她把意料之外的巨响与积极的经历联系起来。

巴德挥手示意唐宁继续。

"别叫,让她准备好,我喜欢看她捕猎。"

他们已经做了8次这个练习,5名警官分别扮演过"坏人",好让味道有所区别,麦吉从没出过错。斯科特感到如释重负——艾什屋子里的化学气味没有伤害到麦吉的嗅觉。

早些时候,兰德尔看了差不多一个小时,对她赞赏有加,他甚至自己扮演了一次坏人。兰德尔在四个帐篷里都蹭了蹭,最后爬上了场地尽头的一棵树。他的把戏让她迷惑了20秒,最后她还是发现了他的踪迹,顺着气味从帐篷中走出来,缩窄搜寻范围,最终找到了他。

兰德尔从树上爬下来,没有像往常一样皱着眉头,他说:"这条狗可能是我见过的最棒的狗了,我相信她能在暴风雨中追踪到一个屁!"

所有狗都善于在空气中追踪气味,大猎犬和小猎犬等品种最善于在贴近地面的位置追踪气味分子。

斯科特很高兴看到兰德尔的热情,但当兰德尔进办公室去接电话时,他才松了口气。他担心麦吉在奔跑多时之后会瘸,被兰德尔发现。

现在,兰德尔离开了,斯科特感到轻松了许多,终于可以享受工作了。麦吉知道他在期待什么,也对自己的表现颇有信心。

唐宁钻进了第三顶帐篷,消失在80码开外的训练场另一端,那里正是轻微上风处。巴德冲斯科特点点头说:"松开她吧。"

斯科特把唐宁的旧T恤放到麦吉面前,松开了她,"闻闻它,丫头。闻闻它——找,找,找!"

麦吉从幕布后冲了出来,她扬着头,尾巴和耳朵高高地竖了起来。

她暂缓脚步,检视着空气中唐宁的气息,然后沿着风向划了一道弧线,向帐篷的位置跑去。距离幕布30码的时候,斯科特发现她已经捕捉到了唐宁的气味。她在微风中转向,分析他的地面气味,然后奋力向第三顶帐篷跑去。她寻觅气息和加速奔跑时身体拉长的姿态看上去就像赛车冲过终点线一般。

斯科特笑了,"抓到他了!"

"她是个好猎手,没错。"巴德说。

麦吉两秒之内就冲到了帐篷前,她猛地刹住脚步,开始狂吠。唐宁慢慢走了出来。麦吉站在原地叫着,但没有靠近他,就像斯科特和巴德教她的一样。

巴德低声咕哝了一声,表示赞许,"叫她回来吧。"

"停!麦吉。停!"

麦吉从帐篷旁撤回,跑回斯科特身旁,似乎对自己颇为满意。她步履轻盈,张开嘴巴,仿佛露出了愉快的大笑。斯科特又递给她一块熏肠作为奖励,用尖细而温柔的声音赞美她。

巴德大喊着让唐宁休息一会儿,然后转向了斯科特说:"告诉你,这条狗靠她的鼻子寻找爆炸物,在战场上肯定救下了不少人。看她多熟练,你骗不了她。"

斯科特抚摸麦吉的背部,然后站起身来,准备问巴德一个问题。

巴德曾在空军中与爆炸物侦查犬共事,他对狗的了解跟兰德尔不相上下。

"我们进过一间屋子,里面塞满了毒品,有一种化学气味。"

巴德咕哝了一声,显然很清楚那味道。兰德尔有标志性的皱眉,巴德则有低沉的咕哝。

"我们进去之后,她立刻开始低吼,试图寻找什么。你觉得她是不是把那气味跟爆炸物弄混了?"

巴德吐了口唾沫说:"狗不会弄混气味的,如果她想要找什么气味,那一定是她认识的气味。"

"我们离开的时候,她对住在那里的一个人表现得很警惕,反应也很相似。"

巴德思考了片刻说:"他们是制造毒品还是吸毒而已?"

"有关系吗?"

"我们教会狗对黑索金、可变塑胶炸弹之类的东西保持警惕,但我们也教它们认识简易爆炸物的基本组成成分。记得吗——IED中的I指的就是'简易'。"

"他们只是吸毒而已,不制毒。"斯科特说。

巴德咬着嘴唇陷入了思考,随后他耸耸肩膀,摇了摇头说:"可能不重要吧。毒品成分中有一些可以用来制作简易炸药,但那些成分太常见了。我们不会让狗对常见材料保持警惕,否则,每次路过加油站或五金铺的时候它们都会紧张起来的。"

"也就是说,乙醚和启动液之类的东西不会让她犯迷糊?"

巴德冲麦吉笑笑,伸出手。她嗅了嗅,然后趴在斯科特脚边,"这个鼻子肯定不会。如果我让你指出橙色的帐篷,那绿草、蓝天和树丛会让你犯迷糊吗?"

"肯定不会。"

"她的嗅觉就像我们的视觉。仅仅躺在这儿,她就能嗅到上千种气味,就像我们能看到绿色、蓝色之类的上千种色彩。我说,指出橙色,你立刻就能找到橙色,绝不会被其他颜色迷惑。她对气味的感觉也是一样的。如果她被训练对马粪保持警惕,把一堆马粪跟威士忌混到一起,她还是闻得出来。是不是很了不起?"

斯科特审视了巴德片刻,意识到他有多爱狗。巴德是个爱狗之人。

"那你觉得她为什么突然警觉起来?"斯科特问。

"不知道,或许你该叫你的警探朋友去搜查那间房子,看看里面有没有简易爆炸物。"

巴德大笑起来,对自己的笑话感到很满意。然后他冲唐宁大喊一声,让他再找一顶帐篷重新躲一回。

"她做得很好。让她喝点水,咱们再来一次。"

斯科特扣上牵引绳,准备向帐篷跑去。这时,兰德尔从办公室里冲了出来,"詹姆斯警员!"

斯科特转身,听到巴德咕噜了一句,"又咋啦?"

只见兰德尔大步流星地冲过来,"告诉我是我搞错了!告诉我你没胆量不经过我允许就参加今天早上的警方行动!"

"我只是观望了劫案凶杀部警探的逮捕行动,我没参加。"

兰德尔靠得更近了,鼻子差点戳到斯科特脸上,"我知道,但你和你的狗事实上参与了逮捕行动。这事儿真的是让我气疯了!"

麦吉低吼起来——以低沉的咕噜声作为警告,但兰德尔没动。

"让你的狗停下。"

"停,麦吉。停。"

麦吉没有服从,她的目光锁定在兰德尔身上,露出了尖牙。

"停!"

麦吉的吼声更响了,斯科特知道,在这一瞬间,他在兰德尔面前更没底气了。

巴德在他身后轻柔地说:"你是主人,拿出主人的范儿来。"

斯科特在声音中注入了更多命令的成分。

"停!麦吉!停!"

麦吉趴下来,但没有离开斯科特身侧。她全神贯注地望着兰德尔,而对方依然在盯着斯科特。

斯科特舔了舔嘴唇解释道:"我们没参加逮捕行动,我们不是作为警犬分队参与的,我在到大船之前根本不知道会有一次逮捕行动。我以为我只是去放下文件,然后就来这儿。就是这样,长官。"

斯科特想知道究竟是谁打了小报告,又是为什么。他回想起那个高级警官,麦吉冲过去时他差点吓尿了裤子,当时他脸色涨得通红,好像要中风了一样。

斯科特感觉到兰德尔在试图决定究竟是否该相信他。

"我们在这儿待了一个小时,你都没提这件事。这让我觉得你根本不想让我知道。"兰德尔说。

斯科特犹豫了,"凶杀科的人以为,要是我看到他们逮捕的人,可能会诱发我的记忆。但没成功,我什么也没想起来,这感觉就好像我让我的搭档失望了。"

兰德尔沉默了几秒,但他紧皱的眉头依然如故,"据报告,你控制不了你的狗,她攻击了一名市民。"

斯科特感到自己涨红了脸,就像那个被吓了一跳的混蛋一样,"我控制住了麦吉和现场,没人受伤,就像刚才对你一样。"

巴德再次柔声开口,但这回是对兰德尔说的,"在我看来,斯科特控制得了麦吉。当然,她已经准备好随时撕开你的喉咙了。"

兰德尔皱起的眉头转向巴德,斯科特知道,巴德救了他。

兰德尔渐渐露出沉思的神情说:"你想要留在我的警犬分队吗,詹姆斯警员?"

"你知道我想。"

"你是不是还是想说服我批准这条狗上岗工作?"

"我会说服你的。"

"事情是这样的。我老板对我发了脾气,而我帮了你。我告诉他,我的手下是个出色的年轻警员,他和他的狗取得的进展让我大吃一惊,我绝不相信他控制不了他的狗。要是有人不相信,他最好直接到这儿来跟我当面对质。"

斯科特不知道该说些什么。对兰德尔来说,这已经是最接近赞美的话语了。

兰德尔冷静了一会儿,然后继续说道:"这些话说完之后,我才过来骂你。明白了吗?"

"是的,长官。明白了。"

"事实上,这条狗还没加入我的警犬分队,除非我批准了她,当然现在我还没这么做。要是她咬了那个傻瓜,还让那些财迷律师发现你——这支队伍的成员——让一只未通过考核的动物大摇大摆地走在公众面前,他们能告到咱们屁滚尿流。我可不想丢掉我的屁股,你想吗?"

"不想,长官。我也喜欢你的屁股。"

"下次有这种事,你要么把她锁在笼子里,要么让她跟我待在一块儿。明白吗?"

"明白,长官。"

一滴汗顺着兰德尔的侧脸流下来,他用缺了手指的手缓缓擦掉汗水,动作极慢。斯科特感到他是故意的。

"你是个爱狗的人吗,詹姆斯警员?"

"赌上你的屁股。"

"这跟我的屁股没关系。"

兰德尔盯着斯科特的眼睛看了一会儿,然后后退一步,低头望着麦吉。她从宽阔的胸膛深处发出低沉的咕噜声。

兰德尔笑了,"好狗狗,你真是个好狗狗。"

他再次抬头望着斯科特说:"狗会竭尽全力来取悦我们,或者救我们的命。它们没别的了,我们欠它们的也同样多。"

他转身走开了。

斯科特屏住呼吸,直到兰德尔消失在建筑中。然后他转身对巴德说:"谢谢你,兄弟,你救了我。"

"麦吉救了你。那家伙喜欢她,但未必不会淘汰她,但他喜欢她。你今天早上该把她留在这儿的。"

"我怕他会看到她瘸着走路。"

巴德研究了麦吉一会儿说:"她不瘸,一次也没有。她在家有过吗?"

"没有。"

巴德抬头瞥了他一眼。斯科特看得出,巴德知道他在说谎。

"那就别在意,循序渐进。今天可以了。"

巴德喊唐宁进来,然后这两位警督一同离开了,只让斯科特留下来打扫。斯科特松开麦吉,看到她依然待在自己身旁,感到心情大好。他拆下幕布卷起来,把四顶帐篷收好,麦吉始终陪在他身旁。

斯科特收起最后一顶帐篷,准备把东西运回犬舍。这时,他瞟了一眼麦吉,发现她正一瘸一拐地走路。同之前一样,她右后腿比左后腿的动作慢半拍。

斯科特停下脚步,好让麦吉也停下来,然后望着犬舍的方向。兰德尔的窗户后面没有人影,大门紧闭,没有人在看向这边。

斯科特放下帐篷,扣上麦吉的牵引绳,然后再次举起帐篷。他让麦吉在他身后,自己挡在她和建筑之间。

他把帐篷放回去时周围空无一人。巴德、唐宁和其他人或许都在办公室里,或许早已离开了。斯科特确信停车场里没人,然后才牵着麦吉走向自己的车。她的跛脚愈发明显了。

斯科特发动引擎，开始倒车。

麦吉向前挤到仪表盘上。她伸出舌头，折起耳朵，看起来像是世界上最开心的狗。

斯科特缓缓抚摸她的毛发。她望着他，满足地喘着气。

斯科特说："赌上我的屁股。"

他倒车离开，向家的方向驶去。

21

一辆北行的大卡车将高速路堵成了停车场。斯科特在北好莱坞附近找到出口，在谷村发现了一栋建设中的公寓。在工地上喂麦吉成了他们的习惯。下车时，他仔细观察她。现在她已经瘸得十分轻微了，斯科特几乎不确定这究竟是跛脚还是她的习惯步态了，但这进步令他如释重负。

他给麦吉买了烤鸡和热狗，给自己买了猪肉玉米煎饼，然后与她一起坐在尖利的射钉枪声和好奇的建筑工人中间。第一声呼啸吓得麦吉打了个哆嗦，但斯科特觉得她的惊吓反应已经没有一开始那么夸张了。等她咽下一块热狗，她的心思便全部转移到了斯科特身上，不再理会那些意料之外的声响了。

他们边吃边跟建筑工人们厮混，就这么过了差不多一个小时。斯科特把剩下的熏肠留起来准备作为零食，等他们回到车里的时候喂给麦吉吃。这时，她已经完全不瘸了。

20分钟后，夕阳西沉，天空被染成了紫色。斯科特把车停在了玛丽楚·厄尔的前院，她的窗帘一如既往地关着，让她安全地与外部世界隔绝开来。

斯科特牵着麦吉散了一会儿步，好让她撒尿，然后他们穿过大门,沿着厄尔太太房子的墙根走向自己的小客房。黄昏渐渐隐没在黑暗中,厄尔太太的电视机如往常一般提供着背景音。这段路斯科特已经走了几百次,这一次也没有什么特别,直到麦吉停下了脚步。她的神情不会有错:她低下头,竖起耳朵,盯着眼前的黑暗,鼻翼翕动,检查着四周的空气。

斯科特的目光从麦吉身上移到四周的灌木与果树上。

"真的吗?"

他家侧门上的灯已经坏了好几个月。落地玻璃门上厚重的窗帘半开半掩,跟他离开时别无二致。厨房的灯开着,他看到了麦吉的笼子、餐桌和厨房的一部分。他的客房看起来挺好,一切都没什么不同。在这片区域,斯科特从未有过不安全感。但他相信他的狗,而麦吉很明显嗅到了她不喜欢的气味。斯科特不知道那是不是灌木丛中的一只猫或是浣熊。

"你闻到了什么?"在轻声说出口之后,他才意识到自己出了声。

斯科特考虑过放开她的牵引绳,但又觉得最好别这么做,他可不想让一只85磅重的攻击性极强的大狗扑到花丛中的一只猫或是一个小孩身上。于是,他将牵引绳松开了大约6英尺。

"好吧,宝贝,咱们看看你找到了什么。"

麦吉嗅着地面上的气味,拖着斯科特前行。她径直带着他走到侧门,然后绕到了正面的落地玻璃门。然后她回到侧门,在锁上使劲嗅着,之后再一次绕到正门,用爪子刨着玻璃。

斯科特打开落地玻璃门,但没有进去。他听了一会儿,什么声音也没有。然后,他松开麦吉的牵引绳,清晰而大声地说:"警察!我就要放开这只德国牧羊犬了,出声,要不然这条狗会把你撕成肉块的!"

没人回答。

斯科特放开了麦吉。

麦吉没有冲进屋里,于是斯科特知道,如果有人曾来过他家,他们也已经走了。

相反,麦吉在客厅里迅速转了一圈,然后走进厨房和卧室,最后回到客厅。她反复检查客厅,查看她的笼子、餐桌和沙发,然后又一次消失在卧室里。当她回来时,焦虑的神情一扫而空。她摇摇尾巴,走进厨房,斯科特听到她在喝水。他走进去,关上门。

"轮到我了。"

斯科特在客房里走了一圈。他先检查了门窗,发现它们都完好无损,没有强行闯入的痕迹。他的电脑、打印机和桌上的纸张都很正常,电视机和电话也一样,红色的留言机信号灯一闪一闪的。沙发旁地板上的纸以及墙上钉的地图和表格都跟之前一模一样,他的支票本、他父亲的旧手表以及他藏在床头闹钟收音机下面信封里的 300 块钱现金也完好无损。他的枪支清理装备、两盒子弹还有一支老式 0.32 口径短管左轮枪老老实实地待在壁橱里的警局运动包里。抗焦虑和止痛药物也都在浴室小抽屉里,没有变化。

斯科特回到客厅。麦吉待在她的笼子旁,一看到他就侧躺下来,伸出后腿。斯科特笑了,"乖丫头。"

一切看起来都很正常,但斯科特相信麦吉的鼻子,而麦吉一定闻到了什么。厄尔太太有把钥匙,她会时不时过来为维修工或灭鼠驱虫人员开门,但她总会提前告诉斯科特。不过,或许这次她忘了。

"我马上回来。"斯科特决定去厄尔太太那边问一下。

厄尔太太开门时穿着运动衫、短裤和肥大的粉色拖鞋,电视机响亮的声音在她身后继续响着。

"嗨,厄尔太太。你今天有没有让人进过客房?"

她看了一眼斯科特身后,仿佛她以为客房已经变成了一片废墟。

"我没让人进去过,你知道我会告诉你的。"

"我知道,可是麦吉闻到了什么气味,这让她不太开心。我以为你可能让水管工或者驱虫的人进来过。"

她又看了他身后一眼说:"你的厕所又出问题了?"

"没有,厄尔太太,那只是打个比方。"

"好吧,我没让人进去过,希望你不是被盗了吧。"

"只是麦吉有点奇怪而已,她闻到了什么新气味,她不喜欢新气味。"

厄尔太太再次冲他身后皱起眉头说:"我希望她闻到的不是老鼠。你家里可能有老鼠,晚上我能听到它们在树丛里吃我的水果,那些小东西能咬穿一堵墙。"

斯科特扫了一眼客房。

"要是你听到老鼠的动静,或是看到它的粪便,你就告诉我。我会让人来灭鼠的。"厄尔太太说。

斯科特心想,或许她说得对,但并没有完全信服,"我会的。谢谢你,厄尔太太。"

"别让她尿在草地上,这些母狗弄死草坪的本事比石油都厉害。"

"好的,厄尔太太,我知道了。"

斯科特回到客房,锁上落地玻璃门,拉好窗帘。麦吉侧卧在她的笼子前,半梦半醒。

"她以为我们这儿有老鼠。"

麦吉的尾巴扫了一下地板,沙沙沙。

斯科特走到电话前,听到了一条克莱尔留下的信息。

"斯科特,我是乔伊丝·克莱尔,我拿到 DVD 了。不急,你什么时候来都行,只要打个电话确定我们俩有一个人在就好。"

斯科特挂上电话,"谢谢你,克莱尔。"

他从冰箱里拿出一罐啤酒,喝了几口,然后脱下制服,洗了个澡,穿上 T 恤和短裤。他喝完第一罐啤酒,抓起第二罐,拿到墙上的图片前,碰了碰史蒂芬妮尸体的照片。

"我还在这儿。"

斯科特拿着啤酒坐到沙发上。麦吉站起身,蹒跚着走过来,然后躺在他脚边,仿佛她已有百岁高龄。她呼了口气,身体微微震颤。

斯科特滑到她身旁的地板上,伸直双腿,因为盘腿会痛。他把一只手放在她身上,麦吉的尾巴扫过地板,沙沙沙。

"嘿,咱们是搭档,是不是?"斯科特说。

沙沙。

"可能医生帮得上你,他们给我注射可的松。有点疼,但有用。"

沙沙沙。

文件夹、表格还有一大堆有关枪击案的剪报整齐地摆放在沙发和墙之间。斯科特又喝了几口啤酒,觉得自己简直像个疯子在试图证明中央情报局雇用了外星人,总是胡言乱语地说什么丢失的记忆,恢复的记忆,想象的记忆,甚至可能不曾存在的记忆——闪过的白色鬓角,上帝啊——就好像只有他才能提供某些奇迹般的记忆,能够立刻解决整个案子,还能让史蒂芬妮起死回生。现在,甚至连劫案凶杀部最棒的警探也参与进来了,好像他真能为他们的拼图提供至关重要的一片。

斯科特的手指滑过麦吉的毛发。

沙沙。

"或许该放下了,你觉得呢?"

沙沙。

"我也同意。"

他盯着那一沓沓整齐堆放的文件,这整齐的程度让他心生不安。斯科特不是个整洁的人,他的汽车、公寓乃至生活都是一团糟。如果说老鼠曾来过他的公寓,它们一定努力试图让他的文件看起来仿佛没人碰过,而且做得太过分了。如果有人有艾什的盗窃工具箱,他们不需要通过厄尔太太或打破窗户就能进来。

斯科特从卧室里拿出他的手电筒,走了出去。麦吉跟着他,嗅着落地玻璃门,他则用手电照着门锁。

"你挡住我了,让开。"

锁很旧,有不少划痕,但斯科特在锁眼附近没发现新的划痕,无法证明它被撬过。

接下来他又检查了一下侧门。落地玻璃门只有一个锁,但侧门有一个门锁和一个门闩。斯科特跪下来,仔细用手电照着。两个锁上都没有新的划痕,但他注意到门闩上有一块黑色的污迹。或许只是泥土或油污,但当他调整光线时,它发出了金属般的光芒。

斯科特轻轻碰了碰它,结果它沾到了皮肤上。这东西似乎是一种银色的粉末,斯科特不知道它是不是石墨——这种干燥的粉末可以用来让门锁更容易打开,艾什的盗窃工具箱里就有一瓶。撒上石墨,插入撬锁枪,眨眼间锁就开了,根本不需要钥匙。

斯科特忽然大笑起来,关上了手电。没什么东西被偷,他家也没有遭到破坏,有时污迹可能只是污迹罢了。

"看到了盗窃工具箱,于是开始想象盗窃案了。"

斯科特走回房间,锁上门,拉上窗帘,走到史蒂芬妮的照片前。

"我放不下,也不会放下。我没有抛弃你,现在也不会。"

他坐在她照片下面的地板上,望着手中的文件和报告。麦吉躺在他身旁。

米伦和斯特拉什么也没得到,但也并不是徒劳无功。他现在明白了,他们曾竭尽全力,可是直到他们调离了这个案子,烟酒和爆炸物管理局才抓到了辛。辛改变了一切。

斯科特在文件堆中摸索着,找到了证物袋里的便宜表带,陈曾说它生锈了。斯科特再次怀疑上面的锈迹是否来自屋顶,但就算是,也证明不了什么。

斯科特打开了证物袋,当他掏出表带时,麦吉突然一跃而起。

"你想小便吗?"斯科特问。

她的鼻子贴得如此之近,几乎站在了他的腿上。她望着斯科特,摇摇尾巴,然后嗅了嗅那便宜表带。他第一次打开袋子检查表带时,她与他面对面。此时此刻,她试图碰到表带,仿佛她想要做游戏。

她的表现如同在艾什家里时一样。

斯科特把表带放到右边,她跟着探头到右边。他藏在自己背后,她则开心地试图躲到他身后。

游戏。

狗会竭尽全力来取悦我们或救我们的命,它们只有这些。

他第一次从袋子中拿出表带时,麦吉也在他身旁。他们之前曾玩了一会儿,而她在他检查表带时嗅到了它的味道。她当时离得很近,他推开了她。或许她把表带和玩耍联系到了一起,他试图设身处地去理解麦吉的想法。

斯科特与麦吉玩游戏。

斯科特拿起了表带。

表带是个玩具。

麦吉想跟斯科特和他的玩具玩。

嗅到表带,找到表带,斯科特和麦吉就会玩游戏。

欢迎来到狗的世界。

斯科特将表带放回证物袋里。他之前以为麦吉对毒品发出的化学气味十分敏感是因为她把那气味和爆炸物搞混了。巴德让他相信情况不是这样,这意味着她一定认出了另外一种气味。马歇尔和达里尔身上都有毒品的化学气味,但麦吉对马歇尔并不警惕。她在房间内曾十分警觉,她对达里尔曾十分警觉;现在,她对表带也表现出了警觉。斯科特盯着麦吉,然后缓缓露出笑容。

"真的吗?我是说,真的吗?"

沙沙沙。

那薄薄的表带在证物袋里已经待了 9 个月。斯科特知道,气味分子会随时间消退,但似乎可以肯定的是,一个人的汗液和皮肤油脂会深深渗入他的表带里。

他抓起电话,打给巴德说:"嗨,兄弟,是我,斯科特。不会太晚吧?"

"不会,我还好。怎么了?"斯科特听到背景里的电视声。

"一种味道能持续多久?"

"什么味道?"

"人。"

"我需要更多信息,老兄。地面气味?空中气味?空中气味随风而逝,地面气味或许能持续 24 到 48 小时,这取决于环境和相关因素。"

"一个证物袋里的皮革手表带。"

"那可不一样。那种塑料袋子?"

"没错。"

"你为什么想知道这种事?你有个样本想追踪?"

"有个警探想问的,他们的案子里有这么一件证物。"

"这要看情况。玻璃容器是最好的,因为它不透气,也不起反应,不过那种耐用的证物袋也很好。袋子是密封的吗？如果没有密封,就会有空气流动,油脂也会分解。"

"不会,是封好的。放在一个箱子里。"

"多久了？"

斯科特对这些问题感到不安,但他知道,巴德在试图帮他。

"从他们说的话听起来,好像挺久了。6个月？就算6个月吧,他们只是大体问问。"

"好吧。在那种密封的袋子里,没有空气流动,没有阳光照射。我觉得3个月之内气味应该都能保存得很好,但我也见过警犬嗅得出密封了1年多的衣服。"

"好吧,老兄,多谢了。我会转告他们的。"

斯科特正要挂上电话,巴德阻止了他,"嘿,我都要忘了。兰德尔告诉我,他很喜欢你训练麦吉的方法。他觉得我们在治好她的惊吓反应上大有进展。"

"太好了。"斯科特不想讨论兰德尔。

"别告诉他是我说的,行吗？"

"绝对不会。"

斯科特挂上电话,透过证物袋摸索着表带。

那男孩正沿着他哥哥的道路走下去。

达里尔住在他哥哥的房子里,所以达里尔的气味也在房子里。

麦吉对达里尔和表带都很警觉,这块表有没有可能是达里尔的？

斯科特碰了碰麦吉的鼻子,她舔舔他的手指。

"不可能。"

或许兄弟两人一起抢劫了辛的商店,或许达里尔为他哥哥望风,站在房顶上注意警察,或许达里尔才是证人,而不是马歇尔。

斯科特盯着塑料袋中破破烂烂的棕色表带。

他把袋子放到一旁,一边思考着达里尔的问题,一边抚摸着麦吉。

22

第二天早晨,斯科特醒来时满心焦虑与愤怒,他梦到了马歇尔和达里尔。在梦里,枪击案重演,他们冷静地站在街头。马歇尔告诉奥索和克莱尔,在枪击结束之后,那5个人摘下了面罩,彼此呼唤姓名。在梦里,马歇尔知道他们的姓名与地址,还用手机拍下了每个人的大头照。而斯科特只想知道他是不是曾在那儿罢了。

他牵麦吉出去散了步,然后洗澡,在厨房水池旁吃了麦片早餐。

他犹豫了片刻,究竟是不是该打电话给克莱尔和奥索,告诉他们关于表带的事。

他觉得,他们已经认为他不太正常了。他不想鼓吹一个建立在一条狗身上的理论,那会让事情变得更糟。

6点半,他等不下去了,于是拨通了克莱尔的手机。

"嘿,乔伊丝,我是斯科特·詹姆斯。我能去拿光盘吗?"

"你知道现在是早上6点半吗?"

"我不是说现在,你觉得什么时间合适都行。"

她沉默片刻,斯科特有点担心她还没起床。

"要是吵醒了你,对不起。"

"我刚刚跑完5英里,让我想想,你11点能过来吗?"

"11点,好极了。啊,还有,艾什怎么样了? 他看到了什么吗?"

"就昨晚来看,他什么也不肯说,他有一个很不错的辩护律师。"

奥索已经找了一个检察官过来,他们会试着私下达成协议。"

斯科特又想了想是否该提到达里尔,但他再次否决了这个想法。

"好的,我11点过去找你。"斯科特说完挂了电话。

7:15到10:30,斯科特带着麦吉在训练场训练,然后把她留在那儿,自己去了大船。当他关上她犬舍的门时,她脸上困惑的神情令他颇有负罪感。他离开时,她的吠声令他感觉更糟糕了。她持续不停的"汪汪汪"的叫声让他心里一阵刺痛,不由得闭上了眼睛。他加快了脚步,然后意识到他曾听到过同样的声音。

斯科蒂,不要离开我。

麦吉不在身旁,特兰斯艾姆里感觉空空荡荡的。当麦吉蹲坐在仪表盘上时,她就像一堵棕黑色的墙,把车内空间分成了两半。现在,车子的感觉陌生极了。自从他把麦吉带回家,这是他第二次独自坐进车子。他们每天24小时都在一起,他们一起吃饭、一起娱乐、一起训练、一起生活。有了麦吉,就像有了一个3岁的孩子,只是感觉好多了。当他命令她坐下,她就会坐下。斯科特扫了一眼空荡荡的仪表盘,希望她不会仍在吠个不停。

他提高车速,然后意识到,他作为一个警察和成年人,竟然因为担心自己的狗会孤单而超速行驶了。他不禁开始嘲笑自己,"放松,白痴。你都快把她当成一个人了,她是条狗。"

他继续加速。"你自言自语得也太多了,这不行。"

12分钟之后,斯科特停在大船前,走上五楼,惊讶地发现奥索和克莱尔一起等在电梯前。她递过一个棕色信封,"你可以留着,我刻了拷贝。"

斯科特接过信封,感觉到光盘在里面滑动了一下,他点了点头。奥索看上去像个葬礼承办人。

"你有几分钟时间吗？我们能不能在里面跟你谈谈？"

斯科特感到胸中仿佛燃起了一团火,"是艾什吗？他在这儿吗？"

"我们进去说吧,很遗憾你没带麦吉来,有她在这里会很好玩。"

斯科特只听到模糊的嗡嗡声。他正在准备通过艾什的眼睛重现枪击现场,尽管他刚刚消失在斯科特自己的噩梦中。

宾利被撞翻,大块头举起步枪,史蒂芬妮伸出血红的手。斯科特模糊地意识到奥索期望听到回答,却只是沉默地走着。

他们没有再说话,直到三人都坐在会议室里,奥索才开口解释,"艾什先生今早坦白了。他记得那天晚上他偷了三件东西——一套雕花象牙烟管。"

克莱尔说:"不是象牙,是犀牛角,内部是老虎的牙齿,这在美国是非法的。"

"管他呢,那些烟管在辛先生被盗财物的清单里。"

斯科特不关心被盗的是什么,"他看到枪手了吗？"

奥索挪了挪身子,仿佛有些难堪。他的面孔柔和下来,流露出悲伤的神情,"不,对不起,斯科特,他帮不了我们。"

克莱尔身子前倾,"他在枪击之前3个小时就闯进了辛的商店,等你们到那里时,他已经回到家里喝得酩酊大醉了。"

斯科特的目光从克莱尔移到奥索身上,"就这样？"

"我们核实了我们的猜测,事情看起来没错,就在同一晚,盗窃案发生在距离枪击案50英尺不到的地方,多巧！但他没看到,他帮不了我们。"

"他在说谎,他看到那些人谋杀了一个警察和另外两个人,他看到了带着机关枪的混蛋。"

"斯科特……"克莱尔想说点什么。

"他害怕他们会杀了他。"

奥索摇摇头,"他说的是实话。"

"一个瘾君子?一个毒贩子和盗窃犯?"

"我们的证据和证言足以让他被控九项独立的重罪。他已经有了一次重罪记录,再有两次,他就三振出局①了。"

"这不能说明他说的是实话,只能说明他害怕了。"

奥索继续说下去,"他坦白了四次盗窃案,包括辛的这一次。他告诉我们的所有细节——时间、地点、进入的方法、赃物——都经过了查证,他对辛的盗窃案也查证过了。他被要求参加测谎,也通过了。当我们询问他何时闯入辛的商店、何时离开、他看到了什么时,他都通过了测谎。"

奥索向后靠去,手指交叉着说:"我们相信他,斯科特。他没说谎,他什么也没看见,他帮不上我们。"

斯科特感到若有所失。他以为他能问一些问题,但什么也没发生,而他也不知道该说什么。

"你们释放了他吗?"斯科特问。

奥索看起来大为惊讶,"艾什?天啊,当然没有。他在男子中心拘留所等待判刑,他会坐牢的。"

"那个女孩和他的室友呢?"

"什么都交代了。他们帮了我们,所以我们放他们走了。"

斯科特点点头。

"好吧,然后呢?"他摸了摸头发,"白头发,伊恩有线人,可能里面有人认识白头发的司机。"

---

① 即三振出局法,是美国联邦层级与州层级的法律,要求州法院对于犯第三次(含以上)重罪的累犯,采用强制性量刑准则,大幅延长他的监禁时间。目前美国所有法案的下限皆为25年有期徒刑,最高是无期徒刑,而且后者在很长一段时间内(大多法案规定为25年)不得假释。这样的法案在20世纪90年代极为盛行,至2012年,全美国有27个州以及美国联邦政府都颁布了此类法案。

他看着克莱尔,而她正盯着桌子,仿佛马上就要晕倒了。斯科特突然有种冲动,想打听一下沙滩上的那个男人,然后他再次考虑自己该不该提到表带的事。

克莱尔突然坐直了身子,仿佛感觉到了他的目光,她望着他。

"这太糟了,老兄,对不起。"

斯科特点点头,表带和达里尔之间的联系很弱。如果他试图解释,他们会觉得他听起来很令人反感或疯狂,他不想让克莱尔这么看他。

他茫然地伸手想碰碰麦吉,却扑了个空。斯科特扫了一眼克莱尔,觉得很尴尬,但她似乎并未注意到。奥索仍在讲话。

"我们还有你,斯科特,调查不会在马歇尔·艾什这里终结。"

奥索站起来,结束了会面。

斯科特与克莱尔一同起身。他拿起信封,与他们握手,感谢他们辛勤的工作。他尊重他们,正如他现在才知道的,他原本也该尊重米伦和斯特拉。

斯科特相信奥索是对的,调查不会在艾什这里终结,还有达里尔,但奥索和克莱尔不知道。

斯科特猜想着麦吉是否仍在吠个不停。他快步走出会议室,心里提醒自己不要一瘸一拐的。

23

斯科特踏入犬舍时,麦吉叫起来,但这次是喜悦的叫声。她扑到门上,直起后腿,拼命摇着尾巴。

斯科特放她出来,抚摸着她的毛发,用尖细的温柔声音说:"我说过我会回来的,我说过我不会走太久的,我也很高兴看到你。"

麦吉的尾巴摇得太用力,整个身体都跟着抖动了起来。

巴德和他那只黑色的牧羊犬奥比站在走廊尽头。丹娜·弗林正在跟她的玛利诺斯犬加特尔进行跑步训练,顺便检查他剃刀般锋利的牙齿。斯科特笑了,这些性子刚烈的警犬训练员,很多人都是退伍军人,然而当他们看到成年男女用小女孩般的尖细嗓音对狗讲话,却丝毫不以为怪。

斯科特扣上麦吉的牵引绳,这时,兰德尔出现在他身后。

"看到你回来真是太好了,詹姆斯警官,我们希望你能在这儿多待一会儿。"

麦吉的欢喜变成了轻柔而低沉的咕噜声。斯科特握住她的牵引绳,让她紧紧靠在腿边。如果兰德尔喜欢他训练麦吉的方式,认为他们大有进展,那么斯科特愿意给他更多,但不是以"在这儿多待一会儿"的方式。

"只是来见见你,长官。我想要带她做一些人群训练,可以吗?"

兰德尔的眉头拧得更紧了,问道:"'人群训练'是什么?"

斯科特从古德曼的课程内容中引用道:"她在接近人群时会紧张,这是创伤后应激障碍导致的。这种紧张会让她觉得有坏事要发生,就像她被枪声惊吓到时一样,这些焦虑是一回事。我想让她在拥挤的地方待一段时间,让她明白没有什么坏事会发生。我想如果她习惯了人群,或许有利于她习惯枪声。你觉得呢?"

兰德尔的反应有点慢,"你从哪里学会的这些?"

"书上。"

兰德尔慢慢思考着,"人群训练……"

"如果你同意的话。他们说,这是很好的治疗方法。"

兰德尔点头也很慢,"我想我们可以试试,詹姆斯警员,人群训练……好吧,那么,去找些人群吧。"

斯科特让麦吉跳上他的车，然后开向艾什的家。他想让麦吉在人群中待着，但不是为了治疗她的焦虑。他想检测她的鼻子，以及他关于达里尔·艾什的理论是否正确。

斯科特研究着这栋屋子。他不在乎那个女孩和那两个室友是不是在里面，但是也不想让麦吉看到达里尔。当然，如果没人在家，他也不会在周围绕上几个小时。

斯科特开到第一个十字路口，转向，然后停在三栋屋子之外，那里的人行道边上长着青草。他让麦吉出来，用矿泉水瓶喂她喝了点水，然后指着草地说："尿吧。"

麦吉嗅了嗅，找到一个点，然后尿了一泡。这是她在军队里学会的技巧，在命令之下随时小便。

她尿完之后，斯科特松开了牵引绳。

"麦吉，趴下。"

麦吉立刻趴在地上。

"待在这儿。"

斯科特走开了，他没有回头，但有些担心。在他家的停车场和训练场上，他能留下她，穿过整个场地再走回来。她甚至能在原地等他绕过整栋建筑，期间根本看不到他。军队的训练员把对她的基本技能训练做得相当出色，她是一只非常优秀的军犬。

他走向艾什的房门，路上扫了一眼麦吉。她仍在原地，望着他，脑袋高高扬起，耳朵像两个黑色号角一般直立起来。

斯科特面对房门，按响门铃，然后敲了敲门。他数到10，然后敲得更响了。

艾丝特拉·罗雷开了门，她看到斯科特的警服之后，第一个动作是用手扇风。斯科特不知道她被释放后多久就又沾了毒品，他忽略了那气味，露出微笑。

"罗雷女士,我是詹姆斯警官,洛杉矶警局想让你知道你的权利。"

她脸上浮现出困惑,看起来又憔悴了几分,几乎站不稳了。

"我才被放出来,求你别再抓我了。"

"不,女士,不是那些权利。我们想让你知道,你有投诉的权利。如果你感到你被不当地对待,或你的财产未被登记为证物却被非法取用,你有权利向市政厅投诉,并有可能收回损失。你是否明白我所解释的权利?"

她的表情更加困惑了,"不明白。"

达里尔·艾什走到她身后,他冲斯科特眯起眼睛,但似乎并未认出他来。

"怎么了?"

艾丝特拉抱起双臂,遮住平坦的胸部,"他想知道我们被逮捕得是不是还行。"

斯科特解释了一番。他知道达里尔在家了,这就够了,现在他想离开。

"你是达诺沃斯基先生还是潘特里先生?"斯科特问。

"都不是,他们不在这儿。"

"他们也有权利发起投诉,如果他们觉得他们遭到了不公正或非法的对待。这是我们的新政策,让人们知道他们能起诉我们,你会转告他们吗?"

"不是吧?他们让你来告诉我们,我们可以起诉你们?"

"没错,祝你们过得愉快。"

斯科特微笑着后退,好像打算离开。然后,他突然停下,笑容消失了。艾丝特拉·罗雷正在关门,但斯科特突然走近一步,堵在了门口。

他用巡警冷峻而慑人的目光盯着达里尔,"你是马歇尔的弟弟,达里尔,你是我们没逮捕的那个?"

达里尔哆嗦了一下,"我什么也没做。"

"马歇尔告诉了我们一些东西,我们会回来跟你谈话的,准备好。"斯科特盯着他看了 10 秒,然后后退一步。

"你现在可以关门了。"

罗雷关上了门。

斯科特走回车子,心跳如擂鼓一般。他双手颤抖着抚摸麦吉的毛发,表扬她乖乖地待在了原地。

他让麦吉跳进车子,开到下一个街口,再次停好车,等待着。他没等多久。

8 分钟之后,达里尔离开了房子,步履匆匆。他愈走愈快,最后几乎是一路小跑,向着阿尔瓦拉多方向的下一个街口冲去,那是最近也是最繁忙的主要街道。

斯科特紧跟着,希望自己不是疯了,也希望自己没犯错。

24

此前,斯科特巡逻时都是身着警服、开一辆双人座警车。他从未执行过便衣任务,也不曾开过没有警察标志的车。当他开警车追赶嫌犯时,通常都是警灯闪烁、一路狂飙。因此,跟踪达里尔可真令他头痛。

斯科特以为达里尔来到阿尔瓦拉多大街之后就会搭乘公交车,谁知道他向南一拐,继续步行了下去。

在繁忙的大街上,达里尔走得不紧不慢,开车跟踪他实在有些困难。但步行跟踪可能更糟。麦吉太引人注目,何况如果达里尔突然搭上车,步行的斯科特就很可能跟丢他。

斯科特停在路旁等待,直到达里尔的背影几乎消失,才继续向前开了一段,缩短距离,然后再次停下来。麦吉并不介意。她舒舒服服地窝在仪表盘上,欣赏着路旁的景致。

达里尔走进一家小超市,在很长一段时间内都没再露面,斯科特不禁担心他会不会从后门溜走了。但达里尔最后还是出现了,抱着一大桶饮料,继续向南走去。5分钟后,达里尔穿过第六大街,走进麦克阿瑟公园。这里距离警队之前各就各位准备伏击马歇尔的地方只有一个街口。

"世界真小啊。"

斯科特冲着后视镜皱了皱眉头。

"别自言自语了。"

斯科特在公园对面第一个停车计时器旁停下车,打开门下了车,想看得更清楚些。眼前的风景令他心旷神怡。

麦克阿瑟公园在威尔夏大道北面有一个足球场和一个音乐表演场;碧绿的草坪中点缀着野餐桌、棕榈树和灰暗的橡树。修剪整齐的小径从草坪中蜿蜒穿过,吸引了不少推着婴儿车的妇女和滑板小子,还有流浪汉推着从附近超市偷来的、堆得满满当当的购物车慢悠悠地走过。抱着婴儿的女人们聚在两三张野餐桌旁,年轻的拉丁裔小伙无所事事地聚在另外几张桌子旁,无家可归的流浪汉则把剩下的桌子当床来睡。人们在草坪上晒着太阳,朋友们坐成一圈,或是在树下读着书。另一些拉丁裔小伙和中东人在足球场上纵情驰骋,替补队员在边线上等待。2个女孩在一棵棕榈树下拨弄吉他。3个染了头发的年轻人走过路口。一个精神不太正常的家伙跌跌撞撞地穿过公园,3个脖子上露着文身的小混混被他笨拙的模样逗得前仰后合,眼泪都笑出来了。

达里尔绕过那几个小混混,穿过草坪,跟那3个嗑药的年轻人擦肩而过,然后沿着足球场走向公园另一侧。斯科特看不到他的身影了,但这一切都在他的计划之中。

"来吧,大个儿丫头。瞧瞧你有什么本事。"

斯科特给麦吉扣上 20 英尺长的牵引绳,然后将它收短,牵着麦吉来到达里尔进入公园的位置。斯科特知道她很焦虑。她边走边蹭他的腿,紧张兮兮地盯着陌生的人群和喧闹的车流。她的鼻孔翕张了三次,努力嗅着附近的一切。

"坐下。"

她蹲坐下来,仍然扫视着四周,但主要是在盯着他。

他从证物袋里拿出表带,递到她的鼻子前面。

"闻闻它。闻闻。"

麦吉的鼻翼翕动了几下、微微颤抖着。每当她尝试寻找某种味道时,呼吸的节奏就会改变。"嗅"与呼吸不同。用来嗅的空气并不会进入她的肺部。她会分组吸入少量空气,这被称为"一列"。一列通常由 3 到 7 次嗅的动作组成,麦吉一般是 3 次。嗅—嗅—嗅,暂停,嗅—嗅—嗅。巴德莱斯的狗奥比会嗅 5 次,总是 5 次。没人知道为什么,但每条狗都是不同的。

斯科特用表带碰了碰她的鼻子,在她头上晃来晃去逗弄她,又让她多嗅了几次。

"帮我找到它,宝贝。帮我找到它,看看咱们想得对不对。"

斯科特后退几步,发出命令。

"找,找,找。"

麦吉猛地站起身来,双耳向前弯曲,黑色的面孔神情专注。她转向右侧,分辨气味,然后贴到了地面上。她犹豫片刻,然后向着相反的方向走出几步。她继续嗅着气味,之后盯着公园内部。这是她的第一个警示消息。斯科特知道她找到了气味,但还没有发现路径。她走远了几步,嗅着人行道两侧,然后突然转身回来,再次盯着公园内部。斯科特知道她找到了。麦吉冲了出去,把牵引绳绷得笔直,像雪橇犬一样拉着斯科特。那3个小混混看到了他们,落荒而逃。

麦吉跟着达里尔走过的路径穿过野餐桌,沿着足球场北侧走去。踢球的人都停了下来,盯着这个警察和他的德国牧羊犬。

他们走到足球场边缘时,斯科特终于看到了达里尔·艾什。他正站在乐队演奏台后面,身旁还有两个少女和一个跟他年纪相仿的少年。其中一个女孩先看到了斯科特,然后其他人都望了过来。达里尔怔了片刻,然后拔腿向相反方向跑去。他的朋友们当即四散而逃,纷纷绕过建筑物跑向大街。

"趴下。"

麦吉肚皮匍地。斯科特快步跟上,解开牵引绳,然后立刻松开了她。

"拦住他。"

麦吉箭一般冲上前去,丝毫没有被另一个少年和公园里其他人所干扰。她的世界只剩下达里尔的气味。斯科特知道她看到了他,但她依然会追随他的气味直到尽头,仿佛追随一束愈近就愈明亮的光。即使蒙住麦吉的双眼,她也能轻而易举地找到他。

斯科特紧随其后,完全不觉得疼痛,仿佛肌肤下那蜿蜒错综的疤痕生长在另一个人身上。

不出几秒,麦吉就追上了达里尔。达里尔跑过演出用的空地,冲进了一小片树丛。他回头望去,却看到一条黑棕色的噩梦。他在最近一棵树旁猛地刹住脚步,背靠树干,双手捂在裆前。麦吉停在他脚下,像斯科特教过的一样蹲坐下来,狂吠几声。寻找、吠叫,用吠叫来阻拦。

斯科特追上来,在 10 英尺开外停下脚步,花了 1 分钟调整呼吸,然后才对她下达了命令。

"停止。"

麦吉放松下来,跑向斯科特,坐在他左脚旁。

"看住他。"

这是军方用的命令。她摆出一副狮身人面像的姿势,高昂着脑袋,警惕地盯着达里尔。

斯科特走向达里尔。

"放松。我没打算逮捕你。别动就行了。你要是敢跑,她就会把你扑倒。"

"我不会跑的。"

"那就好。起身。"

麦吉猛地站起来,屁股坐在左脚上,继续盯着达里尔。她舔了舔嘴唇。

达里尔踮起脚尖,尽可能地远离她。

"哥们儿,这是怎么回事啊?饶了我吧。"

"她很友好的。你瞧。麦吉,握手。握手。"

麦吉举起了右前爪,但达里尔一动不动。

"你不想握个手?"

"不想!哥们儿,求你了。"

斯科特跟她握了握手,表扬了她,奖励给她一块熏肠。然后他把熏肠收起来,拿出了证物袋。他审视了达里尔片刻,思考着该如何继续。

"首先,这里发生的事情,其实我是不该这么做的。我不会逮捕你的。我只是想跟你谈谈,避开艾丝特拉。"

"艾什被捕的时候你也在。你和这条狗。"

"没错。"

"他当时就想咬我。"

"是'她'。还有,不对,她不是想咬你,要不然她早就动口了。她当时只是想警告你。"

斯科特举起证物袋,好让达里尔看到损坏的表带。达里尔扫了一眼,好像没认出来,然后又看了一眼。斯科特发现他脸上闪过回忆的神色,仿佛认出了这条熟悉的表带。

"认出来了?"

"这是什么?好像是棕色的绷带。"

"是你那块旧表的一半表带。跟你现在戴的那块差不多,但这一块被挂在了栏杆上,表带坏了,这一半落在了人行道上。你知道我是怎么发现这是你的的吗?"

"不是我的。"

"闻起来像是你的。我让她闻过了,她追随着你的味道穿过了整个公园。公园里有这多人,她却追着表带上的气味找到了你。她是不是很棒?"

达里尔望着斯科特身后,想找到逃跑的路,然后又瞄了一眼麦吉。逃跑显然不是个明智的选择。

"我才不关心它闻起来是什么味道。我从没见过它。"

"你哥哥承认9个月前曾闯入一家中国进口货物商店。那地方叫'亚洲奇珍'。"

"他的律师告诉我了。那又怎样?"

"你也参与了吗?"

"我才没有。"

"那就是你丢失表带的地方。屋顶上。你是不是负责望风?"

达里尔的目光闪烁了一下。

"你在耍我？"

"然后你们在那上面碰头，开了个派对？"

"你去问马歇尔。"

"达里尔，你和马歇尔是不是目击了一场谋杀？"

达里尔垂头丧气，活像个泄了气的皮球。他盯着斯科特身后发呆，然后吞咽了一下，舔了舔嘴唇。他的答案缓慢而坚定。

"我完全不知道你在说什么。"

"3个人被杀害了，包括一名警官。如果你看到了什么，或者知道什么，你就能帮上你哥哥。甚至有可能帮他出狱。"

达里尔再次舔了舔嘴唇。

"我想跟我哥的律师谈谈。"

斯科特知道该结束了。他想不出别的招数，只好后撤。

"我告诉过你，我不会逮捕你的。我们只是聊聊天。"

达里尔扫了一眼麦吉。

"他会咬我吗？"

"'她'。不，她不会咬你。你可以走了。但是好好想想我说的话，达里尔，好吗？你帮得上马歇尔。"

达里尔战战兢兢地后退，一只眼死盯着麦吉，直到他退出树丛。然后他转身跌跌撞撞地一路狂奔而去。

斯科特望着他跑远，想象达里尔和他哥哥从屋顶上俯视街道、脸庞被枪口的火光照亮的场景。

"他在那儿。我知道这孩子在那儿。"

斯科特望着麦吉。她盯着他，张着嘴，仿佛在笑；舌头伸在外面，下方是那道尖锐的白色伤疤。

斯科特摸了摸她的脑袋。

"你真是最最棒的丫头。真的。"

麦吉打了个哈欠。

斯科特扣上牵引绳,穿过公园走回他们的车,边走边给乔伊丝·克莱尔发短信。

25

奥索的眼睛如同炉火上的煎锅般炽热。斯科特把麦吉带去犬舍交给巴德看管了,此刻他正与克莱尔和奥索待在会议室里。他的消息似乎并没有带来意料之中的反应。

奥索盯着眼前的证物袋,仿佛里面装着狗屎,"它原来在哪里?"

"在箱子底下,文件堆下面。它本来在一个信封里,是那种小信封,不是大的。米伦准备把它送回去给陈。"

克莱尔瞄了一眼她的上司,"科学调查科把它封存起来,是因为上面的污迹看上去像血迹。结果发现是铁锈,于是他们把它送到米伦这里,请他批准丢弃。米伦写了一张纸条批准,我猜他一直没时间送回去。"

奥索把袋子丢到桌子上,"我没看见过,你在看文件的时候有看到这个信封吗?"

"没有。"

"我这里有他们的笔记和信封,在我车里。要是你想要,我去拿给你。"斯科特说。

奥索换了个姿势,他已经有 10 分钟一动不动了。

"哦,我想要,但不是现在。你凭什么觉得你可以未经准许就从这个办公室拿走任何东西?"

"纸条上说这是垃圾,米伦让他扔了它。"

奥索闭上眼睛,但面孔扭曲成了一团。他声音平静,但没有睁开眼睛,"好吧。也就是说,你自己批准自己把它拿走,因为你觉得它是垃圾,但你现在又觉得它是证据。"

"我拿走它是因为上面的锈迹。"

奥索睁开眼睛,什么也没说,所以斯科特继续说下去。

"他们是在死亡地带旁边的屋顶正下方的人行道上发现这东西的,就是我告诉过你的屋顶。我在那儿时,手上沾上了锈迹。我想或许这之间有联系,我想好好思考一下。"

"也就是说,当你拿走它的时候,你希望它是证据。"

"我不知道我当时在希望什么,我只是想好好思考一下。"

"我觉得这就是个肯定的回答。不管怎样都好,因为我根本不在乎你当它是证据还是垃圾,但这就是个问题。如果它是证据,那么像你一样把它偷偷拿回家——你根本不是这个案件的调查员,只不过是我们礼貌对待的一个混账——你已经违反了证物管理规定。"

克莱尔柔和的声音响起,"长官。"

斯科特没有回答,也不在乎奥索是不是把他当成一个混账。那被遗弃的棕色皮革手表带让他找到了达里尔,而达里尔或许能带他找到枪手。

奥索的脸绷得紧紧的,直到他的左眼下面抽搐了一下。接着,他脸上的皱纹慢慢舒展,脸色也柔和起来,"对不起,斯科特,我不该这么说,对不起。"

"是我搞乱了,我也该道歉。但这个表带就在现场,而达里尔·艾什戴过它,百分之百,我的狗不会犯错。"

"达里尔拒绝承认这是他的,也拒绝承认他曾在现场。好吧,我们可以从他身上取样做 DNA 测试,然后我们就能知道了。"克莱尔说。

"杰瑞！皮泰维奇！你们能不能去看看伊恩在不在？让他来见我。"

几分钟后，"自我男"加入了他们。他的脸比斯科特记忆中的还要红，当他看到斯科特时，脸上浮现出了惊讶的微笑。

"你从记忆银行里取了一段新的记忆出来？那个白色鬓角变成了长着大脓包的鼻子？"

这个愚蠢的玩笑令人愤怒，但奥索趁斯科特未及反应就开始谈正事了。

"斯科特相信，马歇尔·艾什的弟弟达里尔在马歇尔抢劫辛的商店时也在现场，他可能目击了枪击案。"

米尔斯皱起眉头，"我都不知道他有个弟弟。"

"你不该知道。直到现在，我们一直都没理由认为他曾参与其中。"

米尔斯双臂交叉，瞟了一眼斯科特，然后望着奥索说："他通过了测谎，我们已经确定马歇尔在枪击发生之前就离开了。"

"他同时也声称自己是一个人。如果斯科特是对的，或许马歇尔只不过是个说谎好手。"

自我男的目光移回到斯科特身上，"你记得那孩子？他目击了枪击案？"

"这不是记忆。我是说，他曾到过现场，我相信他当时在屋顶上。我不知道他在那里的时间，也不知道他看到了什么。"

奥索将证物袋推到米尔斯面前，他扫了一眼袋子，但没有碰它。

"斯科特在文件堆里发现了这个，它是科学调查处在现场发现的半截皮革手表带。斯科特认为他已经将它和达里尔·艾什之间建立了联系，这意味着达里尔曾在现场。在我们继续讨论之前，你得明白，我们有个证物管理的问题。"奥索没有掺杂情绪地描述了一遍斯科特的错误,但米尔斯的脸色愈发阴沉了。斯科特感觉自己好像是一个12岁的男孩站在校长办公室里,这时,米尔斯爆发了。

"你在开玩笑吧?你当时在想什么啊?"

"我在想,已经9个月没人做什么了,可是案子还没结。"

奥索伸手阻止米尔斯继续说下去,然后瞟了一斯科特,"告诉伊恩那只狗的事,就像你跟我解释的一样。"

斯科特从麦吉第一次嗅到气味样本开始,讲到他在麦克阿瑟公园中的测试——麦吉顺着气味穿过整个公园,直接找到了达里尔·艾什。

斯科特指着证物袋,它仍然躺在米尔斯面前的桌子上,"这是他的,我们被枪击的那晚,他就在那儿。"

米尔斯沉默地听着,双臂抱在胸前,眉头紧皱。

斯科特讲完后,他的眉毛拧得更紧了。

"这听起来就是一坨狗屎。"

奥索耸耸肩说:"这很容易确定的,那条狗可能找到了什么。"

斯科特知道米尔斯会听奥索的,于是他更加积极地强调道:"它找到了达里尔·艾什。你看到那些红色的污迹了吗?那个屋顶的安全铁栏上面有生锈的铁棍。科学调查处说,这些红色的污迹也是铁锈。他的手表被挂在了栏杆上,表带断了,这一截刚好跌落在了人行道上。科学调查处就是在那儿找到它的。"

奥索靠向米尔斯说:"我是这么想的。咱们找到那个孩子,从他身上取样,做DNA测试,然后我们就知道它是不是他的了。在那之后,我们再考虑他有没有看到些什么。"

米尔斯走到门前,但没有离开,仿佛他需要做些什么来控制自己。

"我不知道究竟该希望这东西是有用还是垃圾。你把我们整惨了,孩子。我真的是不敢相信你居然带着证据走了出去,我告诉你,就连最蠢的辩护律师也会说你把证据污染了。"

奥索向后一靠,"伊恩,已经发生了,就让它过去吧。"

"你说真的吗?已经9个月什么也没发现了!"

"那就祈祷它有用吧。如果我们发现DNA对得上,我们就知道他在说谎,他一定在隐瞒什么东西,然后我们就能找到方法迂回解决的。这种事我们做过成百上千遍了,兄弟。"

如果将来,法官把表带排除出了证据链,那么他或她很有可能把所有随之而来的证据都排除出去。随之而来的证据被称为"毒树之果",在这一原则下,根据非法证据所取得的证据统统都是非法的。如果调查员知道他们手中有非法证据,他们会试着找到另外一条路绕过去,比如使用无关的证据来推理出相同的结果。这就被称为"迂回解决"。

米尔斯站在门口,摇了摇头,"我太老了,这种压力会弄死我的。"

他似乎沉思了半晌,然后转向斯科特。

"好吧,所以说,我猜当你和你的巴斯克威尔猎犬追踪到那孩子的时候,你也质问过他了吧?"

"他什么也不承认。"

"好吧,你还经历过审讯训练呢。你问过他有没有目睹枪击了吗?"

"他说他不在现场。"

"当然了。所以你实际上的成绩是:你在我们上门之前就让那孩子警惕起来,这就是我们想知道的。现在他有足够的时间来编造好答案了,你做得不错啊,福尔摩斯。"

自我男走了出去。

斯科特望着奥索和克莱尔,主要是望着克莱尔说:"我知道道歉也没用,但真的很对不起。"

奥索耸耸肩,"倒霉的事儿总会发生的。"

奥索推了一下桌子,然后站起来走开了。

克莱尔最后站起身来,"走吧。我送你到电梯。"

斯科特跟着她,不知该说些什么。当他在信封里看到那截小小的皮革表带时,它被发现的人行道和上面的锈迹让他有一种感觉:他曾与这截表带共同目睹了那晚的事件。它能实实在在地联系到史蒂芬妮、枪击以及他失落的记忆,他曾希望它能帮助他更清楚地看到那一晚。

他们走到电梯前时,克莱尔碰了碰他的胳膊。她看上去神情悲戚。

"这种事总会发生,不会死人的。"

"这个案子就死人了。"

克莱尔的脸涨红了,斯科特意识到,自己的多嘴让她难堪了,"上帝啊,我太过分了。我不是这个意思,你对我很好。"

她放松下来,脸色渐渐正常了,"我是有意这么说的,但也确实是这么想的,证据并不一定会被自动排除。这种事每天都有人争论,所以除非迫不得已,不用担心。"

斯科特感觉好些了,"我相信你。"

"我说的没错。如果表带和达里尔的 DNA 测试吻合,我们就有线索了,这都得感谢你。"

电梯门打开,斯科特一只手挡住门,但没有进去,"有张照片,你和一个男人在沙滩上。那是你丈夫吗?"

克莱尔一动不动,斯科特以为自己冒犯到了她。但她转身时露出了笑容,"想都别想,警员。"

"太晚了,我已经在想了。"

她继续走着,"关上你的大脑。"

"我的狗喜欢我。"

当克莱尔走到劫案科门前时,她停下了脚步。

"他是我弟弟,那些孩子是我的侄子和侄女。"

"谢谢你,警探。"

"祝你今天过得愉快,警员。"

斯科特走进电梯,准备去取他的车。

26

这个下午剩下的时间,斯科特都在跟麦吉一起做车辆进阶训练。这包括通过打开的窗户离开车辆,通过打开的窗户进入车辆抓捕嫌疑人,还有当斯科特留在车中并松开牵引绳时遵守他的指令。他们的警犬分队专用车辆是一辆标准的巡逻警车,一道沉重的金属线网分开了前后座,一个遥控开门装置能在 100 英尺之外打开后门。遥控系统让斯科特不必下车就能放出麦吉,或者自己离开车辆,在较远的地方通过牵引绳上的一个按钮来放出她。

麦吉不喜欢这辆车。她开心地跳进了后座,但当斯科特坐到驾驶座上,她就开始呜呜直叫,刨着那道将他们隔开的金属网。当他命令她躺下或坐好时,她会暂时停止抱怨,但几秒之后,她又会变本加厉地尝试触碰他。她竭尽全力地撕咬那道铁网,斯科特担心她的牙齿可能会崩坏,于是他尽快改做了其他练习。

一整个下午,兰德尔会时不时地看着他们训练,但大部分时间都不在。斯科特不确定这是不是个好的征兆,但当麦吉跳进跳出车子时,兰德尔不在的时间还是愈长愈好。当一天结束时,麦吉始终没有跛脚,他感到松了口气。

斯科特收起训练器材,整理好现场,然后牵着麦吉走出犬舍。这时,办公室的门开了,兰德尔出现在门前,"詹姆斯警员。"

斯科特收紧牵引绳,阻止麦吉的低吼,"嗨,长官,我正准备回家。"

"我没拦着你。"

兰德尔出来了,于是斯科特往回走到他身旁。

"我正准备把咱们漂亮的年轻小伙夸尔罗指派给另一个训练员。因为我一开始曾经想把他派给你,所以觉得应该让你知道。"

斯科特不太确定为什么兰德尔要告诉他这个,也不知道他把夸尔罗指派给另一个训练员是什么意思。

"好的,谢谢你告诉我。"

"还有一件事。我们开始训练麦吉'小姐'时,你要求我过两个星期再重新评估她,现在我给你三个星期。祝你晚上过得愉快,詹姆斯警员。"

斯科特决定大吃一顿,他们在伯班克的一个建筑工地大肆庆祝了一番,吃了炸鸡、牛胸肉和两个火鸡腿。在流动餐车工作的女人们爱上了麦吉,询问她们能不能互相帮对方跟斯科特和麦吉一起合影。斯科特说当然可以,于是建筑工人们也开始排队准备拍照。麦吉在整个过程中间只发出了一次咕噜声。

他们回家后,斯科特先带她出去散步解手,然后洗了个澡,再把装着光盘的信封放到桌子上。一想到自己要看着两个死人生前享乐的场景,他就觉得不寒而栗,但斯科特希望这能帮他处理自己在这次疯狂的枪击案中作为无辜旁观者的感受,也能帮他重新对待史蒂芬妮突如其来的死亡。他希望自己并非在为自己制造幻象,或许他只是想让自己的怒火有更好的发泄对象罢了。

斯科特打开信封,发现两张光盘,一张上面标记着"泰勒餐厅",另一张写着"红色俱乐部"。光盘的数量让他觉得有些不对,他随即想起,在米伦的记录中红色俱乐部应该有两张光盘。他不知道克莱尔为什么只给了他一张,但他觉得这并不重要。

斯科特将红色俱乐部的光盘塞进电脑。光盘读取数据时,麦吉走进了厨房,听起来好像喝了几加仑水,然后出来在他脚下蜷成一团黑棕色大球,她不再睡在笼子里了。他伸手摸摸她。

"乖丫头。"

沙沙沙。

红色俱乐部的监控录像是用一个固定在天花板上的黑白摄像机录的,没有声音,高角度俯瞰着拥挤的房间。顾客大多是看起来身份不低的男人和情侣,他们坐在吧台或餐桌前,望着身着制服的女人搔首弄姿,服务生在四周走来走去。录像开始30秒后,比斯特和帕拉斯安出现在一张两人桌旁。看到他们,斯科特没有任何感觉。几分钟后,一名女服务生来到他们桌前帮他们点单。斯科特开始觉得无聊了,于是点击了快进键。

女服务生送来酒水的画面在快进模式下完成,比斯特一饮而尽,帕拉斯安则盯着那些舞者。过了会儿,比斯特叫住了一名路过的女服务生,她往房间后面指了指。在三倍速播画面里,比斯特照她指的方向离开,两分钟后就飞快地回来了——应该是去解手。

又过了很久,比斯特付了钱,他们离开酒吧,准备开车离去。这时,画面停止了。

录像结束。

除了服务生,他们没有跟任何人接触。没人接近过他们,他们也没有接近其他顾客或与人交谈,没人用过手机。

斯科特退出了光盘。

相比以前,比斯特和帕拉斯安此刻并没有变得更加真实——仍然是两个普普通通的中年人,不久之后即将以莫名其妙的理由遭到枪杀。斯科特恨他们,他希望他手头能有他们两人被枪杀的录像。他希望在他们离开俱乐部时,他自己能赶过去亲手开枪杀了他们,让这些混蛋在俱乐部门口变成冰冷的尸体,而不是任由他们害死史蒂芬妮,同时害得斯科特被打成筛子,害得他经历这一切,最后坐在这里哭泣。

沙沙沙。

麦吉在他身旁,望着他。她垂下耳朵,目光饱含关切,这让她看上去仿佛海豹一般柔软光滑。他摸摸她的脑袋。

"我没事。"

斯科特喝了点水,解了个手,然后放进泰勒餐厅的光盘。录像也是高角度摄录的,画面包括了收银台、吧台的一部分以及三张模模糊糊的餐桌。帕拉斯安和比斯特从左下方的角落进入画面后,他们的面孔藏在了角度很差的位置。

老板和老板娘接待了他们。简短的交谈之后,老板娘带他们去桌前坐下,这就是斯科特最后一次看到帕拉斯安和比斯特,直到他们最后离开。

斯科特退出了光盘。

迄今为止,红色俱乐部的光盘质量是最好的,这让斯科特很好奇另一张光盘上是什么。他找出米伦对理查德·列文的问讯,想确定自己记得没错。他重新读了一遍那行手写的附注:

R. 列文送交录像两盘——EV♯H6218B

斯科特决定打电话给克莱尔,"乔伊丝吗?你好,我是斯科特·詹姆斯。我希望你不介意我现在打来,我有个问题,关于那些光盘。"

"没事,怎么了?"

"我想知道你为什么只给了我一张红色俱乐部的光盘,而不是两张。"

克莱尔沉默了片刻,"我给了你两张光盘。"

"没错。一张是泰勒餐厅的,一张是红色俱乐部的,但红色俱乐部应该有两张。米伦在这里写了一条附注,说有两张光盘存档。"

克莱尔又沉默了一阵子,"我不知道该告诉你什么。红色俱乐部只有一张光盘,我们这里有洛杉矶机场的东西,还有泰勒餐厅和红色俱乐部的光盘。"

"米伦的附注说有两张。"

"我听到了。这些东西都被查看过了,我们只能从中确认他们抵达和离开的时间,没人发现什么不同寻常的事儿。"

"它为什么不见了?"

她听起来很恼火,"乱七八糟的事儿总是有的。老有东西被弄丢啦,放错地方啦,有人拿了东西结果忘了还回来啦。我会查查的,行吗?这都是常事儿,斯科特。还有别的吗?"

"没了,谢谢。"

斯科特满心愁绪。他挂上电话,把光盘收起来,然后在沙发上舒展舒展身子。

麦吉走过来,嗅了嗅,找到一个好地方,然后躺在了沙发旁。他把一只手放在她背上。

"整个过程里唯有你没出问题。"

沙沙。

27

麦吉仿佛在一片单调的草地上漫步,她心花怒放,满心平和,也已经吃饱喝足。斯科特的手给了她温暖的慰藉。那个人是斯科特,她是麦吉,这里是他们的笼子,他们的笼子很安全。

狗能注意到周围的一切。麦吉知道斯科特是斯科特,是因为每次别人用这个词,他都会看他们一眼。用同样的方法,她知道了皮特是皮特,而她自己是麦吉。每当人们用麦吉这个词,他们都会看着她。麦吉也听得懂过来、别动、停、笼子、走、球、小便、睡觉、寻找、老鼠、饭好了、吃、乖丫头、喝、坐下、趴下、混蛋、滚一圈、零食、坐起来、保护他们、吃光、找到他们、抓住他们……还有其他好多词。如果能把词汇和食物、愉悦、玩耍或取悦主人联系起来,她就会学得格外轻松。这是很重要的,取悦主人才能让他们的搭档关系更加牢固。

斯科特的手动了,麦吉睁开眼睛。他们的笼子安静且安全,因此麦吉没有起身。她听到斯科特在笼子里移动,她听到他小便的声音,几秒钟后闻到了他小便的气味,接着是熟悉的冲水声。片刻之后,她嗅到了斯科特用在嘴里的绿色泡沫的甜味。当水声停止,斯科特回来,带着绿色泡沫、水和肥皂的气味。

他蹲在她身旁,抚摸她,说着她不懂的话。这没关系,她听得懂他的话语中饱含的爱意与温柔。

麦吉抬起后腿,露出肚皮。

主人高兴,搭档就高兴。

我是你的。

在黑暗之中,斯科特躺在了沙发上。麦吉嗅到他的身体渐渐凉下来,知道他何时会睡着。当斯科特沉入梦乡,她呼了口气,自己也睡着了。

笼子里出现了某种新的声音，她被惊醒了。

他们的笼子是由气味和声音定义的——毯子、墙漆、斯科特、墙壁中间藏着的老鼠的味道，独自居住的老婆婆，爬上果树吃橘子的老鼠，两只紧追不放的猫。从斯科特带麦吉回家的那一刻起，她就开始学着熟悉他们的笼子。每次呼吸都让她了解更多，正如一台电脑在下载不计其数的文件。当信息在她的记忆中堆积起来，气息与声音的模式就变得愈来愈熟悉。

熟悉是好的，陌生是坏的。

老婆婆的笼子前面传来了轻轻的刮擦声。

麦吉立刻抬起头，耳朵直立，捕捉着声响。

她认出了人类的脚步声，立刻知道有两个人正沿着车道走来。

麦吉跑到落地玻璃门前，鼻子抵在窗帘下。她听到细小的树枝断裂，树叶压碎，刮擦声愈来愈响。树上的老鼠一动不动地隐匿起来了。

麦吉快步走到窗帘一侧，把脑袋探到下面，收集更多空气。脚步声停下了。

她低下头，倾听着，嗅着。她听到门闩上传来金属碰到金属的咔嗒声，捕捉到了他们的气味，认出了闯入者。

曾闯入他们笼子的陌生人回来了。

麦吉立刻爆发出一阵狂吠。她扑到玻璃上，从耳朵到肩膀的毛发全部都直立起来了。

笼子遭遇了危险。

搭档受到了威胁。

她的暴怒是一种警告。不管是什么威胁到了她的搭档，她都会冲上去把他们赶走或是杀掉。

她听到他们逃走了。

193

"麦吉！麦吉！"

斯科特从她身后的沙发上下来了，但她完全没有注意到他。她更大声地驱赶他们、警告他们。

"你在冲什么叫呢？"

脚步声渐渐远去，车门关上，发动机的声音愈来愈远，直至彻底消失。

斯科特拉开窗帘，站在她身旁。

威胁离开了。

笼子安全了。

搭档安全了。

主人安全了。

她的工作完成了。

"外面有人吗？"

麦吉满怀爱意与欣喜地望着斯科特。她垂下耳朵，摇摇尾巴。她知道他正在黑暗中找寻危险，但什么也不会找到。

麦吉小跑着找到水盆，喝了点水。等她回来，斯科特已经躺在了沙发上。她很高兴看到他，于是把脸贴在他的大腿上。他挠挠她的耳朵，抚摸着她，麦吉开心地摇着尾巴。

她嗅着地板，转来转去，直到找到最合适的姿势，然后躺在他身旁。

主人安全了。

笼子安全了。

搭档安全了。

她闭上眼睛，但仍在等待着他的心跳减缓、呼吸平稳、皮肤变凉，还有数百种与之相关的气息发生改变。她听到生机勃勃的夜晚充斥着熟悉的声响，老鼠吱吱的叫声，高速公路的车来车往，她检测着空气中浓郁的气味,老鼠、橘子、泥土、甲虫。她趴在原地,却已检阅了大千世界,仿佛她是一个重达85磅的灵魂,拥有魔法之眼。麦吉呼了口气。当斯科特熟睡之时,她终于让自己沉入了梦乡。

28

第二天早晨,斯科特先遛了麦吉、洗了澡,然后决定自己去查查那张消失的光盘。理查德·列文的联系方式就在讯问记录的第一页上。

红色俱乐部在这个时间应该空无一人,于是他打电话给列文的私人手机。留言是男性的声音,但听不出来是谁。斯科特自称是调查帕拉斯安谋杀案的警探,说他想问一些有关监控录像的问题,让列文尽快打回给他。

7:20,斯科特正在穿鞋,麦吉跳了起来,冲向门的方向。他很惊讶她已经学会了识别信号,每当他系鞋带的时候,她就知道他们该出门了。

"你真是个聪明的狗狗。"斯科特说。

他的电话在7:21响起。斯科特原以为自己运气来了,是列文回复了他的电话,但是他看到来电显示是警局。

"早上好,我是斯科特·詹姆斯。"他用下巴夹住电话,边听边系好了鞋带。

"我是安森警探,兰帕特分局的。我和我的搭档沙克曼警探正在你家门前,我们想跟你谈谈。"

斯科特走到落地玻璃门前,想不明白为什么两个兰帕特警探会来到他家。

"我在客房里,看到你们前面的木门了吗?它没锁,过来就行。"

"我们知道你有一条警犬,我们不想跟它发生冲突,你拴好她了吗?"

"她没问题的。"

"你拴好她了吗?"

斯科特不想把她锁在笼子里,但是如果把她关在卧室里,她会为了出来而把门抓坏的。

"等一下,我出来好了。"斯科特把麦吉推到一旁,打开了门。

"不要出来,请把狗拴好。"

"听着,哥们儿,我没地方把她拴好。要么你们过来见见她,要么我出去,你们自己选。"

"拴好你的狗。"

斯科特把电话扔在沙发上,从麦吉身旁挤过去,然后出门去见他们。

一辆灰色的福特皇冠维多利亚停在车道入口。两个身穿运动衫、打着领带的人走到一半,站在了车道中间。高个子大约 50 岁出头,脸灰扑扑的,一头金发,满脸皱纹。矮个子年近 40 岁,身量稍胖,脸色黝黑发亮,秃顶周围稀稀落落地围着一圈棕色头发。两人看起来都来者不善,也没打算假装友善。

年长者出示了警徽,上面有他的身份证件和金色的警探盾牌标志,"鲍伯·安森,这位是科特·沙克曼。"

安森把警徽收起来,"我让你把狗拴好。"

"我没地方拴她。所以,咱们要不然就在这儿,要不然就进屋跟狗待在一起。她不会伤人的,她会闻闻你的手,你会喜欢她的。"

沙克曼看了看大门,仿佛满心忧虑,"你锁好门了?她不会跑出来吧?"

"她不在院子里,她在我屋里。没事的,沙克曼,真的。"

沙克曼把拇指插进腰带,微微掀开运动外套,露出枪套,"我们已经警告过你了。如果那条狗冲出来,我会对她开枪的。"

斯科特觉得毛发倒竖,"你怎么了,老兄?你要是敢对我的狗开枪,最好先打死我。"

安森冷静地打断了他们,"你认识达里尔·艾什吗?"

原来是这么回事。达里尔可能投诉了他,所以这两位前来调查。

"我知道他是谁,没错。"

"艾什先生是否认为你的狗不会伤人?"

"问他自己。"

沙克曼毫无幽默感地笑了,"我们问的是你,你上次见他是什么时候?"

斯科特犹豫了。如果达里尔投诉了他,他会被询问是否有现场证人。安森和沙克曼或许已经跟罗雷和达里尔在公园里的朋友们谈过了。斯科特谨慎地回答了这个问题,他不确定他们接下来会怎样,但他不想被人发现在说谎。

"我昨天见过他。这是怎么回事,安森?你们是内务司的?我该打电话找护警队①的代表来吗?"

"兰帕特刑警,我们不是内务司的。"沙克曼没等斯科特说话就继续问道,"那是怎么回事,你昨天为什么去见他?"

"达里尔的哥哥最近因为涉入多起盗窃案而被捕……"

沙克曼插话问:"他的哥哥是?"

"马歇尔·艾什。马歇尔犯下了4起盗窃案,但有证据显示,达里尔也参与其中。我去他家跟他谈了谈,有人告诉我他当时正在麦克阿瑟公园见朋友。"

---

① 洛杉矶警察局的警察工会。

沙克曼再次打断问:"谁告诉你的?"

"马歇尔的女朋友,一个名叫艾丝特拉·罗雷的女人。她是个瘾君子,跟马歇尔一样,住在他们的房子里。"

安森轻轻点了点头,似乎表示他已经得到了详尽的报告,目前正在思考他得知的消息和斯科特告诉他的有何不同。

"好吧,所以你去了麦克阿瑟公园。"

"达里尔看到我靠近就开始逃跑,我的狗阻止了他。我的狗和我自己都没有碰过他,他也没有被捕。我只是要求他合作,他拒绝了。我告诉他,他可以自由离开。"

沙克曼冲安森挑起眉毛,"听听这家伙,鲍比,他居然跑出去讯问人了,从什么时候开始警犬专员也开始佩戴警探徽章了?"

安森一直没看过他的搭档,表情也始终如一。

"斯科特,让我问问你——在整个对话中,达里尔是否有威胁过你?"

斯科特发现安森的问题很古怪,不知道他打算干什么,"没有,先生。他没有威胁我,我们只是在谈话。"

"你昨天有没有第二次见到达里尔,在公园那次之后?"

斯科特觉得这个问题更奇怪了,"没有,他说我有吗?"

沙克曼再次打断了他的话,问:"你从达里尔那里买了毒品?"

这个有关毒品的问题莫名其妙,让斯科特背上泛起一阵恶心的寒意。

"可待因酮? 维柯丁?"沙克曼摆摆手,仿佛他早就知道答案。

"没有? 有? 两个都有?"沙克曼继续问道。

斯科特的医生给他开过这两种止痛药,都是在两个街区之外的药房里通过合法途径购买的。沙克曼居然知道是什么商标的药物,而不仅是属类的名字,他具体地说出了斯科特两种处方药的名称。

沙克曼放下手,表情变得严肃冷峻,"没有答案?你现在服用了药物吗,斯科特?抗焦虑药物是不是让你觉得思考困难?"

寒意从肩膀蔓延到手指,斯科特回想起他们那晚回家时,麦吉表现出的对入侵者的警醒。

斯科特后退一步,"除非我的上司直接下令,否则这次讯问就结束了。你们这些混蛋可以滚了。"

安森依然冷静而随意,没有离开的意思,"你是否认为马歇尔·艾什导致了史蒂芬妮的被杀害?"

这个问题仿佛百叶窗的旋钮,让斯科特僵住了。

安森继续说着,语气带着理所当然和设身处地的理解,"你中了枪,你的搭档被杀害了,这两个混账可能看到了一切,但从来没有站出来过。你肯定很愤怒,兄弟。那些凶手依然逍遥法外,谁又能责怪你呢?马歇尔和达里尔任由他们逃脱了,我能理解你为什么愤怒。"

沙克曼点头表示同意,他的眼睛一眨不眨,仿佛晦暗的硬币,"我也理解,鲍比,我也会想惩罚他们。哦,没错,我会想亲手报复。"

两个警探盯着他,等待着。

斯科特感到一阵头痛,他现在明白了,他们调查的东西比骚扰投诉要严重得多。

"你们为什么来这儿?"

安森第一次表现出了诚挚的友善,"来谈谈达里尔,这就是我们来这儿的原因。"

安森转身走向他们的车子。

"谢谢你的合作。"沙克曼说着也跟着他的上司离开了。

斯科特冲他们的背影喊道:"怎么了?安森,达里尔死了吗?"

安森坐进了副驾驶座,"如果我们有更多问题,我们会打电话给你的。"

沙克曼一路小跑到车道入口,然后坐到驾驶座后面。

皇冠维多利亚发动的一刻,斯科特喊了出来,"我是嫌疑人吗?告诉我发生了什么——"

车子开走的时候,安森转头望了他一眼说:"祝你愉快!"

斯科特望着他们离开,双手颤抖不已。他的衬衫被汗水浸透了,他告诉自己深呼吸,却做不到。

吠声。

他听到麦吉的吠声。他在这儿,麦吉却被困在客房里。她不喜欢这样,她想让他回来。

斯科蒂,别离开我。

"我来了。"

他打开门,麦吉跳上跳下,开心地转着圈。

"我在这儿。等等,宝贝,我也很高兴。"

斯科特并不高兴。他满怀困惑和恐惧,麻木地站在门旁,麦吉在他脚下打转。过了一会儿,他才注意到电话留言机的灯亮着,显示就在他与安森和沙克曼在外面谈话时,他收到了两个电话留言。

斯科特按下播放键。

"你好,斯科特,我是查理斯·古德曼医生。发生了一些重要的事,请立刻打电话给我。非常紧急。"

我是查理斯·古德曼医生。

就好像斯科特在连续7个月跟着他做治疗之后还不认得他的声音似的。

斯科特删除信息,然后继续听留言,下一条留言是鲍尔·巴德的。

"哥们儿,我是鲍尔。来之前打电话给我,马上打给我,老兄,别等到过来再找我。"

斯科特不喜欢巴德的紧张语气,巴德是他见过的最冷静的人之一。

斯科特做了个深呼吸,然后打给了他。

巴德说:"这该死的是怎么回事,老兄?发生了什么?"

斯科特祈祷他自己不会紧张得呕吐出来。从巴德的语气里,斯科特听得出他知道了些什么。

"你在说什么?"

"有内务司的家伙在这里等着你,兰德尔都快气炸了。"

斯科特深呼吸了几次,先是安森和沙克曼,现在内务司也找上门来了。

"他们想找我干什么?"

"哥们儿,你还不知道?"

继续假装冷静,直到你真能做到。

"鲍尔,快告诉我,他们说了些什么?"

"梅斯听到他们在里面跟兰德尔谈话。他们正在局里调查你,你不能回这里来了。"

斯科特感觉巴德似乎在与别的什么人交谈。

"我被停职了?"

"全停了,没有警徽,没有薪水。你得回家,等不管是啥的调查统统结束。"

"这简直是疯了。"

"打给工会吧,过来之前联系好代表和律师。看在上帝的份儿上,千万别告诉他们我打给了你。"

"麦吉呢?"

"哥们儿,她又不是你的。我会搞清楚我能做些什么,我再打给你。"巴德挂了电话。

斯科特感到一阵眩晕,几乎失去了平衡。他用力闭上眼睛,像古德曼教他的一样,想象自己独自躺在沙滩上。注意细节,就能分散精力。沙子在阳光下暖洋洋的,触感粗糙,带着死去的海藻、鱼和盐分的气味。烈日炎炎,直到他的皮肤在炽热的阳光下起了皱纹。斯科特冷静下来,心跳渐缓,头脑也逐渐清晰。他必须冷静下来才能清晰地思考,清晰意味着一切。

内务司在调查,但安森和沙克曼没有逮捕他,这说明逮捕许可令还没有发出,斯科特还有行动的自由,但他需要更多信息。

他拨通了克莱尔的手机,暗自祈祷不会被转到留言信箱。

电话响到第三声的时候,她接了。

"我是斯科特。乔伊丝,发生了什么?到底是怎么回事?"

她没有回答。

"乔伊丝?"

"你在哪儿?"乔伊丝问。

"在家,两个兰帕特警探刚刚离开。达里尔·艾什是不是死了?他们让我觉得好像我是嫌疑人。"

她再次犹豫了,仿佛不知该不该回答。斯科特开始害怕她会挂掉电话,好在她没有。

"两位帕克警探昨晚去找他取 DNA 样本,他们发现他被枪击身亡了。达里尔,罗雷,还有其中一个室友。"

斯科特坐到沙发上,"他们觉得我杀了三个人?"

"斯科特——"

"这听起来像是跟毒品有关的凶杀案,那些家伙贩毒,他们是瘾君子。"

"这种可能已经排除了。他们的毒品藏在了别的地方,他们也没有被抢劫。"

她又顿了顿说:"有人说你状态不稳定——"

"胡说八道。"

"——你曾经对米伦和斯特拉动粗,你一直以来承担的压力,还有你吃的那些药。"

"那些兰帕特的混蛋知道我的处方,他们很清楚我在吃什么药。他们怎么知道的,乔伊丝?"

"我不知道,没人该知道这些。"

"谁说我不稳定?"

"所有人都在议论你。顶楼那些人,不同部门的,谁都可能这么说。"

"但他们怎么可能知道呢?"

"这是件大事,他们不喜欢你干涉这起案件的方式。"

"我没杀那些人。"

"我只是告诉你有人这么说,你是个嫌犯。找律师吧,我能推荐几个给你。"

他让自己回到沙滩上,深吸气,深呼气。

麦吉把下巴放在他膝盖上。他抚摸着她海豹般光滑的脑袋,心想,不知道她喜不喜欢在沙滩上撒欢奔跑。

"我为什么要杀了他?我想知道他有没有看到什么,或许他没有,但现在我们不可能知道了。"

"或许你试图逼他说出来,结果失控了。"

"他们是这么说的吗?"

"有人这么提过,我得挂了。"

"你觉得是我干的吗?"

克莱尔沉默了。

"你觉得是我杀了他们?"

"不。"克莱尔挂了电话。

斯科特慢慢放下听筒。

麦吉柔和的棕色双眼望着他。

他摸摸她的脑袋,想知道达里尔死去时究竟知不知道什么有价值的信息。

"现在我们永远也不可能知道了。"

9个月对保守秘密而言是一段很长的时间。如果达里尔看到了什么,斯科特很怀疑他能否一直保密,也想知道达里尔会告诉谁。马歇尔可能知道,但现在他正在男子中心拘留所。

斯科特想了一阵子,走向自己的电脑。他打开分局网站,找到马歇尔的拘留编号和拘留所的联系电话。

"我是巴德·奥索警探,洛杉矶警局劫案凶杀部的。我想见一名嫌犯,名叫马歇尔·艾什。"斯科特读出了马歇尔的拘留编号,然后继续要求,"我会带来有关他弟弟的消息,所以这只是一次私下会面,他不需要律师在场。"

等会面安排好,斯科特扣上麦吉的牵引绳,然后尽快离开了客房。他必须行动,并保持行动,否则他不可能经受住这一切。

斯科特开上了影城的高速公路,驶往洛杉矶市区和男子中心拘留所。他摇下车窗,麦吉蹲坐在仪表盘上她的老地方,望着车窗外的风景,享受微风拂面。挤在这么小的地方,让她看起来很古怪,但她自己显得心满意足。

斯科特靠向她,就像他试图推开她时一样。当她也靠过来时,他感觉好多了。

等他走进拘留所,他希望他们还会让他出来。

第四章 搭 档

29

路过好莱坞交叉道附近的环球影城时,斯科特的电话响了。他希望是克莱尔或巴德带来了更多消息,但电话显示是古德曼——他最不想通话的人。但他还是接了电话。

"我是查理斯·古德曼,斯科特,我一直在试图联系你。"

"我正准备打电话给你的,我得取消我们明天的会面了。"

斯科特通常的会面时间刚好是第二天。

"我也准备打电话取消会面的。我诊所这里发生了一些事情,对我来说很尴尬,恐怕也会让你觉得不太开心。"

斯科特从未听过古德曼如此紧张,"你没事吧,医生?"

"对我来说,病人的隐私和信任是最重要的……"

"我相信你,发生了什么?"

"前天晚上,我的诊所被人闯入了。斯科特,有些东西被偷了,你的档案就在里面。我非常非常抱歉……"

斯科特脑海中闪过沙克曼和安森,以及警局高层不知为何听说了有关他的一些消息。

"医生,等等。我的档案被偷了?就我的档案?"

"不止你的,但你的在其中。很显然,他们随意抓了一把档案——现在和过去的病人,姓的首字母从G到K。我在打电话给……"

"你报警了吗?"

"两个警探过来了,他们派了一个人来找指纹。那个人留了些黑色的粉末在门窗和房间里,我不知道我该留它们在那儿还是清理干净。"

"你可以清理干净,医生,他们已经完成工作了。那些警探说什么?"

"他们没告诉我该留着还是清理了。"

"不是说指纹粉末,盗窃案是怎么回事?"

"斯科特,我想告诉你,我没告诉他们你的名字。他们让我列出档案被偷的病人的名字,但这违反了我们的保密协定。加州法律保护你的权利,我没有也不会指认你的姓名。"

斯科特觉得很糟糕,好像他的保密协定已经被违反了,"关于盗窃案,他们说了什么?"

"门窗都没有打开,所以闯入者显然有钥匙。警探说,这种盗窃案的犯人通常认识清洁人员。他们配了钥匙,然后看到什么就拿了什么。"

"清洁工拿档案干什么?"

"档案里有你的个人和账单信息。警探说我应该警告你——不只是你,所有人——让你们警告自己的信用卡公司和银行。我真是太抱歉了,这些人带走了你的疗程的记录,现在你还得跟信用卡公司打交道解决这些乱七八糟的事。"

斯科特的思绪从安森、沙克曼想到克莱尔,又想到古德曼被盗,一切都发生在同一时间。

"这是什么时候的事?"

"前天晚上。我昨天早晨来到诊所,看到所发生的一切,我的心立刻就沉下去了。"

3天之前,麦吉曾表现出对入侵者的警觉。斯科特记得自己在门锁上发现了粉末,但已经擦掉了。

斯科特转向下了高速路,驶上卡汉加大道。他一看到停车场就立刻停了下来,"医生?去你那儿的警探是谁?"

"啊,好吧,我有他们的——是的,在这儿,沃伦·布罗德警探和黛博拉·柯兰德尔警探。"

斯科特记下名字,告诉古德曼他过几天再打电话过来,然后立刻打给北好莱坞社区警察分局。他接通了刑侦处,报上自己的身份,然后要求跟布罗德或柯兰德尔警探通话。

"柯兰德尔在这里,请等一下。"

几秒之后,柯兰德尔接过电话,她精明而职业的声线令他想起了克莱尔。

"我是柯兰德尔警探。"

斯科特重复了自己的名字,加上了警号和部门。

柯兰德尔说:"好的,警官。有什么我能帮上你的吗?"

"你和布罗德警探在处理查理斯·古德曼医生的盗窃案,他在影城的诊所被盗的事?"

"没错,你为什么感兴趣呢?"

"古德曼医生是我的朋友,我只是私下里打来的。"

"明白了,你想问什么就问吧,我能回答就会回答的。"

"他们怎么进去的?"

"门。"

"有意思,你们告诉古德曼他们有钥匙?"

"不,就是我。我当时说的是,他们进来的方式很干净,通常情况下,这些人是从在这里工作的人手里买到了万能钥匙。我的搭档觉得门锁被人配了钥匙,我个人认为,他们用了撬锁枪。蹲在二楼走廊正中间,你肯定希望快点开门,撬锁枪容易多了。"

斯科特觉得身体侧面一阵刺痛:"为什么是这两种可能,而不是万能钥匙?"

"我想检查门锁,所以我借了医生的钥匙。钥匙摸上去很滑,我擦干净,打开门锁,钥匙又变滑了,两把锁里面都沾满了石墨。"

特兰斯艾姆的车门与车顶似乎正向他压过来,仿佛车子被强大的外力挤扁了。

"还有别的吗?"柯兰德尔问。

斯科特准备说没有了,接着又想起了什么,"指纹呢?"

"什么也没有,戴了手套。"

斯科特谢过她,挂了电话。他盯着过往车辆,每一辆车都让他愈发害怕。有人入侵了他的生活,还利用他的生活来构陷他谋杀了达里尔·艾什。有人想知道他知道什么,他在想什么,他对杀死史蒂芬妮的人有什么怀疑。有人不想让他发现是谁杀了史蒂芬妮。

斯科特掉转车头回家。他走到卧室,在壁橱里找到了自己的旧潜水包。那是个巨大的尼龙袋,现在满满地塞着脚蹼、浮力调整器和潜水装备。斯科特把里面的东西倒出来,麦吉在门口嗅着。他已经3年没有打开过这个袋子了,他不知道她是否闻到了海洋和鱼虾,或者时间已经磨灭了那些气味。

斯科特装上了剩余的枪和子弹、爸爸的旧手表、收音机闹钟下的现金、塞满了信用卡账单和收据的鞋盒、两套换洗衣物和自己的个人用品。他把洗手间里的药物都带走了,古德曼的名字在标签上,现在斯科特毫不怀疑这其中必有关联。3天前的晚上,有人闯入了他的房间,翻看了他的东西,发现了古德曼的名字。前天晚上,有人闯入了古德曼的诊所,带走了斯科特的治疗记录。

斯科特带着袋子走向客厅。他把之前收集的有关枪击的材料整理成一大摞,然后全部塞进袋子,空空如也的地板看上去宽敞了许多。

麦吉把脑袋探进袋子,然后望着斯科特,好像觉得无聊了似的,她走进厨房去喝水。

斯科特环视房间,思考着自己还应该带走什么。他加上了笔记本电脑,然后把墙上的图表和照片拿了下来。他考虑过把史蒂芬妮的照片留在墙上,但她从一开始就陪在他身旁,他希望她也能陪他到最后。她的照片是他放进包里的最后一件东西。

他扣上麦吉的牵引绳,把潜水袋背在肩上,调整平衡。他以为身子一侧会痛得厉害,不料却没有什么感觉。

"来吧,丫头,咱们去把这事儿解决。"

斯科特告诉厄尔太太他会离开几日,然后把潜水袋丢进后备厢,向高速路开去。

他们驶向拘留所,开得飞快。

30

乔伊丝·克莱尔踏上屋顶时,埃尔顿·约书亚·马雷对四周的环境皱起了眉头。

"看这里多脏,乱七八糟的,你那漂亮衣服会弄脏的。"

"没事的,马雷先生,谢谢你。"

屋顶遍地都是酒瓶、摔坏的烟管和安全套,跟她在斯科特·詹姆斯的照片中看到过的一模一样。她从楼梯井探出头去寻找方向,在死亡地带正上方的屋顶搜索。

马雷先生守在门旁,"让我来帮你吧,别弄坏了你的漂亮衣服。到楼梯这儿来,我给你找条沙滩裤和漂亮的马雷世界衬衫,布料超级软,就像在亲你的皮肤一样。"

"谢谢你,但我这样挺好的。"

克莱尔找到了路口的方位,开始穿过屋顶。

"当心针头,这儿有好些恶心的东西。"

他的关切很可爱,但也很烦人,克莱尔很高兴他留在了门口。

她翻过一道矮墙,来到角落的建筑,然后走到屋顶边缘。沿着护墙,那里有一道锈迹斑斑的低矮扶手,正如斯科特形容过的一样。扶手很脏,锈得厉害,满是坑洞。克莱尔靠过去仔细观察栏杆之间的位置,同时小心翼翼地不要让自己碰到它。

她看到4层楼之下的街道一如平常。然而9个月之前,3个人在这里遭到杀害,斯科特几乎流血至死,而街上曾响起枪声。

克莱尔沿着栏杆走下去,残存的黑漆已经褪色成了浅灰色,绝大部分金属栏杆上都覆盖着红棕色的铁锈。克莱尔轻轻碰了碰,观察着手指上的锈迹,这更像是棕色而非红色,但又红得足以看起来像干涸的血液。

她踮起脚来,试图看到人行道,但不够高。

她正在科学调查处捡到表带位置的正上方,当时,他们曾以为那红色污迹是血。

克莱尔从包里拿出证物袋,打开袋子,轻轻拿着皮革表带,小心翼翼地不让自己的手指碰到它。她隔着塑料袋拿着它,仿佛戴着手套。

克莱尔用另一只大拇指碰了碰栏杆,比较着拇指上的锈迹和表带上的污迹,它们看起来很像。克莱尔再次将大拇指按在栏杆上,摩擦几下,想沾上更多锈迹。现在,表带上的污迹与她手指上的锈迹看起来一模一样了。克莱尔受到了鼓舞,但也知道,这种外表上的相似证明不了什么。

她重新密闭好证物袋,放进包里,然后掏出一个白色信封和一支笔。她用笔收集了大量铁锈,并装进信封。当觉得已经收集了足够多的时候,她封好了信封口。她对马雷先生的帮助表示了感谢,然后带着取样去了科学调查处。

31

男子中心拘留所是一栋外表低矮光滑的水泥建筑,位于唐人街和洛杉矶河之间。它看上去肃穆且冷峻,若不是四周的铁丝网和高墙之内的5000名嫌犯,倒也可能被当成一座财力雄厚的大学科研中心。

斯科特把车停在街对面的公共停车场,但他在车里多等了一会儿,一只手搁在麦吉背上,好让他们都冷静下来。25分钟之后,麦吉嗅了嗅,耳朵突然警觉地直立起来。斯科特扣上她的牵引绳,等待着。当巴德出现时,他们下了车。

"在我看到你之前40秒,她就知道你出现了。"

巴德显然有些不安,他的眼睛眯成一条缝,嘴巴弯成不悦的弧线,"内务司的老鼠们走了,他们觉得你今天不会来了。"

"不是我干的。"

"该死,老兄,我知道,要不然我就不会来这儿了。"

斯科特不知道自己在拘留所里时麦吉该怎么办,于是他在高速路上打了电话给巴德。巴德觉得他疯了,但他还是来了。

斯科特交出牵引绳,巴德皱了皱眉头,但还是接了过来。他让麦吉嗅嗅自己的手,然后抚摸她的脑袋说:"我们出去散个步,你出来之后给我发短信。"

"要是他们会把她带走,帮我给她找个好家庭,行吗?"

"她有家,走吧。"

斯科特迅速走开,没有回头。他们知道,麦吉会试图跟上他。她也确实这么做了,在她的世界里,他们是搭档,而搭档就应该待在一起。

麦吉呜咽着、低吠着,他听到她的爪子挠着柏油路面,好像在挠着一叠文件。巴德警告过他不要回头或挥手道别,或做出任何人类习惯的愚蠢行为。狗不是人,目光接触会让她更拼命地想要跟上他。狗能通过你的目光看到你的心,巴德告诉过他,狗会被我们的心所吸引。

斯科特躲开路上的车子,穿过马路,走进大门。在他7年的巡警生涯中,他来拘留所的次数不超过20次。大部分时候是为了把嫌犯或囚犯从他的地方分局押送过来,而他们通常走的是后门的一道斜坡。

斯科特花了些时间来辨明方向,然后告诉副警长他约好了来见一名嫌犯,他报出了马歇尔的姓名。他穿着深色警服,胸前扣着警徽,看上去完全不像个劫案凶杀部的警探。他深呼吸了一次,然后自称为巴德·奥索。

副警长没说什么,只是打了个电话。几分钟后,一名女性副警长出现了。

"你是奥索?"

"是的,女士。"

"我们正在把他带出来,我带你到后面去。"

斯科特并没有感到放松,他跟着她穿过安全岗,走进一个房间,她要求他交出了手铐和武器。她递给他一张收条,把东西锁进枪支保险柜,然后带他走进了会客室,斯科特很满意这个房间。普通访客和律师会被带到小隔间里,他们与囚犯通过电话交谈,中间被沉重的玻璃隔开,执法人员则要求有更灵活的会面环境。房间里有一张胶木桌和三把塑料椅,桌子靠在墙上,有金属钢条卡住,防止囚犯做出不安全的举动。斯科特坐在面向门口的椅子上。

"他正在过来,你还需要什么吗?"女警长说。

"不用了,谢谢,就这样。"

"我就在走廊尽头,结束之后,走出这扇门,右转。我会把你的东西还给你。"

一个刚从警校毕业的年轻男狱警带着马歇尔走进房间。马歇尔穿着浅蓝色连体装和运动鞋,像铅笔一样纤细的手腕上戴着手铐。他比斯科特记忆中的更加苍白憔悴,这可能是戒毒导致的。马歇尔扫了一眼斯科特,然后盯着地面,正如他从自己家里被押送出来时一样。

年轻狱警让马歇尔坐在斯科特对面的椅子上,然后将手铐铐在铁条上。

"不用这么做,我们没事的。"斯科特说。

"我必须这么做。马歇尔,你还好吗?"

"嗯哼。"

狱警关上门走了。

斯科特审视着马歇尔,意识到自己并无计划。他不了解马歇尔·艾什,只知道他是个自暴自弃的瘾君子,而他的弟弟和女友昨晚被杀了。马歇尔或许今早已经得知了消息,他红彤彤的眼睛或许是哭泣导致的。

"你爱你的弟弟吗?"斯科特问。

马歇尔飞快地瞄了他一眼,斯科特在他红肿的双眼中捕捉到了一丝怒火。

"这算什么问题?"

"对不起,我不知道你们的关系怎么样。有些兄弟,你知道的,他们可能彼此仇恨。还有些人……"斯科特没说下去。

马歇尔眼眶中的泪水说明了一切,"我从他9岁开始把他一手带大的。"

"对不起,关于达里尔和艾丝特拉……我知道这很让人难过。"

马歇尔的目光再次闪过愤怒,"噢,好吧,当然了。饶了我吧,老兄,咱们谈正事儿吧,谁杀了我弟弟?"

斯科特把椅子往后一推,站起身来,解开衬衫扣子。

马歇尔往后一靠,显然是大吃了一惊。他完全不理解眼前在发生什么,于是拼命摇着头,"不,别这么干。停下,哥们儿,我要叫狱警过来了。"

斯科特把衬衫扔到椅子上,脱下内衣。马歇尔的表情变了,他看到了斯科特左肩上灰色的伤痕,以及他身子右侧丑陋而粗糙的Y形伤疤。

斯科特让他看了个清楚,"这就是我知道的。"

马歇尔看了一眼斯科特,目光又移回到伤疤上。他控制不住自己,一直盯着伤疤看,"发生了什么?"

斯科特穿上内衣,扣好扣子。

"当你们就定罪讨价还价的时候,你告诉警探,9个月前你偷了一家中国进口货物商店。他们问你有没有目击一起枪击案,3个人被杀害,还有一个奄奄一息。"

马歇尔点点头,回答道:"没错,长官,他们问过我。那起案子确实是我干的,但我没看到枪击。我的理解是,这些都是我离开之后发生的。"

他瞟了一眼斯科特的肩膀,但那儿的伤疤被衣服遮住了。

"那是你吗,奄奄一息的那个?"马歇尔看上去真诚且自然,斯科特知道他在说实话,用不着测谎。

"那天晚上,我失去了很亲密的人。昨晚,你失去了你的弟弟,正是对我做下这桩事的人杀了达里尔。"

马歇尔坐在那里盯着他,面部表情抽搐着,试图搞明白这一切。他的眼睛微微闪烁,斯科特心想,如果巴德是对的,如果一条狗能通过人们的眼睛看到他的心,那么麦吉会从马歇尔的眼中看出他已经心碎了。

"帮我搞明白吧,因为——"

"达里尔那晚跟你在一起吗?"

马歇尔再次往回一靠,仿佛被激怒了,"什么玩意儿?我不带达里尔去抢劫的,你在胡说些什么?"

"在屋顶上,给你望风。"

"没这回事。"他没说谎,马歇尔说的是实话。

"达里尔在那儿。"

"胡说八道,我告诉你,他没有。"

"如果我告诉你我能证明他在那儿呢?"

"我会说你是个骗子。"

斯科特决定不提到麦吉,只告诉马歇尔他们做过DNA测试。但就在他拿出手机寻找表带的照片时,他突然想到马歇尔可能会记得他弟弟的手表。

他举起手机,让马歇尔看到,"达里尔有没有一块手表,表带是这样子的?"

马歇尔慢慢坐直了身子,他伸手想接过电话,但铁棍阻止了他,"那是我买给他的,是我送他的。"

斯科特沉思着,马歇尔现在站在自己这一边,他帮得上忙。有时候,运气比 DNA 还要好用。

"我被枪击的第二天早晨,他们在人行道上发现了这个,这些小小的污迹来自旁边屋顶上的铁栏。我不知道那天晚上他什么时候上过屋顶,不知道为什么,也不知道他看到了什么,但达里尔曾在那里。"

马歇尔缓缓摇头,试图回忆起来,他叩问着自己的记忆。

"你是说,他看到了那些杀手?"

"我不知道,他从没跟你提到过?"

"没有,当然没有,从来没有。上帝啊,你觉得我能记起来吗?"

"我不知道他有没有见到过他们,但我想,那些枪手可能害怕被他看到了。"

马歇尔挪开目光,在小小的房间中寻找着答案。

"你们都以为我看到了枪击,可是我没有。可能达里尔跟我一样很早就离开了,什么也没看见。"

"那么他们就毫无理由地杀害了他,他是不会死而复生的。"

马歇尔用肩膀擦了擦泪水,蓝色衣服上出现了黑色的泪痕,"见鬼的,这真是狗屎!狗屎!"

"我想找到他们,马歇尔。为了我自己,我的朋友,也为了达里尔,我需要你帮我。"

"那混账家伙,要是他看到了什么,他也没告诉过我。就算他什么也没看见,他也一样没告诉我。可能他害怕我会揍他!"

"如果有类似这样疯狂和令人激动的事,他会告诉谁?就当他看到了,咱们就这么假设一下。"

因为如果达里尔离开屋顶时什么也没看到,斯科特就不知道自己该去哪里了。

"这是件大事。他会告诉谁？他最好的朋友。就算他害怕告诉其他任何人，他也可能告诉这个人。"

马歇尔点点头答道："艾米莉亚，他孩子的妈妈。"

"达里尔有孩子？"

马歇尔的目光在房间里游移，他在努力回忆，"大概两岁，是个女孩。我不知道是不是真的是达里尔的孩子，但艾米莉亚说是的。他爱她。"

接着，马歇尔意识到自己说错了什么，"是爱过。"

她的名字是艾米莉亚·古伊塔，孩子的名字是吉娜。马歇尔不知道她的地址，但告诉了斯科特能在哪里找到她的住处。马歇尔已经有一年没见过那孩子了，他想知道她长得像不像达里尔。

斯科特发誓会告诉马歇尔他想了解的事，然后准备离开去找狱警。这时，马歇尔在他的椅子里转过身子，问出了斯科特始终在扪心自问的问题。

"过了这么久，他们怎么会突然开始害怕达里尔看到了他们？他们怎么知道达里尔曾经在上面？"

斯科特觉得自己知道答案，但没有回答，"马歇尔，警探可能会回来找你。别告诉他们这次会面，别告诉任何人，除非你听说我死了。"

马歇尔红肿的双眼流露出惧意，"我不会的。"

"包括警探，不，特别是警探。"斯科特强调道。

斯科特出门右转，拿回了手铐和枪，然后尽快离开了拘留所。

他在停车场旁的人行道上等了差不多 10 分钟，巴德和麦吉才出现在拐角。麦吉活蹦乱跳地绷直了牵引绳冲他扑来，于是巴德松开了她。她耳朵向后弯着，伸出舌头，冲向斯科特，仿佛是全世界最开心的一条狗。

斯科特张开双臂,刚好将她拥入怀中——85磅黑棕色的爱。

巴德看上去可不像麦吉那么开心,"里面发生了什么?"

"我还没出局。"

巴德咕哝了一声,"好吧,那么,就这样吧,稍后再见。"

巴德转身准备离开。

"鲍尔,马歇尔认出了表带,是达里尔的。麦吉找对了人,老兄。"

巴德扫了一眼那条狗,然后又看了一眼斯科特,"我从没怀疑过。"

"我也没有。"

斯科特和麦吉钻进了车里。

32

在高速路北面回声公园附近一条破败的街道上,斯科特找到了艾米莉亚·古伊塔那栋建于战前的公寓楼。这栋老建筑有3层楼,每层4个单元,内部中央有楼梯,没有空调,跟整个街区的其他建筑别无二致,除了哭泣的圣母——她的房子正面画着一幅圣母玛利亚哭泣的巨型图画,泪水滴滴都是鲜血。马歇尔告诉斯科特,这幅画里的人物看起来更像是患了厌食症的蓝精灵,但肯定一眼就能认出来。马歇尔说得没错,圣母蓝精灵有3层楼那么高。

马歇尔不记得哪个单元是艾米莉亚的住处,所以斯科特去找了管理员。警服帮了他大忙。背面顶楼——304。

斯科特不知道达里尔的死讯是否已经传到了艾米莉亚耳中。当他和麦吉走到三楼时,他听到了哭声,于是知道她已知晓。他停在她门前听着,麦吉嗅着地板和门窗侧壁。屋子里有个小孩哭得上气不接下气,旁边是一个抽泣的女人,不停地求孩子别哭了,告诉她一切都会好的。

斯科特敲了敲门。

孩子继续哭着,但抽泣声停止了。片刻之后,哭泣声也停止了,但没人来开门。

斯科特又敲了敲门,用巡警的语气说:"警察,请开门。"

20秒后,依然没有回应,于是斯科特又敲了敲,"警察,请开门,否则我就让管理员帮我开门了。"

啼声再度响起,女人的抽泣声从门后传来,"走开,走开!你不是警察。"

她听起来很害怕,于是斯科特的声音柔和下来,"艾米莉亚?我是警察,我来询问关于达里尔·艾什的事。"

"你叫什么?你叫什么?!"

"斯科特·詹姆斯。"

她的声音升高到几乎像是尖叫了,"你叫什么?"

"斯科特·詹姆斯,我的名字是斯科特,我是警察。请开门,艾米莉亚,吉娜安全吗?我不会走的,除非我看到她安然无事。"

他终于听到门闩滑动的声音,斯科特后退一步,好让自己显得不那么可怕。麦吉按照训练自动在他左腿旁站好,面对门口。

一个不到20岁的女孩从门缝里往外窥视。她有着一头稻草般的长发,皮肤苍白,皱皱巴巴。她的眼睛和鼻子红彤彤的,嘴唇随呼吸颤抖,但她的表情并不像是心碎或悲痛。

斯科特曾在其他地方见到过这种神情:被丈夫长期家暴的女人;逃离皮条客殴打的妓女;心有余悸的强奸受害者;孩子失踪的母亲——仿佛更坏的事情随时可能发生。斯科特熟悉恐惧的面孔,他在艾米莉亚·古伊塔脸上看到了这种表情,立刻就知道了:达里尔目睹了枪击案,也告诉过她一旦被凶手发现,他就会被杀害。

她擦掉脸上的鼻涕,又问了他一遍:"你叫什么名字?"

"我是斯科特,这是麦吉。你和吉娜还好吗?"

她扫了一眼麦吉,"我得收拾东西了,我们要搬家。"

"我能看看孩子吗?我想知道她好不好。"

艾米莉亚瞥了一眼楼梯,仿佛有人可能藏在那里,然后迅速打开门走到孩子身旁。吉娜在围栏床里,脸上沾满了鼻涕。她有着一头黑发,但看起来一点都不像达里尔。艾米莉亚举起她来胳肢她,然后又把她放回围栏里。

"在这儿,你看到了?她没事。现在我得收拾东西了,我有个朋友要过来,她叫瑞秋。"

一个褪色的蓝色小行李箱放在门边,一个比斯科特还老的新秀丽大行李箱在地板上敞开着,像一只巨大的蛤蜊。她冲进卧室,拖出了一个棕色垃圾袋,里面装满了衣服。

"达里尔说他们会杀了你吗?"斯科特问。

艾米莉亚把袋子丢在门边,又跑回了卧室,"没错!那个混账玩意儿,他说他们会杀了我们的,我才不会等死。"

"谁杀了他?"

"那些该死的杀手。你是警察,你不知道吗?"

她抱着一个垃圾篮跑回来,里面装满了梳子、刷子、发胶和化妆品。她把东西倒进行李箱,把垃圾篮扔到一旁,然后把一个小小的紫色袋子塞进斯科特手里,"拿着吧,我说过那个混蛋家伙是白痴。"

她转身要回卧室,斯科特抓住了她的胳膊,"别急,听我说,艾米莉亚。9个月之前,达里尔告诉你什么了?"

她抽泣着,揉了揉眼睛,"他看到那些戴面罩的家伙冲一辆车开枪。"

"告诉我他到底说了什么。"

"他说要是他们知道他看见了,他们肯定会杀了我们和孩子。我想收拾东西。"

她试图扭身离开,但斯科特拦住了她。麦吉靠近了些,低声咆哮,"我来这儿就是为了阻止他们,懂吗?这就是我在这里的原因。帮帮我,告诉我达里尔说了些什么。"

她不再挣扎,低头盯着麦吉问:"这是只警犬?"

"是的,警犬。达里尔告诉了你什么?"

斯科特感觉到她放松下来,于是松开了她的胳膊。

"他在某个地方的大楼顶上,听到了撞车的声音。傻乎乎的达里尔过去想看热闹,结果那里有辆卡车,还有警察和一堆人围着一辆劳斯莱斯,把那车打成了筛子。"

斯科特没费心思纠正她。

"他说那简直是疯了。他说,那儿有辆老爷车,还有戴面罩的人开枪打警察和劳斯莱斯。达里尔吓坏了,他从楼顶上冲了下去。但等他跑到地面时,周围已经安静下来,那些人互相叫喊着,所以白痴达里尔就跑过去看了。"

"他告诉你他们在喊什么了吗?"

"就是'狗屎,快跑,找到那该死的东西'之类的。他们被警笛吓到了,当时有警车正开过去。"

斯科特意识到他屏住了呼吸,他的脉搏在耳畔突突跳动,"达里尔说过他们找到了什么吗?"

"有个家伙钻进了劳斯莱斯,拿出一个保险箱来,然后他们挤进那辆车逃跑了。傻蛋达里尔还想,劳斯莱斯里有富人,他可能偷到个戒指或者手表什么的,于是他跑到那辆车前面。"

斯科特觉得达里尔可能编造了一部分故事,"就在警车愈来愈近的时候?"

"打坏的那辆?里面两个人都被打成蜂窝了,到处都是血,我的白痴男朋友拼了老命才拿到 800 块钱,还有这个——"她拍了拍那个紫色小包,"我说,你这个蠢货,你疯了吗?钱上有血。白痴达里尔身上都是血,他吓坏了。他让我发誓我们谁也不能说,提都不能提,因为那些疯子会杀了我们。"

"他看到他们的脸了吗?"

"你没听到我刚刚说的吗?他们戴了面罩。"

"可能有人拿下过面罩。"斯科特急切地说。

"他没说。"

"有没有提到文身,头发颜色,戒指或者手表?他有没有用任何方式形容过他们?"

"我只记得面罩,就像滑雪面罩一样。"

斯科特努力思考着,"你一直在问我的名字,为什么要问我的名字?"

"我以为你是他们的人。"

"这是什么意思?他听到他们的名字了?"

"斯奈尔。他听到有个人说,'斯奈尔,快走'。如果你的名字是斯奈尔,我不会让你进来的。听着,我得打包走人了。求你了,瑞秋快到了。"

斯科特望着手中的小袋子,它是薰衣草般的浅紫色,用细绳封口,上面有一个小小的污点。斯科特打开它,将 7 颗灰色的石头倒在手心。麦吉扬起鼻子,因为斯科特的好奇而好奇。他已经了解到她的这个特点,如果他注意某个东西,她也会感兴趣。斯科特把石头倒回袋子里,然后把袋子装进口袋。

"瑞秋什么时候来?"

"现在,随时。"

"打包吧,我帮你拿东西。"

瑞秋抵达时,她已经准备好离开,斯科特帮忙搬着新秀丽行李箱和装满衣服的垃圾袋。艾米莉亚抱着小女孩和一个枕头,瑞秋则拿着所有其他东西。斯科特松开麦吉,让她在后面跟着。在斯科特的要求下,艾米莉亚没有锁门。所有东西都搬进车里之后,斯科特要了她和瑞秋的手机号码,然后把艾米莉亚带到一旁。

"别告诉任何人你跟瑞秋在一起,别告诉任何人你认为达里尔身上发生了什么,也别说达里尔那天晚上看到了什么。"

"不能派个警察跟着我吗?就像证人保护计划一样?"

斯科特假装没听见。

"你听到马歇尔的消息了吗?他被关押在男子中心拘留所的事?"

"没,我不知道。"

斯科特重复了一遍,"男子中心拘留所。我会在两天之内打给你,行吗?但如果你没接到我的电话,我想让你在第三天去找马歇尔,告诉他你告诉过我的这些话。"

"马歇尔不喜欢我。"

"带吉娜去,告诉他达里尔看到了什么,告诉他所有事情,就像你刚刚告诉我的一样。"

她满心恐惧和困惑,斯科特觉得她可能上车之后会让瑞秋立刻开车,跑得远远的,再也不回头。但她看了看麦吉,"我找到了个挺大的地方,我也想养条狗。"

然后她上了瑞秋的车,她们离开了。

斯科特让麦吉小便,然后拿出自己的潜水袋,把它拖进艾米莉亚的公寓。他在厨房里发现了一个大碗,他往里面盛满水,然后放在地板上。

"这是你的,我们可能要在这儿住几天。"

麦吉嗅了嗅水,然后走开去探索这间公寓。

斯科特坐在艾米莉亚公寓里的客厅沙发上,把潜水袋搁在一旁。他盯着墙壁,感到疲惫不堪,恨不得自己出现在世界另一端,有另外一个名字,换上另外一个脑袋,里面不再有愤怒和恐慌。

斯科特打开紫色小袋,倒出了里面的石子,他很确定这7颗石头是未经切割的钻石。每一颗都跟他的指甲差不多大,呈现出半透明的灰色。它们看起来像是冰毒,这种讽刺让他不禁一笑。

他把它们放回袋子,笑容也不见了。

国际刑警曾将比斯特和一个法国黑市钻石贩子联系起来,这曾让米伦和斯特拉怀疑比斯特走私钻石进美国,或是来美国取货。不管怎样,犯罪团伙发现了他们的计划,于是跟踪比斯特,并在抢劫过程中杀害了比斯特和帕拉斯安。米伦和斯特拉在这些推测之下展开调查,直到同一个人——那个告诉他们比斯特与钻石有关联的人——随后又告诉他们,比斯特没有卷入这种活动。

斯科特细细考虑了一番,米伦和斯特拉并不知道比斯特与钻石的联系,直到米尔斯提出这一点,引起了他们的注意。为什么先是提出这一点,然后又否决了它?要么是米尔斯的信息有误,他诚实地解除了对比斯特的怀疑。要么是他故意说谎,转移调查方向。

斯科特不知道米尔斯从何得知这一联系,又为何中途改变了主意。

斯科特翻了翻潜水袋,找到他过去几周里收集的调查信息。

当时负责案子的仍然是米伦,他曾给了斯科特一张名片,背面写着他的家庭电话和手机号码。他说斯科特随时都可以打给他,那时他们还没有闹翻,米伦还不会拒绝回他的电话。

斯科特盯着米伦的电话号码,琢磨着该说什么,有些电话确实很难打。

麦吉从卧室里走出来,她打量了一下斯科特,然后走向打开的窗户。他猜想,她正在探索这一崭新世界的气味。

斯科特拨通了电话,他打算如果电话转接到了米伦的留言信箱,就立刻挂掉。但铃声响到第四下的时候,米伦接了电话。

"米伦警探,我是斯科特·詹姆斯,我希望你不介意我打电话来。"

沉默良久之后,米伦才开口回答:"我觉得这要看情况,你还好吗?"

"我想来见你,如果可以的话。"

"呃,为什么?"

"我想道歉,面对面。"

米伦笑了,斯科特感到松了口气。

"我已经退休了,兄弟。如果你打算大老远跑过来,那就来吧。"

斯科特记下了米伦的地址,扣上麦吉的牵引绳,然后开车前往西米谷市。

33

米伦把草坪躺椅往后一推,盯着头上的树叶说:"看到那棵树了吗?我和我老婆买下这地方的时候,那棵树还不到8英尺高。"

斯科特和米伦坐在米伦家后院一棵鳄梨树浓密的树荫下,喝着加了柠檬片的无糖可乐。地面上遍布腐烂的鳄梨,活像一坨坨粪便,吸引了乌泱泱一大片虫子在旁边盘旋。几只小虫绕着麦吉飞舞,但她似乎毫不介意。

斯科特仰望这棵树。

"想吃多少鳄梨就有多少,一辈子都吃不完,棒极了。告诉你吧,有几年,它能结出最棒的鳄梨。其他年头呢,就只有一串串小得可怜的东西。我得搞明白这究竟是怎么回事。"

米伦是个胖乎乎的老头,有着一头稀疏的灰色头发,以及遍布皱纹且晒得黝黑的脸庞。他与妻子在圣苏珊娜山脚下的一片土地上拥有一栋小小的农庄式住宅,离洛杉矶很远,已经到了圣费尔南多谷底西侧。开车去洛杉矶市区需要很久,但便宜的房价和舒适的小镇生活足以弥补这小小的交通不便。

很多警察都住在这里。

米伦开门时穿着短裤、拖鞋和褪色的哈雷T恤,他很友好地让斯科特带麦吉从房子侧面绕过去,自己在后院里等着他们。几分钟后,米伦出现在后院里,还带来了无糖可乐和一个网球。他让斯科特坐到椅子上,在麦吉面前晃了晃网球,然后扔到院子的另一侧。

麦吉像没看见一样。

"她不爱追着球跑。"斯科特说。

米伦看上去很失望,"太可惜了,我有一条拉布拉多,她整天追着球跑。你喜欢警犬分队吗?"

"特别喜欢。"

"太好了,我知道你的心思在特警队,但能找到其他喜欢的工作也不错。"

他们坐在树下,斯科特想起了兰德尔喜欢讲的笑话。

"特警队和警犬队之间只有一个不同——狗不会讨价还价。"

米伦爆发出一阵大笑。等他笑得差不多了,斯科特面对着他,说:"听我说,米伦警探——"

米伦打断了他,"我退休了,叫我克里斯或者老爷都行。"

"我是个混蛋,我当时又粗鲁又暴力,而且错得一塌糊涂。我很惭愧自己竟做出过那种事,我向你道歉。"

米伦盯着他看了一会儿,然后举起杯子,"没这个必要,但还是谢谢你。"

斯科特跟米伦碰杯,然后米伦向后靠了回去,"我只是想让你知道,你当时做的那些吧,不管怎样,我都明白。见鬼的,但我当然想结案了。不管你怎么想,我真是竭尽全力了,我和斯特拉都是,所有参与的人都是。"

"我知道,我读过了调查报告。"

"巴德让你参与了?"

斯科特点点头,米伦再次举杯,"巴德是个好人。"

"当我看到你们做的全部报告时,我真是震惊了。"

"很多晚通宵达旦,我很惊讶我居然还没离婚。"米伦自我嘲笑道。

"我能问点事吗?"

"随便问。"

"我见到了伊恩·米尔斯……"

米伦的大笑打断了他,"自我男!巴德有没有告诉你,他们为什么管他叫自我男?"

斯科特发现自己很喜欢跟米伦聊天。以前工作时,他总是板着脸,一副拒人于千里之外的模样。

"因为他的名字是伊恩①?"

"一点关系也没有,虽然当他的面所有人都这么说。首先澄清一下,那家伙是个不错的警探,真心是的。而且他战绩显赫,可是每次他接受访问的时候,总是说我发现、我找到、我逮捕、我……独占了所有功劳。上帝啊,自我男?其实是个自大狂。"

米伦再次大笑起来,斯科特仿佛受到了鼓舞,米伦喜欢谈论自我男,似乎也愿意讨论案情。但斯科特很谨慎地逐步推进话题,"你生他的气吗?"

米伦看起来很惊讶,"为什么?"

"跟比斯特有关的事,他让你们去查钻石那条线。"

"他跟阿诺德·克劳夫有牵连的事?那个黑市贩子?是伊恩帮我们排除掉的。国际刑警有一张清单,上面列出了跟克劳夫有关的人,比斯特也在单子上,但那是假的。克劳夫的商业经理人联合了150多个合伙人一起投资了比斯特的几个项目,这不算有联系。"

"这就是我的意思,看起来他应该自己先查清楚的,免得别人麻烦。"

"不,他得先告诉我们,他有丹兹。"

斯科特想了一会儿,但没想起来这个名字,"我不知道,什么是丹兹?"

"你知道的,丹兹装甲车案。帕拉斯安的案子发生前3到4周,一辆丹兹装甲车运输公司的车在从洛杉矶机场到比弗利山庄的路上被抢劫了,司机和两名警卫都死了,罪犯弄到了价值2800万的未经切割的钻石。当然,你不可能从新闻里听到这消息。想起来了?"

---

① 即Ian,首字母为"I",也就是汉语的"我"。

斯科特沉默了片刻,想到了口袋里的紫色小袋,他觉得太阳穴有些灼热,"是的,有点印象。"

"这种大劫案通常跟专业人士有关。伊恩听说钻石会流向法国,于是要求国际刑警注意可能的买家。这些都发生在比斯特被害前几周,所以当时他的名字毫无意义。但他死了,考虑到比斯特和克劳夫有联系,而恰好又发生过丹兹这件事,我们就得调查这条线了。等我们发现他们没有关系,才知道比斯特只不过是恰好在那晚下飞机的一个法国人罢了。"

斯科特望着飞虫在鳄梨上空盘旋,幻想着自我男像一只飞虫在比斯特身上盘旋。斯科特感到裤子里鼓鼓囊囊的,于是用手指摸着里面的钻石。

米伦冲一只飞虫拍过去,然后看了看手掌,"我真讨厌这些该死的东西。"

斯科特想问问米伦丢失的光盘,但知道他得小心些。米伦似乎不介意谈论这些事,但如果他发现斯科特正在调查其他人的调查情况,他可能会打电话的。

"我懂了,但有些事让我好奇。"

"这没啥,我也是。"

斯科特笑了,"你们一路调查帕拉斯安和比斯特,从洛杉矶机场一直到死亡地带,他在哪里拿到的钻石呢?"

"他没有。"

"我是说,在你们排除他的嫌疑之前,你觉得他可能在哪里拿到钻石呢?"

"我知道你的意思,他没有。你知道当有人偷了钻石的时候会做什么吗?"

米伦没有等斯科特回答,"他们会找到买家。有时是保险公司,有时是克劳夫这种黑市贩子。如果是黑市贩子买了,你知道他会做什么吗?他也得找一个买家。我们之前相信克劳夫买下了这些钻石,带去了法国,然后卖给了洛杉矶的买家。"

"也就是说,比斯特是他的送货人。"

"我们有洛杉矶机场的录像,从行李传送带到停车场,还有餐厅和酒吧的监控录像。除非有人在红灯时把钻石扔给他——我也考虑过——但更可能是他带进来的,这不重要,他根本跟克劳夫的生意没关系,也就是说整个钻石的故事都是海市蜃楼。你等着吧,巴德会找到那些人的,法网恢恢,疏而不漏嘛。"

斯科特觉得自己已经问得够多了。他想知道更多关于丹兹的事,但还是决定结束这次与米伦的会面,"听着,克里斯,谢谢你让我过来。那些文件让我大开眼界,你的工作非常了不起。"

米伦点点头,微微一笑,"谢谢你,但我只能说,如果真的读了那些文件,那你肯定也睡了不少觉。"

米伦大笑起来,斯科特也随着他大笑,但米伦突然停下来,逼近他。

"你到底为什么来这里?"

麦吉抬起了头。

米伦的眼睛四周布满皱纹,但目光锐利,且耐人寻味。米伦在岗位上工作了34年,在劫案凶杀部工作了差不多20年。他可能讯问过超过2000名嫌犯,大部分都被他送进了监狱。

斯科特知道自己跨越了界限,但他想知道米伦怎么想,"如果比斯特身上确实带了钻石呢?"

"我会觉得这想法很有趣。"

"丹兹的案子还没结?"

米伦锐利的双眼一眨不眨,"结案了。"

斯科特很惊讶,但米伦的目光中只流露出了深思与距离感,斯科特不禁问道,"你跟他们谈过了?"

"太晚了。"

从米伦未曾移开的目光中,斯科特读出了什么,"为什么?"

"他们被发现在法斯金中枪而死,就在你中枪之后的第32天,他们当时已经死了至少10天。"

法斯金是圣贝纳迪诺山区的一个小小的度假镇,距洛杉矶东边两小时车程。

"那些抢劫丹兹的人?身份确认了?"

"确认了,专业抢劫团伙,记录长着呢。"

"这可不叫确认。"

"我们发现了一把枪,就是用来杀害丹兹司机的那把,还找到了两颗未加工的钻石。保险公司确认了那两颗钻石是丹兹运送货物中的一部分,算确认了吧?"

斯科特缓缓点头,"我猜也是。"

"不管怎样,要是你想打赌,我要赌是他们干的。"

"钻石都找回来了?"

"据我所知,没有。"

斯科特觉得这个回答很古怪,"谁杀了他们?"

"他们当时在山侧的一间小屋里,旁边没有别的房屋。有人推测是他们在抢劫发生之后躲在那里寻找买家,结果被人干掉了。"

"在劫案之后两个月?"

"嗯,两个月。"

"你相信了?"

"不太确定,我还不能确定。"

斯科特迎上米伦的目光,想知道他是否在暗示斯科特可以问更多问题,"32天。在发现这些人之前,你就已经排除比斯特了?"

"没错,但把丹兹案结了也是个不错的结局。就算之前有所怀疑,它也算一锤定音了。"

"谁结的案?"斯科特问。

"圣贝纳迪诺警局。"

"丹兹是我们的案子,谁给我们结了案?"

"伊恩。"

米伦缓缓撑起身子,像老人一样呻吟着说:"坐太久让我身子都僵了。来吧,我送你走,这段路可比你想象的要远。"

他们走向车子的时候,斯科特再次挣扎了一番要不要把钻石拿给米伦看。米伦显然思考过这些问题,但却只给出了模棱两可的回答,似乎想让斯科特自己弄个明白。这意味着米伦仍然牵涉其中,或许他很害怕,或许只是逗弄斯科特去查清楚他已知道的事。斯科特决定还是把钻石留在口袋里,他不能把钻石和艾米莉亚暴露给任何他不信任的人。

斯科特让麦吉钻进车里,然后转向米伦。他想到了最后一个问题,"你自己看过录像吗?"

"哈!或许伊恩什么事儿都自己干,但我可不是个自我男。这种规模的案子,你得找人帮忙。"

"也就是说,有其他人检查过录像。"

"你得相信手下告诉你的事。"

"是谁查的?"

"不同的人,你应该能从文件里或者证物记录里找到。"

斯科特知道答案会如此,但米伦似乎也给他指明了方向。接着,米伦又加了一句,"自我男总让人觉得他一个人就能搞定一切,但你肯定不相信,他也有帮手。你也知道,那都是他信任的人。"

斯科特观察着他那双锐利而充满思绪的双眼,意识到自己只能发现米伦想让他发现的东西,"谢谢你让我过来,这道歉来得太晚了。"

斯科特坐进驾驶座,发动引擎,摇下窗户。米伦望着他身后的麦吉,她已经蹲在了仪表盘上。

"她这样不会挡住你的视线吗?"

"我习惯了。"

米伦的目光移到斯科特身上,"我已经退休了,但我还是希望看到结案的那天。回家的路上开慢些,注意安全。"

斯科特倒车开出长长的车道,然后向高速路驶去。他不知道米伦的话是警告还是威胁。

斯科特调整了一下后视镜,发现米伦仍然站在车道上,望着他。

34

斯科特开上罗纳德·里根高速公路,他感到腹中翻江倒海。他不相信米伦会放弃他,但米伦显然在带着他兜圈子,只肯给他一点点信息。米伦人很好,比斯科特预料中的还要好,米伦给了他丹兹的信息。

丹兹装甲车劫案发生时,这消息对斯科特而言不过是另一个新闻罢了,并不比其他消息更重要,所以过耳即忘。在医院里的几周里,斯科特对丹兹案件毫不知情,也完全不知道对装甲车劫案的调查会对他自己的案子产生什么重要影响。后来,他读了5英寸厚的关于艾里克·帕拉斯安的报告和讯问记录,但帕拉斯安本人与钻石无关,因此丹兹案也没有被提起,丹兹装甲车仿佛是隐藏在案卷中的一个秘密。当斯科特意识到全部案卷足足有四五英尺厚时,他不禁想知道其中究竟还隐藏了多少秘密。

圣苏珊娜通道就在前方,圣费尔南多谷底在更前面。一时间,麦吉离开了仪表盘,在后座舒展身体,然后闭上了眼睛。尽管费了好大力气想让她坐在后面,他还是很想念她陪在身边的感觉。

斯科特摇上车窗,查看了一下手机。警犬分队的警督、都会司警长和一个自称内务司警探尼格拉·里弗斯的女人留下了信息,斯科特没听就删掉了。巴德没有打电话,理查德·列文也没有。

克莱尔也没有打电话。斯科特想打给她,他想听到她的声音,想让她陪在身边,但他不知道能否相信她。他想告诉她一切,想给她看钻石,但他不能让艾米莉亚和她的孩子承担风险。他曾这样害了达里尔,他在达里尔的背上画上了靶子,而有人扣动了扳机。

斯科特无声地开着车,手机放在腿上。他看了一眼后视镜,麦吉仍在睡觉。他透过裤子碰了碰里面的钻石,想确定这是真的。他不知道接下来该做什么,也不知道该去哪里,于是他一边越过谷底顶端的荒凉山路,一边独自沉思着。他可以上网查查,查找有关丹兹的旧新闻,还有那些死在山里的家伙。看看伊恩有没有被提及,搜索一下有没有人名叫斯奈尔。

他迟早得回去找克莱尔,他需要找到更多信息来证明艾米莉亚的故事。他需要证据来说服她帮他,而不需要让艾米莉亚的生命遭受危险。

就在斯科特接近I-5交叉道的时候,电话响了。他不认识那个号码,于是让电话转入了留言信箱。等手机提醒他有留言时,他重新播放了一遍信息,听到了一个明快的男声,他没听出是谁。

"噢,嘿,詹姆斯警探,我是理查①·列文,回复你的电话。没问题,不管你要问什么。我很高兴能回答你的问题,或者帮什么忙。你有我的电话,不过我再重复一遍。"

斯科特没有等他说完就按了回拨键。理查德·列文在第一声响过之后就接了,"你好,我是理查。"

"我是斯科特·詹姆斯。对不起,我刚刚有另一个电话。"

"噢,嘿,没事儿。我们没见过,是吧?我不记得你的名字。"

"没有,先生,我们没见过。我几周前才开始参与调查这个案子。"

"呃,好吧,我知道了。"

"你记得米伦和斯特拉警探曾经讯问过你吗?"

"噢,当然,肯定记得。"

"关于名叫帕拉斯安和比斯特的顾客?"

"被谋杀的家伙,没错。我感觉真难过,我是说,他们在这儿还挺开心的——呃,不是在这儿,我是说在俱乐部——结果5分钟之后就发生了这么可怕的事。"

列文是个话痨,这很不错。更重要的是,他是那种喜欢跟警察讲话的人,这就更妙了。斯科特遇到过不少这种人,列文喜欢这种互动,他会不惜一切来帮助警察。

"案卷记录显示,你提供了两盘监控录像,里面是帕拉斯安和比斯特在俱乐部当晚的视频。"

"呃,没错。"

"你是亲自把它们交到米伦警探手上的吗?"

"不,我记得他不在那儿。我把东西交给了大厅里的一个警官,就在接待处那里,他说没问题。"

---

① 理查(Rich)为理查德(Richard)的昵称。

"啊,好的。是两张光盘,不是一张。"

"没错,两张。"

"两张不同的光盘,还是同一张的两份拷贝?"

"不,不,是不同的,我跟米伦警探解释过了。"

"他退休了,所以他不在这儿。我正想搞清楚这些文件和记录,偷偷告诉你吧,我有点迷糊。"

理查德·列文大笑起来,"噢,嘿,我完全理解。是这么回事儿,我刻了两张盘,一张是俱乐部内部的监控录像,一张是外面的。它们记录在不同的硬盘里,所以刻成两张盘比较方便。"

斯科特脑海中闪过红色俱乐部外面的停车场,感到肾上腺素在飙升,"停车场里也有监控录像?"

"嗯嗯,没错,我剪下了他们从到达到离开的那一段,这就是米伦警探说他需要的。"

秘密的碎片逐一浮现,然后彼此连接。斯科特体内释放出一阵压力,仿佛噼啪作响的关节。

麦吉感觉到了什么,在他身后惊醒了。他从后视镜里瞄了一眼,发现她站了起来。

"我很抱歉,真的,但是,我们好像把外面那张弄丢了。"斯科特说。

"别担心,这不是问题。"

他听起来如此自信,斯科特不禁怀疑列文是否亲自把他们送到了停车场,所以能自己描述出一整个晚上的故事。

"你记得帕拉斯安和比斯特在停车场里做了什么吗?"

"我能干得更好,我这儿有拷贝,我再给你刻一份,没人会惹麻烦的。"列文说着又大笑起来。

斯科特感到肾上腺素在体内燃烧,"太棒了,列文先生,我们可不想让任何人惹麻烦。"

"我寄过去还是送过去？还是同一个地址？"

"我自己过去拿，现在，今晚，也就是明天早上，这挺重要的。"

斯科特边开车边跟他确定细节。麦吉爬上了仪表盘，待在他身旁，直到他们驶下高速路。

35

第二天早上10:04，克莱尔在她的隔间里。她站着抻直裤腿，借着这机会环视了一圈整个房间。奥索在警长办公室，正在跟陶平、米尔斯、两名兰帕特凶杀科警探和一个内务司老鼠讨论达里尔的凶杀案，那只老鼠正盘问奥索关于斯科特接触到案卷的事。他们似乎想确认这是某种行政违规。奥索怒气冲冲，克莱尔已经被盘问过了，之后可能会再次接受盘问。

三分之二的隔间是空的，这对警探们来说很正常，大部分人都在外面调查案子。剩下的隔间里坐着人，包括隔壁。她的邻居是个三级警探，名叫哈兰·米克斯，但米克斯正跟他的4个女朋友之一煲电话粥，露出他完美的假牙滔滔不绝。

克莱尔坐下来拿起电话，继续她刚才的对话，"好的，继续吧，对得上号吗？"

科学调查处刑侦专家约翰·陈听起来得意扬扬。

"快告诉我，我是个天才，我想听你那甜美的双唇亲口说出这些话。"

"你会听到性骚扰指控的，快说。"

陈的声音阴沉起来，"我猜咱们在科学调查课上忙着调情去了，所以根本没认真听讲。只有铁和铁合金才会生铁锈，铁锈的定义就是铁氧化的产物。也就是说,所有铁锈都是一样的。"

"所以你不知道?"

"我当然知道,所以才说我是天才嘛。我没有查铁锈,我查看的是铁锈里的东西。在这个案子里,也就是油漆。两份样本里都有油漆残余,里面包含二氧化钛和碳,成分比例一模一样。"

"也就是说,表带上的铁锈来自于栏杆?"

"这就是我的意思。"

克莱尔挂掉电话,盯着她侄子和侄女的照片。她弟弟正在喋喋不休地说要全家搭游轮去阿拉斯加度假,是那种长达10天或11天的航行,从温哥华出发,沿加拿大海岸停留若干海港,最后抵达阿拉斯加。他说能看到冰山和杀人鲸,可是克莱尔在工作时已经受够杀人案了。

奥索和其他人仍然在谈话。克莱尔站起身,路过陶平的办公室,走向咖啡角。她尽可能地放慢动作,试图偷听。这几次会面,来的人各不相同,但谈话总是类似,克莱尔觉得这让人心烦意乱。本不应知道斯科特的精神状态和服药历史的人大肆谈论着权威细节,争论着是否该发出逮捕令,并且听起来似乎早晚会通过的。

自我男注意到她靠在咖啡机旁,于是关上了门。克莱尔把咖啡倒掉,回到隔间。

她刚坐下,电话就响了,"克莱尔警探。"

斯科特问了她一个最该死的问题,"我能相信你吗?"

她坐直身子,瞟了一眼隔壁的门。米克斯仍在与女朋友调情,为对方的话而哈哈大笑。克莱尔压低了声音问:"什么?"

"你是个坏警察吗,乔伊丝?你也是其中的一分子吗?"

他的声音如此紧张,她不禁开始害怕陶平办公室里的人是对的。她再次压低了声音说:"你在哪儿?"

"有人闯进了我家里。第二天,有人闯进了我的心理医生,古德曼医生的诊所,偷走了我的档案。北好莱坞警探布罗德和柯兰德尔知道这起案子,你打电话给他们,就知道我说得没错。"

"你在说什么?"

"打电话,不管是谁偷了古德曼的档案,他们都把信息传递给了警局内部的人,那人正准备陷害我。"

克莱尔环视了一圈办公室。没人在听她打电话,也没人注意她,"我不喜欢你现在要把这事引导去的方向。"

"我不喜欢这么活着。"

"你为什么逃跑?你知道这看起来多糟糕吗?"

"我没逃跑,我在完成工作。"

"你要完成什么?"

"我有东西要给你看,我离得不远。"

"什么东西?"

"不能在电话里讲。"

"别搞得这么戏剧化,我跟你站在一边,我让科学调查处查过达里尔手表上的锈迹了。它跟屋顶上的锈是一样的,明白了吗?他在那儿。"

"我打赌是这样的,我有那张丢失的光盘。"

她瞟了一眼陶平的办公室,门还是关着的。米克斯仍在跟女朋友打电话。

"红色俱乐部的光盘?你从哪里弄到了丢失的那张?"

"经理留着拷贝。你肯定想看看这个,乔伊丝,知道为什么你没看到吗?"

她知道他怎么想,于是给出了自己的答案,"有人不想让我看到。"

"没错,跟你在一起的某个人。"

"谁?"

"伊恩·米尔斯。"斯科特音调严肃地回答。

"你疯了吗?"克莱尔大吃一惊,差点没从座位上蹦起来。

"他们就是这么说的,你可以打电话给北好莱坞。"

"我不用打电话给他们,你在哪儿?"

"出门左转,穿过春天大道。如果情况安全,我会来接你。"

"上帝啊,斯科特,你觉得会发生什么?"

"我不知道,我不知道该相信谁。"斯科特的声音冷静,却依然透露出一丝紧张。

"给我5分钟。"克莱尔立刻说道。

"一个人来。"

"我明白。"克莱尔放下电话,意识到自己的双手在发抖。

她两手握在一起,这时,陶平的门开了,这突如其来的动静让她的手抖得更厉害了。米尔斯走了出来,身后是内务司的老鼠,还有其中一个兰帕特警探。米尔斯扫了她一眼,于是她抓起电话假装在讲话。他路过时又看了她一眼,但之后就径直离开了办公室。

克莱尔继续假装打电话,想看看奥索出来了没有。

她等了30秒,然后放下电话,挎上包,快步离开了大楼。

36

斯科特把特兰斯艾姆向前开了一段距离,隔着市政厅公园望着大船的入口。麦吉坐在仪表盘上,空调吹着她的脸,凉风拂乱了她的毛发,她似乎很喜欢这样。

斯科特希望克莱尔会出现,但不确定她会这么做。10分钟过去了,他开始害怕她会告诉奥索或其他人他来过电话,时间拖得愈久,愈说明他们正在琢磨该怎么处理。

克莱尔出现在大船的玻璃船头下方,快步朝春天大道走来。她停在街角等红绿灯,然后开始过马路。斯科特盯着船头的方向,但没有人跟着她。他在下一个路口停在她身旁,摇下车窗问:"你告诉别人了吗"

"没有,谁也没说,你能让这狗挪开吗?"

克莱尔打开车门,麦吉自觉地挪去了后座,好像她很清楚空间不够大。

克莱尔坐进车里,关上门。他看得出她很生气,但没办法,他需要她的帮助。

"上帝啊,看看这些狗毛,肯定会沾得我制服上到处都是。"

斯科特加速离开,同时从后视镜里查看有没有车跟踪,"我不确定你会来,谢谢你。"

"我谁也没告诉,没人跟着我们。"

斯科特在第一个路口转弯,继续望着后视镜。

"随便你,我们去哪儿?"克莱尔问。

"很近的地方。"

"最好值得你这么大张旗鼓,我讨厌大张旗鼓。"

斯科特没回答,他拐过街区,几秒之后驶进了陪审员专用的斯坦利·莫斯克法院停车场。

他们离大船有三个街区。

他在阴凉地里找到一个车位,关闭了引擎。

"你脚边有一台笔记本电脑。我们一起看,然后你再来告诉我,是不是我大张旗鼓?"

她把笔记本递给他。他打开电脑,又递回到她手上。光盘已经在读取了,视频的开始画面冻结在播放器窗口里。那是明亮而清晰的高角度红外线录像,显示的是红色俱乐部的停车场,隐约看得到颜色,但大部分都接近灰色。从这角度能看到俱乐部的红色入口和入口另一端泊车员的小屋子,但大部分还是停车场。斯科特已经看了7遍。

"红色俱乐部的停车场?"克莱尔问。

"用的是外面的摄像头。在你看这东西之前,你得先知道些事,我手头有的可不止一张光盘。达里尔看到了枪击现场,他告诉了一个朋友,我能找到那个朋友。"

克莱尔看起来满腹疑虑,"那人可信吗?"

"咱们先看着。达里尔告诉他的朋友,其中一个枪手从宾利中拿走了一个手提箱。我把录像切到最后,他们离开的时候。"

斯科特靠过去按了播放键,静止的图像立刻有了生机。帕拉斯安和比斯特从俱乐部里出来,停在门外几步远的地方。一个泊车员跑了过来,帕拉斯安给了他一张提车牌。泊车员低头找到钥匙,然后小跑着穿过停车场,直到跑出监控画面。帕拉斯安和比斯特停在门外谈话。

"我们可以快进。"斯科特说。

"没事。"克莱尔摆摆手。

一分钟之后,宾利开进了画面右下角,朝着远离摄像头的方向开去。刹车灯闪烁着红光,帕拉斯安走了过去。泊车员下了车,拿钥匙换了一笔小费。帕拉斯安上了车,但比斯特走过他身旁,走向了后面的一条街道。在画面上能隐约看到他朦胧的背影站在人行道上,但离得太远,看不清楚。帕拉斯安关上车门,等待着。

斯科特说:"这样过了25分钟。"

"什么?"

"比斯特在等人,这就是中间对不上的时间。"

"好吧。"

两个瘦如芦秆的年轻女人开着一辆法拉利过来。一个单身男子开着保时捷离开,后面跟着一对开捷豹的中年夫妇。每当有车辆进入或离开,它们的车灯都会照亮比斯特的背影,他始终在人行道上前后踱步,帕拉斯安则留在车里。

"就快来了,看。"斯科特说。

街上的一辆车缓缓驶过比斯特,然后停下了。比斯特被刹车灯照亮,能看得到他朝那辆车走去。当他走过刹车灯之后,身影就看不到了。

"你看得出来是什么车吗?"克莱尔问。

"看不出,太暗了。"

一分钟之后,比斯特从黑暗中走回停车场,左手拎着一个手提箱。他进了宾利,帕拉斯安发动车子离开了。

斯科特按下停止,然后看着她。

"参与调查的某人看了这一段,对不对? 他们告诉米伦和斯特拉,这里没什么值得看的,然后他们处理掉了这张光盘。"

克莱尔缓缓点头,她目光茫然,"宾利里没发现手提箱?"

"没有。"

"该死!"

"还没发现,但是会发现的,你还记得丹兹装甲车抢劫案吗?"

她双眉拧成一团说:"当然记得,米伦以为比斯特来这儿是为了钻石。"

"价值2800万美金的钻石,未经切割的商用钻石,对不对?"

克莱尔再次缓缓点头,仿佛她已经预料到接下来会是什么。

斯科特从口袋中拿出那个紫色小袋子,上面还带着丑陋的污迹,他拎着袋子在他们两人之间晃了晃。她的目光盯着袋子,然后回到他身上。

"达里尔不仅描述了他看到的。枪手离开之后,他还从其中一具尸体身上拿走了一点东西,然后给了他的朋友。你觉得这是什么?"

他把钻石倒在手心里。

"我的天啊。"

"哦,真的吗? 我猜是未经切割的商用级钻石。"斯科特开玩笑地说。

她盯着他,显然没被逗乐。

"你相信这些钻石本来在手提箱里?"

"我猜是这样的,你觉得呢?"

"我猜袋子上的血迹跟比斯特的 DNA 会吻合。"

"我们的观点差不多。"斯科特把钻石放回袋子,发现克莱尔仍盯着他。

"谁把这东西给你的?"

"我不能告诉你,乔伊丝,对不起。"

"达里尔对谁说了这些?"

"我不能告诉你,至少现在还不行。"

"这些东西是证据,斯科特。那个人有直接信息,这是我们结案的方式。"

"这是你害死一个人的方式,上面有人谋杀了达里尔,并且试图陷害我谋杀了 3 个人。"

"如果这是真的,我们得证明,这就是证明的方式。"

"怎么做,开启一个案件? 去找奥索,说,嘿,我们该这么做? 只要上层有一个人知道,所有人都会知道,这就等于在这人背上画上了靶子,就像我对达里尔做的一样。"

"这太疯狂了,达里尔不是你杀的。"

"我很高兴有人这么想。"

"你总得相信什么人。"

斯科特看了一眼麦吉,"有,这条狗。"

克莱尔的脸色像石头一样难看,"去你妈的。"

"我相信你。乔伊丝,你,这就是为什么我打电话给你,但我不知道还有谁牵扯进来了。"

"牵扯进什么?"

"丹兹,一切都是从丹兹开始的。"

"丹兹已经结案了,那些人在圣贝纳迪诺的某个地方被谋杀了。"

"福斯金,你在录像中看到的手提箱被人从乔治·比斯特手中抢走之后一个月,钻石没被找到,这些钻石。"斯科特在她眼前晃晃袋子,然后塞进了口袋。

斯科特继续说道:"丹兹的人都死了,比斯特和帕拉斯安死了,达里尔·艾什也死了。自我男无处不在。西洛杉矶给丹兹立了案,自我男把它拖到市区,然后把西洛杉矶的人当成他的特遣队。"

克莱尔抿紧双唇,摇摇头,"这完全正常。"

"这还正常?这里面没一件事正常。自我男排除了比斯特的嫌疑,说服米伦相信比斯特跟钻石没有关系——达里尔·艾什从比斯特的尸体上拿走的钻石。"

"他为什么要这么做?"

"有人撒谎说他们从光盘里什么也没看到,这也出于同样的原因,因为米伦、斯特拉或者你最终会发现比斯特和克劳夫的关系。自我男把自己放在能控制米伦所知信息的位置,米伦不会质疑他,米伦必须相信他,他也确实这么做了。米伦告诉了我一切是怎么回事。"

"你去见了米伦?"

"我有一种感觉,好像他对丹兹案和结案的方式有疑虑。"

斯科特看得出,她正把线索串联起来。

"我们得查查是谁立的案,他们跟自我男有什么关系。米伦给了我一个提示,他说自我男从不会独自做事,他只跟他信任的人共事,但米伦并不是想说他们是诚实的。"

"你想怎么样?"

"一枪毙命。拿到致命的证据,让他们还没反应过来就被绳之以法,没办法加害任何人。"

"我们迟早得去找达里尔的朋友,我们需要誓言证词。不管这人怎么说,都得接受质询,我们可能需要测谎。"

"等你准备好手铐,我会带你去找达里尔的朋友。"

"我们需要从袋子上提取DNA,需要让科学调查处展开调查。我们还需要保险公司或其他权威机构证实这些钻石是从丹兹那里抢来的。"

"这些你都能做到。"

"好极了,都能。那我能至少先拿到光盘吗?"

"为什么要打草惊蛇?"

克莱尔叹了口气,打开车门,"我走回去。我会看看我能找到什么,然后让你知道。"

斯科特给了她最后一个信息,"达里尔听到了一个名字。"

她一条腿在车外,停止了动作,回头望着他。

"其中一个枪手喊了另一个的名字——斯奈尔。"

"你还保留了其他东西吗?"

"没有了,就这些。记住,斯奈尔。"

"斯奈尔。"克莱尔重复了一遍,然后下了车,关上门,准备离开。

"离自我男远一点,乔伊丝。求你了,别相信任何人。"

克莱尔停下脚步,透过车窗望着他,"太晚了,我已经相信你了。"

斯科特望着她穿过停车场,感到自己的心都要碎了。

"你不该的。"

他已经把靶子画在了克莱尔的背上,他知道自己无法保护她。

37

克莱尔拍掉裤子上最后一根狗毛,踏出了电梯。她望着自己3年来每日经过的走廊,却觉得它此刻显得空旷荒凉、无边无际,而里面每一个人都在盯着她。她感到右眼传来一阵尖锐的刺痛,耳边仿佛听到了妈妈的声音:我告诉过你别老是看电视,会得脑瘤的。要是脑瘤就好了,或许她妈妈是对的,或许脑瘤让她像斯科特一样疯了。

可是,斯科特没疯。斯科特手里有光盘和钻石。

她向前一步,再一步,不一会儿,她进入了办公大厅。奥索在他的隔间里,陶平的门开着,但现在她的办公室是空的。米克斯不耐烦地看着时间,似乎等不及要走了。她认识了3年的男男女女,工作的工作,聊天的聊天,喝咖啡的喝咖啡。

你也是其中一分子吗?

我能信任你吗?

克莱尔走向会议室,坐在了凶案本前。她面对门口坐着,只要有人进来,她就能马上看到。在从斯坦利·莫斯克法院回来的路上,克莱尔大部分时间都在思考,该如何找出在西洛杉矶劫案科最先给丹兹案立案的人。她不能去问伊恩,也不能问伊恩的手下,她也不能打电话给西洛杉矶劫案科。如果斯科特是对的,而这些人是坏人,那么任何关于丹兹的问题都会让他们警惕起来。

克莱尔翻了两遍凶案本,又看了一遍完整的案卷记录。此前,她只是匆匆浏览过提到比斯特、克劳夫和丹兹的部分。她之前知道克劳夫这条线已经在几个月前被劫案科排除了,因此没有浪费时间去走死胡同。现在她重新回头,寻找着丹兹的案件编号。

克莱尔迅速找到了编号,然后拿回她的隔间里。

她打开洛杉矶警察局档案文件查询页面,正在输入号码,奥索突然出现,吓了她一跳。

"你有没有听到斯科特的消息?"奥索问。

她转身面对他,试图让他的目光从她的电脑上挪开。他扫了一眼她的屏幕,然后望着她。

"没有,还没找到他?"

奥索的脸抽搐了一下,"你介不介意打个电话给他?"

"为什么我该打给他?"

"因为是我要求的。我留了言,但没有回音,可能他会回你的电话。"

"我没有他的号码。"

"我会给你的。要是你联系到他,试着跟他讲讲道理,这事儿已经快要失去控制了。"

"好的,当然了。"

他又瞄了一眼她的屏幕,然后转身离开。

"巴德,你觉得是他杀了那些人吗?"

奥索做了个鬼脸,"当然不是了,我去找找他的号码。"

克莱尔清理干净了自己的屏幕,在奥索回来之前坐立不安。他一离开,她就立刻输入了文件号码。警员只允许查看跟他们调查的案子相关的材料,所以克莱尔提供了一起未结案的凶杀案编号,它已经在她桌子上躺了两年。

丹兹案♯WL－166491号的资料是PDF格式。第一个文件是米尔斯填写和签字的,后面是3页报告,记录了迪恩·兰特、麦克斯韦尔·吉本斯和金·里昂·琼斯的信息——3人都死了。他们是怎么被发现并被认定是丹兹装甲车劫案的罪犯的?米尔斯引用了科学调查处和圣贝纳迪诺警局的报告,说明现场发现的武器正是丹兹劫案中使用过的,国际保险公司的文件也证实现场发现的两颗钻石是劫案中失窃的。他总结道,劫案的3名歹徒都死了,因此案子也结了。

全是照猫画虎的废话。

克莱尔浏览了一遍伊恩附上的报告,直到她发现西洛杉矶劫案科最初的文件。一开始是几张表格,由最开始参与调查的警探填写和签字。接下来是现场报告,记录了探员如何接到报案,他们在现场又发现了什么,克莱尔没有花时间去读。她直接跳到了最后,报告是由乔治·艾佛思和大卫·斯奈尔警探签字的。

克莱尔立刻清空了她的屏幕。

奥索在他的隔间里打电话,陶平的门关着。她起身环视四周,然后坐下,盯着屏幕。

她忽然骂道:"该死的。"

克莱尔起身,沿着走廊走向劫案组办公厅。同样的隔间,同样的地毯,一切都一模一样。一个名叫爱米·林的劫案组警探坐在第一个隔间里。

"伊恩在吗?"

"应该在吧,我刚刚看到他了。"

克莱尔走向伊恩的办公室。她进门时,自我男正往一份报告上写着什么。看到她,他似乎很惊讶,或许也流露出了几分警惕。

"伊恩,你手头有更多有白色鬓角的人吗?我们得把那些下贱恶心的家伙找出来碾碎,我们非得搞死他们不可。"她想见到斯科特,她想对他说出这番话。

"我知道了,我会尽快找出那些人来给你的。"伊恩点了点头。

克莱尔回到自己的办公桌前,脑子里有两个名字来回翻滚着。

乔治·艾佛斯。

大卫·斯奈尔。

她想找到与他们有关的一切信息,她知道自己该怎么做。

38

劫案科有详尽的档案记录,涵盖了那些以偷窃为生的人,以及他们是否正在被通缉。他们并不是那些小打小闹的家伙,像是少年偷车贼或是随便抢了路边加油站的小丑,而是真正专业的盗贼。克莱尔离开办公室后 50 分钟,伊恩正在搜索档案库,查看有没有类似白色鬓角的司机。这时,信箱提示声响起,他看到了邮件。

他的肩膀绷紧了——那是一封来自档案处的自动提醒。警长级别或高级警官有权选择提醒功能,伊恩的设定是:任何他经手的已结案的案子被人调阅时,他就会收到自动提醒。他对自己结案的每个案子都如此设定,但他真正关心的只有 4 个。其他的都是掩护罢了。

伊恩站起身,关上门,回到桌前。自从警局采用了新系统以来,他只收到过 3 封提醒。每次他都害怕打开,但 3 封最后都不过是无关紧要的小案子罢了。他花了 30 秒才鼓足勇气打开这封信。接着,他感到腹中泛起了酸水。

丹兹!

提醒系统提供的信息很少。里面没有包括提出调阅请求的警员或人员的名字,只有请求发出的日期和时间,以及发出请求的警员手头的案件编号。

案件编号已经告诉他足够多了,而他一点也不喜欢这里面透露的信息。

案件编号包含 HSS 在内,这意味着它是劫案凶杀部的案子。凶杀科那边的任何人都可以走过这 40 英尺来当面问他关于丹兹的事,但有人选择不让他知道,这可不妙。这意味着他们的案件被锁定了。他需要一个调查中的案件编号来进行检索,他有办法迂回解决。

他打电话到走廊另一端找南·瑞利,南是文职人员,也是陶平的办公室助理。

"嘿,南,我是伊恩,你还跟 10 分钟之前一样美艳动人吗?"

南大笑起来,一如既往。他们多年来一直这样调情。

"只对你这样,宝贝,你想找老板?"

"只是问个小问题,你们有个正在调查的案子……"伊恩读出了编号,"是谁在查?"

"等等,让我看一下——"

他等着南输入号码。

"是克莱尔警探,乔伊丝·克莱尔。"

"谢谢你,宝贝,你最棒了。"

伊恩放下电话,心绪愈发沉重。如果克莱尔对丹兹有兴趣,他想知道为什么她刚刚来他办公室时没有提及。相反,她胡扯了一通,说要弄死帕拉斯安案件中的凶手。他思考着这意味着什么,然后收拾好东西,穿过走廊,来到凶杀科。

克莱尔在她的隔间里,她正俯身在电脑前,似乎在打电话。

他走到她身后,想看到她在读什么,但她的脑袋遮住了屏幕。她的声音很轻,他听不到她在说什么。

"警探。"

她吓得打了个激灵,转过身来,脸色霎时变得苍白。她把电话按在胸前,侧身遮住屏幕——这可不是个好兆头。

伊恩递给她一张写有一串名字的纸,说:"你想要的名单。"

她接过那张纸说:"谢谢,我没想到这么快。"

他望着她眼中的阴影,她很害怕。这让他开始思考,那个叫艾什的孩子告诉了斯科特多少,而詹姆斯又告诉了克莱尔多少。

"乐于帮忙,你会在这儿待一阵子?"

"啊,是的。怎么了?"

"我会再看看还有没有其他人。"

伊恩回到办公室,关上门,拿手机打给了乔治·艾佛斯,"咱们有麻烦了。"

39

第一次见面后 3 个小时,克莱尔发短信给斯科特,告诉他她已经拿到了丹兹案的信息,他们决定还是在斯坦利·莫斯克法院停车场见。当她钻进他的车子,斯科特觉得她看起来紧张兮兮的,一副压力很大的样子。

"我跟人事处的朋友聊到了艾佛斯和斯奈尔,直接提到的。我告诉她,我在考虑调用他们参与一次行动,而我需要最顶尖的人。

她表示理解,她是我的第一个上级。"

"你发现了什么?"

"他们是混蛋。"

斯科特不知道该做何反应。

"斯奈尔出了名的聪明,查案很有效率,但他很狡猾。他喜欢走捷径、抄小路。他跟伊恩过去没有来往,但艾佛斯和伊恩一直都是沆瀣一气。天啊,我已经沾了一身毛了,瞧瞧吧。"

麦吉躺在后座上。

"我没时间刷干净,艾佛斯人怎么样?"

克莱尔徒劳地拍打着裤子,然后继续报告说:"艾佛斯和伊恩在赫莱贝克做了4年搭档。艾佛斯是头,但大家都知道,一直是伊恩说了算。艾佛斯的生活一塌糊涂,还沾了毒品。他酗酒,老婆跑了,都是老掉牙的家庭悲剧。伊恩罩着他,让他能继续工作,但他接到了太多指控。伊恩被调走之后,艾佛斯就被送去了西洛杉矶。"

"你说的是什么样的指控?"

"该死的严重指控,你知道'见者有份'吗?"

这是警察常用来开玩笑的俚语,但对坏警察来说,这并不是个玩笑。要是他们在查案过程中发现一袋子现金,他们会上缴足够判嫌疑人重罪的数额,然后把剩下的卷入私囊——见者有份。

"我知道,自我男有没有沾上这些肮脏东西?"

"伊恩简直是出淤泥而不染。他把艾佛斯顶上来,艾佛斯把所有脏活都干了。"

斯科特看了一眼麦吉,摸了摸她,她睁开眼睛,"那就一定是把双刃剑。"

"什么?"

"如果伊恩帮艾佛斯擦屁股,那么总会有些时候,是艾佛斯帮伊恩擦屁股。"

"管他呢。总之,现在艾佛斯在西洛杉矶,他的搭档是斯奈尔。他们查了4天丹兹的案子,然后伊恩出现了,把他们变成了小喽啰。接下来那天,也就是劫案发生后第6天,艾佛斯拿到了对迪恩·兰特和威廉姆·吴的窃听许可。"

斯科特不知道这些人是谁,但克莱尔像特快列车一样滔滔不绝地讲了下去,"两个月之后,迪恩·兰特、麦克斯韦尔·吉本斯和金·里昂·琼斯被发现在圣贝纳迪诺山区遇害。"

斯科特想起了米伦的话。

"是那些抢劫了丹兹的人。"

"据说是这样的,或许也是真的。"

米伦也是这么说的。斯科特继续问道,"吴是谁?"

"圣马力诺的一个黑市贩子。他贩卖珠宝和艺术品给中国的富人,但他跟欧洲也有勾结。更有说服力的是,迪恩·兰特和吴长期以来勾搭在一起。如果兰特偷到了珠宝或者艺术品,他百分之百会去找吴。"

斯科特已经意识到了案情的发展。

"艾佛斯和斯奈尔知道兰特手头有钻石。"

"一定是这样,可能是伊恩的线人提醒了他。当时劫案刚过去6天,他们知道或已经怀疑是兰特的团伙犯下了那桩案子。于是在接下来的3周时间里,他们窃听了兰特和吴。案卷里没有窃听记录,一页也没有,空的。"

斯科特觉得身子一阵麻木。

"他们听到了吴跟克劳夫谈生意。他们知道比斯特会来,也知道他会在什么时间、什么地点去取钻石。他们想把钻石偷走。"

斯科特望着麦吉,碰碰她的鼻尖,她玩耍般地轻咬着他的手指。

"这些够不够我们结案?"

克莱尔摇摇头,"不够,我希望够了,但确实不够。"

"在我听来足够了,你可以从头到尾串起来了。"

"伊恩会这么说的:我们从3个独立可信的渠道得知兰特正试图通过吴先生倒卖钻石,而我们已知道吴跟兰特先生早有联系。在这一可靠的信息基础之上,我们获得了监听所必需的司法许可,但没能获得有关的犯罪信息。于是我们相信兰特和吴先生只会私下沟通,或者用的是一次性电话。你看到了吗?没什么能伤到他。"

斯科特感到怒火在积聚,"艾佛斯、斯奈尔和米尔斯,3个了,有5个人袭击了比斯特。"

"我认识的人里没发现可疑的,咱们把注意力集中在手头有的信息上吧。要是我们能抓到这3个,他们会供出另外两个的。"

斯科特知道她是对的,"好吧,艾佛斯和斯奈尔还在职吗?"

"斯奈尔还在职,但艾佛斯在凶案之后的第6天就退休了。"

"这可不聪明。"

"我不知道。他时间到了,他比伊恩还老,所以这也不算离谱。"

"老得有白头发?"

"上帝啊,我不知道,我从来没见过这些人。"

斯科特心想,如果艾佛斯够得上退休的年纪,或许他就是那个白发的司机,还有他的 DNA 应该与逃逸用车中收集到的毛发相吻合。

"艾佛斯是关键人物,你有他的地址吗?"

克莱尔向后一靠,"你觉得你能找到什么,钻石?钻石已经没了。枪也没了,那晚的所有证据都没了。"

"我们需要把这些人和劫案直接联系起来,需要证据证明艾佛斯或斯奈尔或自我男当时就在现场,对不对?"

"没错,如果你想让它变成板上钉钉的铁案,就需要这些。"

"好吧,我会四处找找,或许会有好运气。"

"我们不是教育过你表带的事了吗?你没认真听吗?你找到的证据都是无法呈上法庭的。你对你找到的所有证据的证言也无法被采纳,这对我们没好处。"

"我听到了,我什么都不会碰的。如果我发现了有用的东西,就找你来想办法迂回处理。"

克莱尔看上去似乎有些反胃,但她翻阅了一遍文件,找到了艾佛斯的地址,"我真该去查查脑子。"

"有点信心。"

克莱尔转转眼珠,推开车门,犹豫了片刻。她看上去很关心斯科特,"你有安全的地方可去吗?"

"有的,谢谢你。"

"好吧。"

斯科特望着她下了车,觉得还想跟她说几句话,"我能开车送你回去吗?"

"我还是走路吧,这样才有时间把狗毛一根根地除掉。"

她转身离开,斯科特笑了,然后发动车子驶出了停车场。他准备去找乔治·艾佛斯。

40

乔伊丝穿过斯坦利·莫斯克停车场,向大船走去。她边走边拣着身上的狗毛,拍打着裤子。那只德国牧羊犬是个"美人儿",但也是个毛球。

克莱尔走到停车场一侧,跨过通往人行道的路障。她觉得他们这种做法是不对的,也很担心斯科特会把案子复杂化。克莱尔绝对相信丹兹案与比斯特、帕拉斯安乃至史蒂芬妮的被害之间通过某种阴谋联系在了一起,但她和斯科特不该这么做。就算他不懂,她也该明白的,她很生气自己居然顺着他来。

刑侦警察的阴谋事件一直都存在,也会一直存在下去,就算在世界上最清廉的警察部门也概莫能外。有专门的条文规定如何对待此类审查,通常都要求调查要在绝密情况下进行,直到发出指控。克莱尔有个朋友曾经在特别行动科工作,她打算去问问她的意见。

"克莱尔警探!乔伊丝·克莱尔!"

她转身循声望去,看到一个衣着整洁的男人向她边跑边挥手。他身着黑色运动外套,里面是中码蓝色衬衫和深蓝色领带,下身穿着牛仔裤,简直像是从拉尔夫·劳伦的宣传册里跑下来的。他的运动外套随着奔跑的步伐翻飞,露出皮带上金色的警探盾牌标志。

他放慢脚步,停下来微笑着说:"我希望你不介意,我在莫斯克那儿看到你了。"

"我们见过吗?"

他碰了碰她的手臂,躲到一旁给两个快步走向法院的女人让路。

"我想跟你谈谈劫案凶杀部的事儿。你正准备回去吗?我跟你一起走。"

他再次碰了碰她的胳膊,鼓励她开口讲话,然后走在她身旁。他很轻松,像个大男孩,而且很有魅力,但他站得太近了。克莱尔想知道为什么他预先知道她是从大船过来的,现在正准备回去。

一辆深蓝色轿车开过他们身旁,减缓了速度。

"你在凶杀科还是劫案科工作?"克莱尔问。

"劫案科,我也很精于此道呢。"

他再次碰了碰她的胳膊,仿佛她应该认识他,克莱尔被激怒了。

"我现在不太方便,给我你的名片,我们再约时间。"

他露出孩子气的笑容,又靠近了几步,逼得她在路边几乎失去了平衡,"你不记得我?"

"完全不记得,你叫什么名字?"

轿车的后门突然在他们面前甩开了。

"大卫·斯奈尔。"

他冷笑了一下,突然用力抓住她的胳膊,把她塞进了车里。

41

太阳地是格兰代尔北侧山脚的一个工薪阶层社区,地势平坦,土地贫瘠干燥,可谓名副其实。高速公路与山区之间的地段星星点点地散布着灰泥粉刷的农庄小屋,但随着地势上升至图洪加峡谷,桉树与黑胡桃树让整个地方呈现出了一片乡村风情。乔治·艾佛斯住在一栋墙板搭建的小屋里,看上去像是由谷仓改建的。他有一片宽阔而遍布石头的院子,一个圆盘式卫星接收天线,房子一侧还停着一条亮蓝色的汽艇。汽艇被盖住了,看起来像是多年不曾下水了。艾佛斯没有车库,但有一个停车位,现在却是空的。

斯科特径直驶过,然后转向,停在两栋房子之外。警察通常不会登记电话号码,但斯科特还是尝试打给信息查询处,询问住在太阳地的艾佛斯的电话。没有记录。他研究了一会儿艾佛斯的房子,看不出是否有人在家。空荡荡的停车位说明不了什么,但除此之外,他只能一直盯着房子看下去。

斯科特很高兴自己穿了便装,他把手枪塞到衬衣下面,让麦吉下车,没有给她扣上牵引绳。

他走到前门,让麦吉坐在侧面看不到的位置,然后按了两次门铃。没人应答,于是他绕过房子,走进了后院。斯科特没有发现警报装置,所以他打破了厨房的窗户,钻了进去。麦吉站起来试图够到窗户,呜呜叫着想跟上他。

"坐下,别动。"

他打开厨房门,叫了一声,麦吉小跑着进了屋子。看到她的神情,斯科特知道她很警觉。她扬起脑袋,耳朵向前弯曲,面孔紧绷,神情专注。她开始迅速搜寻,在房间里绕着圈子跑来跑去,仿佛这里有什么味道令她忧心,而她正试图找出源头。

斯科特意识到,那只可能是一样东西,"你抓到他了,是不是?那个闯进咱家的贼。"

厨房、餐厅和起居室里没有什么不寻常的发现,破破烂烂且彼此不搭的家具和纸碟上遍布污迹。斯科特发现了两个相框,里面是几名三四十岁的洛杉矶警局警察;一张老电视剧《法网》的海报,上面是手持左轮手枪的杰克·韦伯和哈利·摩根。这里看上去可不像住着一个从钻石劫案中分到了500万美元的家伙,但问题就在这里。

等麦吉回到起居室里,她已经平静了许多。

客厅外短短的走廊通往卧室,但他们抵达的第一个房间半是储藏室,半是艾佛斯的自恋室。墙上满满当当地挂着艾佛斯和他

261

的警局朋友们的照片:身穿制服的年轻艾佛斯在警校毕业典礼上,艾佛斯和另一个警察在巡逻警车旁边摆姿势,艾佛斯和一个目光哀伤的金发女人在一起炫耀他刚刚得到的金色警探盾牌徽章,艾佛斯和年轻些的伊恩·米尔斯在赫莱贝克的犯罪现场。斯科特能认出艾佛斯,因为他出现在所有照片里,随着他多年来的点滴改变,斯科特感到脚下的地板仿佛在沉陷。

艾佛斯比照片中的任何人块头都要大。他是个大胖子,有个肥硕的啤酒肚,不是柔软松弛的肚皮,而是硬邦邦的那种。

斯科特毫无疑虑,他灵魂深处认得出他。

艾佛斯是那个手持AK-47的大块头,斯科特瞬间意识到这就是他曾经见过的那把来复枪!

"停下。"斯科特让自己深呼吸。麦吉在他身旁呜咽,他碰了碰她的脑袋,不再恍惚了。

墙上没有什么能把艾佛斯和案件现场或钻石联系起来,但斯科特并未转身离开。他逐张查看照片,直到其中一张吸引了他的注意。那是一张彩色相片,上面是艾佛斯和另一个人在一条深海渔船上。他们面露微笑,勾肩搭背。另一个人比艾佛斯年轻几岁,身材也略瘦小一些。他长着白色的头发,有着明亮的蓝色眼睛。

他的出现使得斯科特的记忆如同电影般徐徐展开:逃逸用车的司机冲枪手大喊着,同时掀开面罩,露出了白色的鬓角;枪手们挤进车里时,司机转回头去望着前方,扯下了面罩,而就在老爷车绝尘而去的瞬间,斯科特看到了他的脸——正是眼前这个男人的脸。

斯科特仍然沉浸在回忆中,这时,口袋里的手机震动起来,打破了魔咒。他查看了一下手机,看到了克莱尔的短信。

"我找到了。"

第二条信息紧随其后出现。

"来见我。"

斯科特回复,"找到了什么?"

过了几秒,她的回答才出现,"钻石,快来。"

斯科特回复,"哪里?"

他冲向自己的车,麦吉跟在他身旁。

42

麦吉蹲在仪表盘上,望着斯科特,留心他的一举一动、面部表情和身体气息。她望着他的眼睛,注意他在看什么、会看多久。即使他在与别人说话,她也会竖起耳朵听着。每一个手势、眼神和语调都包含信息,她正是通过这些来了解他。

她嗅着他气息的改变,闻到了熟悉的味道——酸楚的恐惧、甜美的愉悦、苦涩的愤怒,以及如同树叶燃烧般的紧张。

麦吉感到自己内心跃跃欲试,她回想起自己与皮特走上那条漫漫长路之前经历的类似瞬间。皮特整装待发,精神抖擞,其他海军陆战队队员也一样。她记得他们的话:准备好。

麦吉兴奋地呜呜叫着。

斯科特摸了摸她,让她的心里洋溢着喜悦。

他们将走上那条漫漫长路。

斯科特已经准备好了。

麦吉挪动着脚掌,迫不及待。她从头到尾的毛发随呼吸起伏,口中尝到了鲜血的味道。

搭档会一起寻找。

搭档会一起狩猎。

麦吉与斯科特。

她是一头勇敢的军犬。

43

斯科特在距离大船几个街区的位置下了好莱坞高速,然后穿过第一大街大桥,来到洛杉矶河东岸,这里遍布仓库、小型工厂和炼油厂。他在一排排大卡车之间向南开去,寻找着克莱尔的位置。

"放松点,宝贝。坐好,坐好。"

麦吉在后座与仪表盘之间紧张地挪来挪去。当她在仪表盘上时,她透过挡风玻璃窥视着外面,仿佛在寻找什么。斯科特不知道她找的是什么。

他在两栋熙熙攘攘的大仓库之间转向,看到了后面空荡荡的建筑。一家破产的运输公司,远离主街道,目前也只剩下一片废墟。它前面是一排为18轮卡车建造的装卸码头,入口处有一个巨大的"出租或出售"标志。

"她在这儿呢。"

一辆浅褐色的黑斑羚停在码头前。巨大的运货门紧闭着,但供行人出入的门是打开着的。

麦吉低头想看清楚,鼻翼翕动着。

斯科特停在黑斑羚旁,发了一条短信。

"我到了。"

他正准备下车,就收到了克莱尔的回复,一个简短的回答,"进来。"

斯科特让麦吉跳下车,向门口走去。他不知道克莱尔是怎么找到这里来的,也不知道为什么钻石在这里,但他并不在乎答案。他希望这一切能成为一枚毒针,滑进艾佛斯的血管——艾佛斯、自我男以及其他所有人。

仓库里一片幽暗，但光线差不多能使人看清四周。宽敞而空旷的房间足以容纳四辆卡车。这仓库差不多有 30 英尺高，中间由大树般粗壮的支柱间隔开来。仓库另一侧的门通往办公室，其中一扇门开着，里面亮着灯。

麦吉低下头，嗅了嗅。

"嘿，克莱尔！你在吗？"

斯科特走进仓库，麦吉紧随其后。他不知道为什么克莱尔不等在车里，也不知道她为什么不出来见他。

斯科特冲仓库另一侧打开的门喊道："克莱尔！你在哪儿？"

克莱尔没有回答。连短信也没有。

斯科特正准备走进大楼深处，这时，麦吉警觉起来。她猛地停下脚步，低下头，耳朵向前弯折，目光死盯着前方。

斯科特顺着她的目光望去，却只看到空荡荡的仓库和另一侧墙边打开的门。

"麦吉？"

麦吉突然转身望着他们身后，面对通往停车场的门。她低下头，发出警告的咕噜声。

斯科特往回跑到门前，看到两个持枪的人从大楼另一侧走了出来。其中一个 30 岁出头，穿着黄褐色运动外套；另一个是艾佛斯那个白发的钓鱼伙伴。斯科特感到一阵愤怒，心跳如擂鼓一般。在那一瞬间，他认出了那个白发司机，他意识到米尔斯和艾佛斯已经知道一切了。他们抓到了克莱尔，或者已经谋害了她，然后将他诱入圈套。

接着，白发男看到了斯科特，他开枪了。

斯科特开枪回击，同时仓促地躲开。他觉得自己打中了那个年纪大些的,但对方动作太快,他不确定。

"麦吉!"

斯科特狂奔着穿过仓库,向远方的门跑去。那个年轻一些的人出现在他身后,开了两枪。斯科特侧身还击,在最近的支柱下面寻找掩护,他把麦吉紧紧地拉在身旁。

身穿黄褐色外套的男人又开了两枪,一颗子弹射进了柱子。

斯科特尽可能地蜷缩起来,紧紧地搂住麦吉。他扫了一眼对面的办公室,祈祷着克莱尔还活着。他用最大的声音喊道:"克莱尔!你在那儿吗!"

史蒂芬妮·安德斯,达里尔·艾什,现在是乔伊丝·克莱尔。

他害死的人愈来愈多,现在,他可能是下一个。

斯科特打量着前门,以及身后通往办公室的门,恐惧和愤怒让他周身颤抖。如果艾佛斯、自我男和其他枪手在那儿,他就是瓮中之鳖。迟早会有个拿枪的人出现在办公室门口,结束他们9个月之前开始的一切。

他们会杀死他,很可能也会杀死麦吉。

他把她拽得更近了。

"没人会被抛在后面,好不好?我们是搭档,克莱尔也是,如果她在那儿。"

麦吉舔了舔他的脸。

"没错,宝贝,我也爱你。"

斯科特冲办公室门口跑去。麦吉紧随他的脚步,然后冲到了前面。

"麦吉,不!回来。"

她向门口跑去。

"停止!回来!"

她穿过了那扇门。

"麦吉,出来!出来!"

麦吉不见了……

44

当他们进入这栋建筑时,麦吉能感觉到斯科特的恐惧和兴奋,仿佛是她自己的亲身感受一般,这地方弥漫着威胁与危险的气味。响亮的噪音,如同她在那条漫漫长路上曾听到的一样;侵入者的新鲜气味,还有其他人的味道。斯科特的恐惧也愈来愈浓烈。

她要待在他身旁。

取悦他,保护他。

如果斯科特想要在这危险的地方玩游戏,她也很高兴跟他一起玩,尽管每次巨响都会让她哆嗦一下。

斯科特往大房间深处跑去,麦吉跑在他身旁。有更多巨响,而斯科特紧紧地抱着她。赞赏!表扬!

主人开心。

搭档开心。

她满心愉悦,愿为他奉献全部。

麦吉知道入侵者就在前方,仿佛她能够看穿墙壁。随着气味锥体的渐渐收窄,他那新鲜的、活生生的气味愈来愈鲜明。

斯科特狂奔着,麦吉也狂奔着,她知道她必须保护他。她必须赶走入侵者,或者消灭他们。

麦吉迈开大步,寻找着威胁。

斯科特命令她停下,但麦吉没有停,她已经准备好了。

主人安全。

搭档安全。

麦吉只知道这些。空气中弥漫着入侵者和其他人的气味,有些熟悉,有些陌生——她嗅到了他们的恐惧与焦虑。

她嗅到了枪油、皮革和汗液。

他们也准备好了。

麦吉抢在斯科特之前跑到门口,看到前方还有一扇门。

入侵者和另一个人等在前面。

她血液中奔涌着守护者的愤怒。

斯科特是她的,她要去保护他,守卫他。

她决不能让他受到伤害。

宁死也不!

麦吉冲向了目标,只为了救他。

45

斯奈尔和艾佛斯把乔伊丝五花大绑、堵住嘴巴,然后塞进了自我男的后备厢,就像老式电视剧里对待愚蠢的受害女孩一样。克莱尔用虚张声势的法子暂时保住了性命,她告诉他们奥索已经知道整件事了。她说自己在人事处高层有朋友,正是她透露了艾佛斯和斯奈尔的背景信息。她的故事听起来很真实,这让伊恩犹豫不决。他认为最好先核实一下她的故事,而不是仓促杀了她。办事稳妥一些,或许就能帮他逃过一劫,而不是撞上枪口。

但伊恩不会一直稳妥下去。克莱尔能认出5个人中的4个,正是他们杀害了帕拉斯安、比斯特和史蒂芬妮。白发司机是艾佛斯的哥哥斯坦;第五个人没出现,但她已经听到了他的名字——巴森。

克莱尔知道得太多了,不可能让她活下去。一旦核实了她的故事,伊恩就会杀了她,然后找一个迂回的法子来解释她的死亡。

于是现在,克莱尔被塞在后备厢里,怒火中烧,努力抑制着疼痛。

她并不蠢,也不愿意成为受害者,不管是在今天还是其他任何时候。

塑料手铐深深陷入肌肤。她磨掉了手上的一大块肉,但总算松开了手铐。她发现后备厢没关好,于是钻了出来。

鲜血从她的手上喷涌而出,仿佛水龙头一般。

伊恩和斯坦的车停在仓库后面。她的枪和电话不见了,于是克莱尔试图打开他们的车子,可是两辆车都锁了。她在伊恩的后备厢里发现了一把扳手。

克莱尔在加州明亮的阳光下眨着眼睛,这时,她听到仓库里传来了枪声。她本可以冲到街上去找人帮忙,但她知道,伊恩用她的手机给斯科特发了短信。伊恩计划杀了他们,而此时此刻,他正准备杀死斯科特。

克莱尔冲大楼跑去,在尘土中留下一串血迹。

46

麦吉冲进了幽暗的房间,抵达目标。

入侵者魁梧肥硕,他的味道如同在火上灼烧一般鲜明。麦吉认识第二个人的气味,但就算他开口说话,她也对他视而不见。

"注意!那条狗!"

入侵者转身了,但动作缓慢而笨拙。

麦吉狂吠着冲上前去,那人挥舞着手臂。

麦吉咬中了他胳膊肘下方。她深深地咬下去,喉咙里发出低吼,疯狂地晃着脑袋。他的鲜血是她的奖励。那人挣扎着后退,尖叫起来。

"把它弄下来！快点！"

另一个人动了，但看上去只是个影子。

麦吉挣扎扭动，试图将入侵者拖倒。他跌跌撞撞地向后撞到墙上，甩着胳膊尖叫，但没倒下。

另一个人大喊着："我打不准！你自己打它，见鬼的！弄死它！"

他们的语句只是毫无意义的噪音，麦吉不遗余力地试图拖倒他。

"弄死它！"

47

斯科特用尽全身力气奔跑，他担心他的狗。她接受过训练，能够在没有他陪伴的情况下闯入一间屋子，独自面对危险，但她并不明白自己眼前的是什么。

斯科特知道，因此他为他们两个担心。

"麦吉，停下！等等我，见鬼！"

斯科特冲到门前，听到麦吉在狂吠，他发现自己身处一条短走廊中，他听到一个男人在尖叫。

他身后响起枪声，一颗子弹射入了墙壁。

斯科特回头望去，一个穿着运动外套的人正在追他。

斯科特靠在门上，稳住双手，开枪回击，身后的狂吠与尖叫声愈来愈响。

穿着运动外套的人倒下了，斯科特转身面对叫声。

米尔斯在吼叫："我射不准！你自己打它，见鬼的！弄死它！"

斯科特心里大喊，我来了，麦吉。他循声跑去。

走廊尽头是一间空旷的器材室，环绕着脏兮兮的窗户。

米尔斯在房间另一侧挥舞着一把枪。艾佛斯正沿着墙壁跌跌撞撞,麦吉挂在他胳膊上。艾佛斯是个大块头,又高又壮,长着肥硕的啤酒肚,可能比斯科特印象中的还要魁梧,但他甩不掉麦吉。接着,斯科特看到他手中的枪正瞄准了麦吉。

枪口擦过她的肩膀。

一个声音在斯科特的脑袋中尖叫着,那或许是他自己的声音,或许是史蒂芬妮的。

我不会离开你。

我会保护你。

一个男人绝不会任由他的搭档死去。

斯科特冲向枪口,感觉到对方开了枪。他没有感觉到子弹,或是子弹击中自己时导致的骨裂,他只感觉到炽热的气体喷到了他的皮肤上。

斯科特倒下时射中了艾佛斯。他看到艾佛斯皱起眉头,捂住了身体一侧。斯科特在水泥地板上打了个滚,艾佛斯则挣扎着往一边躲去。自我男躲在阴影中,但外面的门突然打开了,他被突如其来的亮光晃了眼睛。进来的可能是克莱尔,但斯科特不敢确定。麦吉站在他身旁,乞求他不要死去。

他说:"你是个好丫头,宝贝。是世界上最棒最棒的狗狗。"

世界隐没入黑暗之前,她是他最后看到的东西。

48

枪声震耳欲聋,克莱尔知道那声响就来自门的另一边。她推门进入仓库,发现米尔斯就在面前。斯科特躺在地上,艾佛斯单膝跪地,那条狗像是疯了一样。

米尔斯循声转向门口,看到她出现,露出了惊讶的神色。

他手中有枪,但枪口指着错误的方向。

克莱尔冲上前去,用扳手狠狠地砸在他脑门上。他向侧面跌跌撞撞地躲开,枪脱了手。克莱尔又砸向他右耳上方,这一次,他倒在了地上。她捡起他的枪,检查他身上还有没有其他武器,然后拿走了他的手机。

狗站在斯科特身旁疯狂地吠着,艾佛斯正往远处的门口爬去。

克莱尔用枪口指着他,但那该死的狗挡在了中间,"艾佛斯,别动!把枪放下,你完了。"

"去你的!"

那条狗的模样像是打算把艾佛斯生吞活剥了,但又不愿意离开斯科特去这么做。

"你中枪了,我叫救护车来。"

"真要命的。"

艾佛斯开了一枪,然后挣扎着爬进了仓库。

克莱尔拨打了中心局的紧急电话,说了她的名字和警号,告诉他们有一名警官受伤了,请求支援。

她再次搜了米尔斯的身,然后跑去帮助斯科特,但那条狗向她冲了过来,阻止她靠近。

麦吉的目光疯狂而迷乱。她怒吼着、狂吠着、咆哮着,亮出尖牙利齿,可是斯科特躺在血泊中,而那血泊的面积愈来愈大了。

"麦吉?你认识我的。好丫头,麦吉。他要流血而死了,让我帮帮他。"

克莱尔靠近了几步,但麦吉再次扑上前来。她撕裂了克莱尔的袖子,然后再一次站在斯科特身上,她的爪子浸透了他的鲜血。

克莱尔抓住枪柄,感到眼眶湿了,"你得挪开,狗狗。如果你不动,他会死的。"

那条狗继续怒吼着、狂吠着、咆哮着,一刻不停,怒火让她陷入了凶猛而狂乱的境地。

克莱尔查看了一下手枪,确定保险栓已经打开了。泪水涌上了她的眼眶,"别逼我这么做,狗狗,好不好?求你了。"

那条狗没有动。她不肯从他身上下来,她不肯离开。

"狗狗,求你了。他要死了。"

麦吉再次冲她扑来。

克莱尔瞄准她,泪流满面,但就在这时,斯科特举起了一只手。

49

斯科特在黑暗之中漂浮着。这时,他听到了她的呼唤。

斯科蒂,回来。

别离开我,斯科蒂。

斯科特向着她的声音飘去。

我不会离开你。

永远不会。

现在,我再也不会离开你了。

他飘近了一些,黑暗似乎愈来愈浅。

那声音变成了狗吠声。

斯科特睁开眼睛,举起了手。

50

麦吉极其凶猛地攻击了入侵者,拼尽全力想把他扑倒。她的尖牙就是用来干这个的：长而锋利，向内弯曲。它们深深地陷入他的肌肉，当他试图推开她，他自己的挣扎反而让尖牙陷得更深，也让他的逃脱变得更难。她的牙齿和足以咬碎骨头的下巴是未经驯化的野生祖先遗传的礼物。杀戮的工具深嵌在她的基因中。

斯科特安全。

搭档安全。

她冲在前面想要保护他，但此时此刻，看到斯科特进入房间，她的心脏狂跳起来。

他们是搭档。

他们两个组成的搭档，他们是一体的。

斯科特攻击了，他在她身旁战斗着，也是为她而战斗。他们作为搭档一同战斗，而麦吉狂跳的心脏洋溢着喜悦。

一声尖锐的巨响结束了一切。

斯科特倒下了，他变化的气味令她感到疑惑。她沐浴在他的痛苦与恐惧中，仿佛那是属于她自己的情绪。他鲜血的气息如同火焰般涌入了她的身体。

主人受伤了。

主人要死了。

麦吉的世界猛地收缩到斯科特身上。

保护他，守卫他。

麦吉放开入侵者，转向斯科特。她疯狂地舔着他的脸，呜咽着，哭泣着，冲入侵者凶猛地狂吠，他从他们身旁匍匐着逃走了。她站在斯科特身上狂吼，警告着对方。

保护他！守卫他！

入侵者逃走了，但那女人走近了。麦吉认识她，但她不是搭档。

麦吉狂吠着警告她。她吼叫着，弄伤了那女人的胳膊，令她不敢上前。然后,她感觉到了斯科特柔和的碰触。

麦吉的心脏霎时充满喜悦。她舔着他的脸,用心治愈他,正像此刻他的心正在治愈她一样。

斯科特睁开了眼睛说:"麦吉。"

她立刻警觉了起来,她望着他的眼睛,守护着,等待着,渴望着他的命令。

斯科特望着大房间尽头,门的另一侧。

"抓住他们。"斯科特用微弱但坚定的声音下令道。

麦吉毫不犹豫地从斯科特身上一跃而过,开始追击入侵者。

那些新鲜的血腥味很容易追踪。

她集中精力在气味上搜寻着,几秒之内就定位了他。她飞速穿过仓库,冲进外面的阳光,看到那个打伤了斯科特的人正挣扎着向一辆车爬去。

麦吉跑得更快了,她心头一阵狂喜,因为这人正是斯科特想要的。

她会抓到他们。

那人看到她跑近,举起了手中的枪。麦吉知道这是一种攻击行为,但她只知道这些。他的攻击令她愈发愤怒,也让她对目标更加凶狠。

她紧盯着他的喉咙。

她会抓到他们。

她要保护斯科特的安全!

麦吉扑向空中,张嘴露出尖牙,心里溢满了极致而完美的喜悦。

她的眼前,一道明亮的火光闪过。

51

11个小时之后。

南加州大学医院,重症监护及康复病房。

3个女护士和2个女外科医生告诉艾玛,候诊室里全是年轻警察。艾玛迫不及待地想看看,尽管他们警告过她,那个讨厌的老警司会凶巴巴地骂人。

他会像条狗一样冲你狂吠,他们这样告诉她。

艾玛对他很好奇,所以完全不害怕。她已经做了20年护士长,没几个医生有胆子冲她凶。

她把詹姆斯警员的表格放到一边,告诉手下她马上回来,然后推开双扇门踏入了走廊。

艾玛曾经见过警察被送来,但那景象总令她动容。

候诊室里到处都是深蓝色的制服,一直挤到了走廊里。男警察,女警察,穿便服的警察则把警徽扣在腰带上。

"这里到底是怎么回事?"他的声音穿过走廊传来,所有警员都同时转过了身。

艾玛转身心想,没错,就是你。

一个穿着制服的瘦高个儿警司推开人群走来,他的秃顶四周是一圈灰色短发。她从没见过有人的眉毛能拧得这么难看。

艾玛举起手示意他停下,但他径直走到她面前,直到胸口碰到她的手。他冲她的鼻子皱起眉头,"我是多米尼克·兰德尔警司,詹姆斯警员是我的人。我的警员怎么样了?"

艾玛盯着他,压低了声音说:"后退一步。"

"要是我得回到那儿——"

还没等对方说完,她就一字一顿地说道:"后——退——一——步——"她的眼睛瞪得都快脱眶而出了。

"请。"兰德尔咽了口口水,不自觉地后退了一步。

"医生会出来告诉你们更多细节,但我能说的是,他的手术很顺利。他几分钟前已经醒了,但现在又睡着了,这很正常。"

走廊里的警察群中传来一阵低低的议论声。

"他没事?"兰德尔问。

"医生会回答你的问题,不过,没错,他似乎没什么问题了。"

那可怕的眉毛柔和了下来,警司松了一口气。艾玛觉得他看上去老了一些,满脸疲倦,也没刚才那么吓人了。

"好吧,谢谢你。"他扫了一眼她的姓名牌,"威尔逊护士长,谢谢你帮了他。"

"麦吉在吗?"护士长问道。

兰德尔挺直了身子,目光中重新流露出一丝锐利,"詹姆斯警员属于我的警犬分队,麦吉是他的警犬。"

艾玛没想到麦吉是一条狗,但这个事实令她为之动容,她点了点头,"他醒过来时,问过麦吉是否安全。"

警司盯着她,似乎无法开口。他的眼眶湿润了,他拼命眨眼,试图忍住泪水,"他问他的狗是否安全?"

"是的,警司,我在他身边。他问,'麦吉安全了吗?',他没说别的。等他再醒过来,我该告诉他什么?"

兰德尔在开口前先擦了擦眼睛,艾玛看到他的手指少了两根。

"你告诉他,麦吉很安全。告诉他,兰德尔警司会照顾她,让她安然无恙地等他回来。"

"我会告诉他的,警司。现在,我刚刚告诉过你,医生很快就会出来了,你们先休息一会儿吧。"

艾玛转身准备进门,但兰德尔叫住了她。

"威尔逊护士长,还有一件事。"

等她转回头来,看见兰德尔的双眼再次充满了泪水。

"怎么了,警司?"

"告诉他,我会继续假装没看到那条狗的瘸腿。请告诉他,他会明白的。"

艾玛猜测,这可能是两人私下里的笑话,所以她没有继续询问。

"我会告诉他的,警司,我敢肯定他会很高兴听到这话。"

艾玛穿过双层门,心想,其他人实在是看错了这个总是拧着眉头的警司。一旦你扛住了那凶猛的狂吠,站在他面前,你就会发现他是多么温柔。

只会叫,不咬人。

终 章 | 十六周后

斯科特·詹姆斯慢跑着穿过警犬训练场,第二次中枪之后,他右侧身子疼得更厉害了。他家里放着一整瓶止痛药,他告诉自己,别固执了,吃药吧,可是他一直没吃。固执是件好事,能够让你成为一个不会轻易动摇的人,所以他固执地保持着固执。

斯科特蹒跚着停下,兰德尔冲他皱起眉头,"注射治疗对我的狗好像效果不错,我已经两个月没见过她瘸了。"

"她是我的狗,不是你的。"斯科特反驳。

兰德尔嗤之以鼻,拧着眉毛瞪了他一眼,"胡说八道!每一条好狗都是我的狗,你最好别忘了。"

麦吉冲他发出了低沉而凶狠的咆哮。

斯科特摸摸她的耳朵,看到她摇了摇尾巴,不禁笑了,"随你怎么说吧,警司。"

"你可能是我见过的最坚强、最顽固的龟孙子了。"

"谢谢你,警司。"

兰德尔看了一眼麦吉,"兽医告诉我,她的听力好些了。"

仓库一战过后,兰德尔和巴德注意到麦吉左耳的听力有所衰退。兽医做了测试,检查了她的耳朵,发现她丧失了部分听力,似乎是神经性损伤,但并不是永久性的。兽医给开了滴耳液。

兰德尔和巴德认为事情发生在停车场里,当她冲向艾佛斯的时候。他试图对她近距离开枪,虽然没打中,但当时她离枪口只有几英寸。艾佛斯活了下来,已被判处了连续三个无期徒刑;米尔斯、大卫·斯奈尔和他们团伙的第五个成员迈克尔·巴森的下场也都一样。他们没有开庭就接受了这一刑罚,以此来逃脱死刑。斯科特很失望,他想在审判他们时出庭作证。斯坦·艾佛斯在仓库里就死了。

斯科特摸摸麦吉的脑袋,当时真是太险了。

"她听力没问题,警司。我一叫她,她准过来。"

"你按时给她滴药了?"

"早晚各一滴,从没忘过。"

兰德尔赞许地咕哝了一声,"做得不错。现在,他们告诉我你仍然拒绝接受病退。"

"是的,长官,就是这样。"

"好极了。你还是那么顽固不化,詹姆斯警员,我会陪你走接下来的每一步,我会百分之百支持你。"

"掩护我?"

"你要是乐意这么想也行。我会一直支持你,等这些支持和掩护都做完了,等你能比我这种老头子跑得更快了,你和这头漂亮的狗还是会待在这儿。你是个爱狗的人,所以你属于这里。"

"谢谢你,警司,麦吉也感谢你。"

"不用谢我,孩子。"

斯科特伸出手,兰德尔握了一下。

麦吉再次发出低吼,兰德尔却露出了灿烂的笑容,"瞧瞧你自己,叫成这样! 你在我家住了俩月,还睡在我膝盖上。现在好了,一回到咱们朋友这儿,你就开始对我凶了!"

麦吉又叫了一声。

兰德尔大笑起来,转身往办公室走去,"老天啊,我实在是太爱这些狗了。"

"警司——"

兰德尔脚步未停。

"谢谢你的假装,还有其他一切。"

兰德尔举起一只手,头也不回地说:"没必要谢我。"

斯科特望着他走远,然后弯腰摸了摸麦吉的脑袋。弯腰让他觉得疼痛,但他并不介意,疼痛是愈合的一部分。

"想再多跑一段儿吗? 丫头。"

麦吉摇摇尾巴。

斯科特缓缓起步,他跑得很慢很慢,麦吉只要走着就能跟上。

"你喜欢乔伊丝吗?"斯科特低头笑着问她。

麦吉摇摇尾巴,伸出了舌头。

"我也喜欢。但我想让你知道,你是我最棒的丫头,永远都是。"

她用鼻子蹭蹭他的手,斯科特笑了,麦吉似乎也笑了。

他们是搭档,治愈了彼此灵魂的搭档。